# 水流云在

## 和悦 著

世界之大，无数人都想去看看；人生漫漫，多少人来去匆匆。把我到过的地方，把我感兴趣的事情，把我关注的当下，把我的亲情、友情、闲情记下来，这就够了，同时它也是一个"悠然心会，妙处难与君说"的美好旅程。

山西出版传媒集团

北岳文艺出版社
BEIYUE LITERATURE & ART PUBLISHING HOUSE

图书在版编目 （CIP） 数据

水流云在 / 和悦著. — 太原：北岳文艺出版社，
2017.3
ISBN 978-7-5378-5135-0

Ⅰ. ①水⋯ Ⅱ. ①和⋯ Ⅲ. ①散文集－中国－当代
Ⅳ. ①I267

中国版本图书馆CIP数据核字(2017)第019482号

| | | |
|---|---|---|
| 书　　名 | 水流云在 | |
| 著　　者 | 和　悦 | |
| 责任编辑 | 马　峻 | |
| 书籍设计 | 张永文 | |
| 出版发行 | 山西出版传媒集团·北岳文艺出版社 | |
| 地　　址 | 山西省太原市并州南路57号 | |
| 邮　　编 | 030012 | |
| 电　　话 | 0351-5628696（太原发行部） | |
| | 0351-5628688（总编室） | |
| 传　　真 | 0351-5628680 | |
| 网　　址 | http://www.bywy.com | |
| 邮　　箱 | bywycbs@163.com | |
| 承 印 者 | 山西人民印刷有限责任公司 | |
| 开　　本 | 787×1092　1/32 | |
| 字　　数 | 210千字 | |
| 印　　张 | 13.125 | |
| 版　　次 | 2017年3月第1版 | |
| 印　　次 | 2017年3月山西第1次印刷 | |
| 书　　号 | ISBN 978-7-5378-5135-0 | |
| 定　　价 | 49.00元 | |

# 目 录

## 行 记

## 闲　趣

## 笺　事

行

记

# 四城记

　　山西只有屈指可数的几个能够形成自身风格，并且决不似是而非的县级城市。这种城市，兼容并蓄自己的历史渊源，因地制宜自己的地缘地貌，传承弘扬自己的人文风情，协调统一自己的线条色彩。一看，感觉就是她自己的样子，就是她应该的样子，就是她本来的样子，就是她以后的样子。

　　这四座城市为，朔州的右玉，晋中的左权，晋城的阳城，临汾的古县。从山西版图上看，她们呈不规则的菱形分居东南西北四个方位，犹如四颗虽称不上璀璨但同样耀眼的明珠，让山西的县级城市迈上了新的台阶，提升到了一个新的级次。

　　以一个外行的眼光，山西县级城市的发展经历了这样几个过程：从新中国成立到20世纪80年代，为县城的"一条街"时代。用了差不多三十年的时间，县城总算摆脱了之前乡镇的藩篱，以一条"两头通"的街道，把自己所有的家当都摆在了其中；改革开放以后到新世纪之前，县城的发展进入了"拐点"。以又一个差不多三十年的时间所积累起的相对厚实的经济总量为基础，各地忙着在旧城以外再建一条更加宽阔的大街，或者将"一"字阔改为"田"、阔改为"井"；进入21世纪以来，从中央到地方，从国际到国内，管理经营城市的人和生活在城市里的人的理念和诉求发生了变化，这才有了功能、宜居、园林、环境及人文等等这些概念及其实践。

所带来的问题是，由于急功近利而忽视了长期规划，由于生搬硬套而泯灭了个性特质，由于弃旧扬新而割断了历史文脉，由于千篇一律而留下了无穷后患。从这个意义上看，右玉、左权、阳城、古县的今天，就不仅仅具有象征意味，不仅仅是那里的百姓过得更加舒适惬意，同时她们的未来才更富于借鉴和科学价值。

她们都是有内核的城市。这个内核如果就是历史的话，在山西，这一点也许不足为奇。每一座城市由此上溯，都可以拖上一条犹如彗星般灿烂的、长愈数千年的历史尾巴。问题是或为历史所累，或视历史为褴褛，让一些好端端的历史文化名城变了模样。如同时下盛行的新旧城改造，中间隔着一条巨大的鸿沟，无法逾越。右玉的杀虎口，左权的麻田八路军太行总部，阳城的皇城相府，古县的唐朝牡丹，她们不只是一张名片，同时让更多的人由此结识并喜欢上了这个地方。光阴如流，历久弥新，这些个历史和革命遗迹在新的时代里所焕发出的生命力、所映照的光辉，令人欣慰。

她们都是有风情的城市。右玉道情优雅动听、别有风味，左权的小花戏、民歌构成了山西民歌的主体，阳城古书吹吹打打、极具乡土气息，古县的八音会、北平小调经久不衰、广为流传。戏如人生，戏曲即代表了一个地方的主流风情。右玉人简捷明快，左权人清新恬淡，阳城人生动有趣，古县人谦逊内敛。每一次去阳城，酒都会喝多，因为那里的人不论新知故交，一视同仁，古道热肠。每一次在左权看小花戏听"桃花红杏花白"，都会滋生出绵长的思绪，都会享受到心灵上的安宁。放羊的石占明现在被誉为原生态民歌的歌王。清明节时他回来演出，扮相不变、乡音不改、风情依旧，对山西对左权对他家里的那几百只羊满怀着感念。一种鲜明的风情，不仅构成了相对一致、趋同的民风，同时也体现了当地的另一种形象。

她们都是有模样的城市。右玉位扼晋西北边陲，自古以来就是一个自然和生存条件极差的地方。新中国成立以来，那里的管理者已经更换了十几任，唯有一件事情矢志不移，那就是"一只铁锹两只手、觉悟加义务"之植树造林。到今天，那里的近一半的土地都被森林覆盖，成了名副其实的"塞上绿洲"和旅游胜地。我总是想称她为人间奇迹，然而，我的中学同学、现任的右玉县委书记陈小红平平常常地告诉我，右玉周围的山都是绿的，城里的建筑为白色，协调、养眼、有模样了。左权是山西东部出省境的一座小城，位居太行山腹地。登上县城最高处的祝融祠俯瞰，错落有致、清新靓丽的半坡之城尽收眼底。县委书记孙光堂先生陪我在依山傍水的滨河新城徜徉时，对他身边的一草一木所流露出的浓浓乡情，令人为之侧目。比较而言，位居晋东南的阳城是这四个县城中人口最多的地方。住在阳城城里的人，比其余三个县的总人口还要多。秉承晋城成功的新旧城改造，凤凰之城阳城的脱胎换骨也取得了成功。城里有一座惠泽园，其核心就是镌刻着阳城历代一百二十三位进士的百凤坛。以此为圆心，呈辐射状构成了阳城的轮廓。夕来晨往，市井繁华，已不输一些中型城市。古县是匿藏于大山深处的一个惊喜。初次去由未被污染的河继千年牡丹而蔺相如广场，眼前为之一亮。古县亦盛产煤焦，但是感觉不到如常的傻大黑粗，其县城精致如一张明信片。当地人很自豪，古县最美还是夜幕降临时。

她们都是有精神的城市。这种精神，鲜明地表现为以人为本，可持续发展的科学理念。就经济发展水平来说，这些县都不是所谓的强县，但都无一例外地走上了一条均衡发展的道路；就城市规模来说，这些县也都不是大县，但都有所突破地开创了属于自己的天空；就地缘品质来说，这些县都不是物华天宝，但都审时度势地克服了自然和历史的短板；就未来走势来说，这些县都不是得过且过，而是留下了取之不尽的宝贵财富。如此说来，"右玉精神"就不仅仅是种树；"左权现象"也不能狭隘地理解为庄园经济；阳城靠皇城相府出了名，正在以过亿投资建设国家级森林公园；古县以天下第一牡丹为媒，逐渐让"古风古韵、古县古牡丹古今飘香"的对联有了下文。

不一而足，是为"四城记"。

# 再上五台

佛讲究缘分和轮回。拜佛也得讲究缘分和轮回。这种约定是无意识的邂逅，是心灵上的感应，是突然之间出现了机会之后，让你觉得顿然醒悟：佛很忙，芸芸众生也很忙，好在彼此还都没有淡忘。于是，大家该见见面了。

2006年9月14日晚上十点左右。我和一帮朋友聚在一起，把酒问盏，谈笑风生，正在红尘中很现实地生活着。其时接到一个传呼，问我明天可否去趟五台山？我差不多在第一时间就答应了。晚上躺在床上想了想，上次去还是在四年前，6月份，正是五台山游人如织的时候。四年来，那个地方，那次游历在我的脑海中出现过吗？回答是没有。看起来俗人就是俗人，原本超然出世就不是每个人都能做得到的。

9月份，立秋过后，五台山的旅游就进入了淡季。也许这

种外在的平淡正回归了出家人内心的清净。一个夏天人来
人往、忙忙碌碌的,看上去热热闹闹、人气鼎盛,但对于佛旨
的初衷,终归还是另一码事。

　　有诗云:天下名山僧占多,世间好话佛说尽。占名山、说
好话,这是佛教和佛家最引人入胜的两个方面:好地方谁都
想去,好话人人爱听;清山秀水能陶冶情操,金玉良言能教人
向善。如此说来,五台山每一座庙里的每一尊佛像都是真善
美的化身,每一炷香点燃的每一缕青烟都是绵延不绝的生
命,每一级台阶抬举着人生的境界,每一个传说幻化出佛的
光芒。听与不听,信与不信,诚还是不诚,一念之差,谬以千
里。普通人自不必说,堪称伟大的两个人物乾隆皇帝和毛泽
东也都与此结下了不解之缘,前者的御笔熠熠生辉,后者睡
过觉的床板依然如故。人虽已故去,流韵却永生。

　　因为要陪远道而来的客人,所以每一个地方都得亲临亲
往。静止的、不动的物体,再看也还是老样子,看得多了,反
倒容易习以为常;变化的、有生命的人群,每次都有所不同,
理解深了,就会得到新的感悟。如此说来,那些结伴在白塔
下悠然而行的、那些拎着暖瓶穿拖鞋去打开水的、那些在庙
门口开票收费的、那些在清水河边戏水的、那些喊人去接电
话的,甚至还有养花的遛狗的僧人和尼姑,他们所过的生活

就不再异样,也少了几分神秘的色彩。既然发生在这里的真实的人和事都是在看破红尘的情形下回头是岸的,那么,流传在今天的虚幻的禅和理就成了佛国引人入胜的一部导游手册。

我们下榻的属于山西省新华书店的招待所,坐落于古色古香的明清街上。吃罢晚饭出来散散步,两侧房屋几近空无,在幽幽的街灯辉映下,石街愈显晶莹和深远。寒风中不期有九月的雪花落下来,无声无息、无来也无去。放眼望去,天无际,山有形,大千世界无与伦比的沉静在我心中顷刻化作永恒。

就像这个世界上的好东西你不可能全都得到一样,五台山的博大精深你也不可能一下子全都领略。随缘、随心、顺其自然。摸摸五台山的土,一辈子不受苦。

这就足够了。

# 侯马·上马·马家山

　　侯马是一座属马的城市。这座城市的历史、文化、理念乃至名称的由来，似乎都与马及其品质有关系。作为位扼由西北高原向华北平原过渡要冲的晋豫陕三省，以及省内运城、临汾、晋城三个市的地理中心，侯马很早就具备了东西南北、上下纵横的天然优势。而这种优势与交通与商贸与兼容与人的来往迁徙，紧密相连。在古代中国，马几乎是唯一的交通工具，它不停地走来走去，走出了人类的生活，也走出了侯马的内在精神和外在形态。相比较而言，侯马人更少地域封闭、更易与人接触、也更认同和接纳外来的事物。五百多年前，明政府在侯马设当时中国北方规模最大、设施最齐全的驿站，不仅提升了侯马大道通衢、商贾集散地的位置，同时也成就了侯马地名的由来。今天的侯马，着力打造现代意义上的物流基地和理念更加宽泛的商贸经济圈,一方面是秉承了侯马独具的辉煌历史,另一方面也是站在了巨人的肩膀上,以期寻求更加广阔的发展空间。

扯得有些远了。4月份,漫山遍野的山桃花竞相开放的时节,应侯马市委常委、宣传部部长邱建平先生之邀,我赴侯马所属上马办事处之马家山村浮光掠影走马观花。

马家山,再加上成家山和李家山,三个村庄呈品字形散落于侯马主要山脉紫金山中部腹地的大山深处。其妙处,或者说别具一格的地方,不是名山大川,不是风光无限,不是人文遗址,甚至连说得出口的标志和设施都没有。它是村子里的人大都移民搬迁之后,遗留下来的古祠堂、旧窑洞和柴扉虚掩的老院落;它是一层一层几代村民用双手雕刻而成的,麦苗泛着青葱、油菜花透着金黄的梯田:春绿夏繁秋黄冬洁白,是摄影家眼里的好素材;它是随处可见的枣树、柿子树、核桃树和花椒树;它是一条一条曲线流畅的羊肠小道,清晨送乡人劳作,傍晚伴荷锄回家;它是相对的与世隔绝:只要你关了手机,就不再会有尘世的纷扰;它是难得的世外桃源:人只有换一种环境,才能得到休息,才能真正获得心灵的快乐;它还是淳朴善良的民风:当地人的生活少受外界打扰,更多地保留了他们的先民与土地接触自给自足知足常乐的传统。

我们先在成家山老村主任的窑洞里聊天。那是一孔穹顶已然黢黑的经年旧窑，门口的土炕占去很大一部分，紧里头摆放着日常的家什。上马办事处的李书记与村主任商量着，如何利用这里的资源，把它开发成一处乡村休闲旅游的地方。上马办事处已经拟定了一个开发"三山"的框架方案。其基本理念就是"原生态和可持续发展"。他们已经有了一个基本的想法，叫作"吃农家饭、住农家院、观赏自然风光、体验农耕生活"。其时中午将至，村主任起身为我们六七个人煮了多半脸盆鸡蛋，鸡蛋之鲜之嫩之地道，我等胃口之好吃相之大方，与院子里自由自在成群结队的芦花鸡和大白鹅相映成趣。

作为一种扶贫移民，"三山"里的人大都已迁居山下，现在尚留不足三十余户，且多半为老人。他们生于斯长于斯，也将终老于斯。天若有情天亦老，人间正道是沧桑。走在蜿蜒的山路上，马家山的老村主任告诉我，不下去了，在这里住了多半辈子，再说去地里也方便。

中午饭是在马家山20世纪60年代出身的、又一代村主任家里吃的。在所谓住在马路上的城里人看来非常阔绰的一幢院子里，一只不足百天的小狗欣喜地尾随在客人的脚下。正房为窑洞，偏房已经是标准的砖瓦房了。内里窗明几净，必备的设施一应俱全,院子里甚至还有专门的洗澡间。同行的侯马市委宣传部的王副部长就是马家山人,这位村主任是他的妻哥。席间,王部长频频举杯,一半为客一半为主。饭菜是家常的饭菜,贵在天然。青泠泠黄澄澄红艳艳的,色正味纯手艺巧,情浓意厚寸心知了。

侯马极具人文和历史底蕴,亦不乏商贸集散地的繁华,独缺"恬静、优美、世外桃源般的乡村风景"。将"三山"不加雕饰地打造成侯马的后花园,为市民提供一处休闲放松、置换心情的田园,为侯马这座属马的城市休养生息、养精蓄锐营造一块牧场,"三山"及其开发具有填补空白和远见卓识的价值。另一方面,"三山"也具备了作为旅游开发的品质和条件,同时符合当今时代人们追求和崇尚回归自然、返璞归真、"采菊东篱下"的心态和潮流。

一行人乘车上山,下山时弃车步行。

我在村主任家的炕上睡了个午觉,很踏实。

# 河东记趣

  2005年的冬天就要到来的时候,因为工作的关系,我南赴运城,大体按照顺时针方向,将运城市所属的十三个县区跑了一遍。基本上每天一个地方,每天都要面对素不相识的人,每天下榻似是而非的宾馆,每天说说过或者没有说过的话,每天为相同或者不尽相同的理由喝酒,每天远眺夕阳等在同一个地方,每天都能领略风格各异的自然和人文风光,每天的事情很多,每天的时间也很紧,用同行的董建平先生的话说,就是披星戴月马不停蹄来去匆匆的出家人。此次运城之行的时间是10月31日至11月18日,同行者共六位,其中一半为万荣人。

  用一段相对集中的时间,相对连续地将属于同一个地区同一地理位置、拥有共同历史和文化背景乃至方言及生活习俗的地方跑一遍，即便是走马观花，机会也很难得。这有点类似人家出国，十来天时间堂而皇之欧洲七国行。虽说甫一回来就抱怨行色匆匆无法看得更仔细，其实谁也没有兴趣留下来真正去做考察和研究。其好处是，你可以在记忆尚清晰的时候，凭借表面印象和瞬间的感觉，在共同中找出差异，在平常中发现落差，在芸芸众生的目光里体味人文关怀，在习以为常的脚步中丈量生活乐趣。外面的人对一个地方的好恶取舍总是外人的看法，当地人对自己家乡的喜怒哀乐才是生活的全部内容。个中三昧，不足与外人道；内里光阴，就是秋收时节望也望不到头的好年景啊。

作为一个土生土长的运城人，说起来惭愧，大部分县市我都没有去过。工作结束时，我请董先生画了一张线路图，对照地图，大体上与运城的行政区划相一致。董先生是祖籍万荣的运城人，此行有他陪同，不仅不觉得寂寞同时有很多共同的话题，重要的是从他那里于谈笑间完成了许多学问。由于一个县只待一天，故只能记一些趣事，泛泛而谈，聊作日志。

**平陆。10月31日，星期一**
是日中午抵运城，一过家门而不入。用罢午餐即起程赴平陆。出乎我意料的是全程高速，只用半个小时就到了。进城时先跨过一座横亘于深沟之上的大桥。平陆不平，沟深谷浅，位扼出入晋南的南大门，除了地理位置比较重要，基本上就是一座偏居一隅的边城了。街上既看不到繁华也说不上冷清，由于缺少资源所以生态面貌还保持着原色。来到这里的人多半难忘这样的经历，那就是工作在平陆，吃住在河南。黄河环平陆城东南浩荡而下，过雄伟的黄河公路大桥就是河南的三门峡市了。作为省际大桥，每年过往的车辆愈百万辆，两侧各设一个处级建制的管理部门。桥下黄河河道东移三门峡一侧，河西已是林木茂盛的滩涂。当地人说，三十年河东，三十年河西，黄河里的水是越来越少啊。

当晚下榻三门峡市红玫瑰酒店。古色古香的家具，浓厚的河南腔，两地之间密切的交流来往自不必说，城市规模、经济实力才是人心所向啊。次日，就近去了三门峡市虢国博物馆。作为华夏文明的发祥地，黄河两岸留下了俯首皆是的三晋古人类遗址，其遗风遗韵造就了今天河东大地绵延不绝的根祖文化，厚重而充满魅力，大气却又不失精雕细刻。相比较省内的博物馆比如说侯马博物馆，馆藏文物级次不相上下，但在设计理念特别是以参观者为主体方面，就大相径庭了。在吸收和尊重传统文化的基础上，融入现代元素，运用先进技术,让大多数非专业的游客产生兴趣并且从中略知一二,这才是建博物馆的初衷,否则就只能是仓库了:保管好、别丢了,不然愧对祖先。只是说得到,咱做得到吗?

### 芮城。11月1日,星期二

中条山深处、黄河谷地,汽车在从平陆到芮城的山路上蜿蜒起伏。茂密的丛林,宽阔的河滩,恬静的乡村,成堆的苹果,间或有三三两两的农人荷锄而过,自是一派引人入胜的田园风光。久居城市的人,只有来到这样的地方,身心才能真正获得放松。

芮城是故地重游,2日上午特地去了大禹渡扬水站。十年前山西与中央电视台合作拍摄"正大综艺"时来过一次。作为撰稿人,曾经娓娓动听地讲述过大禹治水的传说。现如今,耸立山顶俯瞰黄河的大禹雕像依旧,四千年树龄的古柏却已露出了枯枝;沉沙池里的水清澈见底,十年前接待过我的那位故人已经两鬓斑白。他告诉我,已经在这里待了二十多年,今后恐怕也要一直这样了。斗转星移,沧海桑田,站在黄河边上极目远眺,才发现自己其实只是这河里的一粒沙子。

接着去了永乐镇。顾名思义就是著名的永乐宫所在地。

作为一个纯农业的乡镇,这里已经形成了一个经济作物彼此互补循环利用、老百姓共同富裕的成熟模式,真正走上了一条可持续发展的坦途。参观养牛场,沿黄河古道掠过已经收获的稻田和莲花池,听70年代毕业于北大的镇党委书记绘声绘色地描述当地人在黄河里捕到的四五十斤重的大鲤鱼,公路上晾晒着一眼望不到头的玉米。突然之间,我感觉到这才是中国农民尤其是山西农民的生活方式和未来发展之路。那些仅仅依赖煤炭等资源一夜暴富的地方,即便将自己的村子收拾成了一个盆景,恐怕永远也无法真正实现人与自然的和谐。不管怎么说,乡村就是乡村,城市才是城市,城里的人为找点养花的土发愁,村里人却永远也离不开脚下的一方水土啊。

　　除了永乐宫,永乐镇里还有一处藏在深闺人未识的去处,就是道家始祖吕洞宾故里。背倚圈椅状的山脉,面向宽阔的黄河,所谓有靠山有出路,此乃古人修庙筑观所共同尊崇的风水规则。只是眼前这吕祖故里年久失修,显得有些破败和凌乱。细想吕祖一生居无定所、云里来雾里去,原本就不食人间烟火,大概不会计较尘世间的这些琐事吧。

　　下午两点在芮城宾馆用罢午餐即起程前往下一站永济。

## 永济。11月2日,星期三

出芮城经现代化的大禹渡经济开发区上高速,三十分钟就到永济了。作为一个县级市,永济的城市规模显示出了一些真正城市的味道。拥挤的街道,雍容的法国梧桐,林立的烟囱,当然也少不了现代文明与生俱来的污染和噪音。此地的宣传部长是我的大学校友,虽说既非一届也不是同一专业,原先也并不认识,但感觉上还是很亲近。还有一位是过去的同事,现在在这里做副书记。此公乃万荣人,席间谈笑他在北京遇到同乡,非请他吃饭,理由是我真有钱。

期间应邀去由永济电机厂出资修建的一座城市主题公园看了看,面积不大,山水亭台,罗列着柳宗元等当地的一些历史名人塑像。作为城市发展到一定程度的自然要求,作为时下城市管理者的一种新的理念,扩大城市格局,完善城市功能,彰显人文关怀,构成了如今市政建设趋之若鹜的潮流。好坏是非姑且不论,发展才是硬道理。

## 河津。11月3日,星期四

过临猗万荣西去黄河边,就到了河津。河津号称三晋首富,是全国百强县之一,2005年的财政收入将突破二十个亿。进入市区,数十米宽的龙门大道气派不凡,我们下榻的酒店也是少有的十几层高。到处都是工地，人来车往尘土飞扬，一座充满活力的城市，一座污染十分严重的城市。除了规模庞大的民营企业群，河津最大的企业或者说是当地经济发展的支柱就是河津铝厂了。它在极大地消化当地农村剩余劳动力、占有土地和加速完成城乡一体化的基础上，也带动失去了土地的农村和农民步入宽裕型小康的行列。此行所去的康家庄就是典型。巍峨的办公大楼，开放式的广场，整齐划一的居民别墅，已经和传统意义上的农村彻底割断了联系。村子里的农民大都在村办企业上班，中午在集体食堂吃饭，领薪水、买汽车、西装革履早就是习以为常的事情了。在山西，这种依附在现代工业母体上的所谓典范村庄不少。共同的缺憾是硬件已经与时俱进甚至超前发展了，软件好像还停留在昔日的某一个点上。大体上，一个地方的发展都要经历破坏和重生的过程。用对环境的掠夺性破坏置换所谓超常规的发展，这是当今中国社会发展的共同弊病。如此说来，本届中央政府不失时机地提出以人为本、可持续发展的理念，除了矫枉过正以外，少走弯路也是其中真谛。

过平陆的三门峡大桥是河南的三门峡市，过芮城的风陵渡大桥是陕西的首阳，从河津的龙门大桥过去就是陕西的韩城了。省与省之间这种所谓的金三角地区，自然地孕育了物流的繁荣和人文风俗的交融。徜徉在龙门大桥下松软的沙滩上,目睹滔滔黄河水出禹门口浩荡东去,蔚为壮观,思接千里。

**万荣。11月4日,星期五**

从河津往东大约四十分钟的车程,经过即将竣工的双向六车道入城大街,一行醒目的标语赫然若揭:一国三都欢迎你。相比于其他城市,我多少有一些兴奋和迫切的心情,到万荣了。

由于万荣作为一个出笑话并且传说迭出的地方,早就闻名于世;更由于万荣笑话在向外传播并且渐成气候的过程中,我也曾有兴趣并予以关注。比如,我曾经较早地就万荣文化和万荣人写过两篇文章,并且产生了一定的反响;我曾经在山西电视台做过一次万荣笑话的侃谈节目,除我之外全都是万荣人。故此,让我对这个地方有一种神往,对这个地方的人有一见如故的感觉。事实也的确如此,时时处处都能体会到万荣人的与众不同和特立独行。南解村高大威猛的村主任如是表白,做了七年方便面,早就不干了,现在正儿八经为人民服务。又说,城里修了一条环城路,咱村修了一条环村坡。财政局行将退休的、堪称儒雅的谢局长这样客气:

以后再来坐飞机,咱万荣有飞机场了。机场在哪儿?答曰:运城。劝酒是这样,半个世纪才来一趟,这酒您得干了。惶惶然一饮而尽,坐下来细想还没活到五十岁呢。一路拉着我们东跑西颠的、同样也是万荣籍的薛师傅,富态而且慈眉善目,平常话不多,偶尔露出一句,照样让人忍俊不禁。车进村时,一只狗汪汪着从车前穿过,薛师傅惊呼:好狗日的,狗咬车呢!就晋南人而言,万荣人更豪爽更粗枝大叶更先入为主也更爱笑,这里的人拿谁都当老朋友的天性,是其他地方的人所缺少的。再大的事再庄重的场合再尴尬的情形,万荣人都能于谈笑间一一化解并且宠辱不惊。我在当地的一大发现是万荣男人都是双眼皮;而收获则是:当地人告诉我一直以来争执不下的、最能代表万荣人精神的那个"ZENG"字,他们已经造出来了,并且正式上报国家语委会,一俟批准即颁布实行。这个字是这样写的,将"荣"字的草头换成"万"字。目前这个字电脑还打不出来,看上去也有些稀奇古怪。不怕,时间长了就习惯了。

次日下午去了著名的后土祠。古代帝王"登泰山以祭天,临汾阴以祭土",汉武帝刘彻登秋风楼赋《秋风辞》早已是千古绝唱。而今从秋风楼上登高望远,黄河蜿蜒如带,田野农家炊烟袅袅,遍地英雄早已无迹可寻,寻常百姓的生活却还在日复一日地周而复始啊。

难忘万荣,难忘万荣人的款待,难忘万荣这块土地上的勃勃生机。虽然时下她还属于欠发达地区,但以万荣人的乐观豁达和聪明才智,以万荣这方水土悠久而厚重、同时永远与时俱进的民风民情,万荣的明天一定会好起来的。据说,国内著名的饮料生产厂家"汇源"已决定在这里投资建厂,它除了广泛地吸收当地的劳动力,就地消化周围各县业已过剩和贬值的各种水果才是老百姓打心眼里欢迎的功德之举。

顺便解释一下,所谓"一国三都"是指:笑话王国和苹果、柿饼、药品之都。

### 临猗。11月5日,星期六

万荣距临猗一箭之遥,半个多小时也就到了。由于近年来山西交通事业的跨越式发展,省会太原业已实现了与所有地级市的"三小时到达",以大运高速为纽带的网状交通格局,让山西人的时空观念一夜之间发生了变化,走出山西之路已经打通,走出大山之路也已经打通,多少年来,山西人刻骨铭心的与外面世界的交流与沟通,现如今在客观上已不是问题,剩下的就是主观上的努力了。虽说观念的转变不能够一蹴而就,物质方面的影响力却也是不可低估的。海洋国家、大河边上的人们喜欢告别和出发，是因为他们的生活状态大部分时候处于流动当中，北方人常常觉得南方人不重交情、不够意思、很淡，实际上与彼此的环境和眼界有很大关系。黄昏时分，汽车在无际的晋南大地上驰骋，耳边是董先生娓娓道来的乡音，令人滋生出一种久在他乡终为异客的缕缕乡愁。

在临猗就是忙工作，其他的没有太多的印象。次日晚连夜就赶回运城了。

### 运城。11月6日，星期日

由于工作日程的变化，先期回运城工作两天。当晚住运城夹马口大酒店，饭后回家里看了看父母。最近几年，运城的城市面貌变化很大，不只这夹马口酒店我觉得陌生，连其所处的方位也搞不清楚。由宽阔笔直的机场大道向东北方向延伸，靓丽的新城已经初具规模，使晋南这座重要的枢纽城市一下子年轻了许多。作为华夏文明的发源地，作为今天的人们为了各种理由未了夙愿多样情怀寻根祭祖的目的地，运城有太多的资本去追求人杰地灵，有太深的渊源来旁证博大精深，有太厚的文化去彰显卓越个性，有太大的时空来兼容南北西东。离开运城二十五年以后，离开父母二十五年以后,才真正懂得爱的含义,真正体会到落叶归根的那份踏实和亲情。工作中遇到的一些人总能或远或近地扯上某种关系,谈笑间说起的一些事总是或深或浅地残留在记忆当中。我尽量地保持一种低姿态,就像当年在母校康杰中学读书时犯了错误站在老师面前;我天天都吃董先生不厌其烦地告诉我的各种名堂的大红枣,因为我是运城人。

是日晚,与运城计生委主任杨金贵先生聊天到深夜。此公很健谈,颇有见地,常常别出心裁忽发奇想。从县委副书记任上回来,原本不想去计生委,既然去了,几年下来,把个破落并且不为人注意的地方收拾得有模有样,连全国的现场会都在他那里召开。

### 新绛。11月8日,星期二

7日下午由运城北上赴新绛。这座位于汾河臂弯里的小县城,古称绛州,以悠久的历史和丰富的人文遗产著称。其标志性遗址即是端坐于高坡之上的唐代建筑龙兴寺。龙兴寺因龙兴塔得名,龙兴塔因遇灾难性突发事件即冒青烟而披上了一层神秘的面纱。古绛州三大名产:云雕、绛贴、澄泥砚。云雕是制作家具的工艺,黑红两色油漆一层一层刷上去,多的要二十几层,然后用刻刀雕出各种各样的线条。古色古香,庄重典雅,别具一格,当然价格也很昂贵。绛贴是刻于绛州的书法名帖。史料载,宋太宗淳化年间,尚书郎潘师旦在他老家绛州"摹刻勒石而成",集宋以前书法名家之大全,乃我国四大名帖之一,具有很高的书艺价值。澄泥砚是用黄河河滩的细土再用细箩细细筛过,然后加工而成。特殊的质地,特殊的工艺,使澄泥砚成为砚中精品。一般而言,历史越久,负担也就越重;渊源越深,讲究也就越多。文化是用来博得外界的尊重的,经济的发展才是普通百姓关心的实实在在的事情;厚德载物,大道通天,一个没有文化的人可以很有钱,而人一旦有了文化就能够获得更大的成功。

是日夜,由老同学陪同,先理发然后在影影绰绰的老街吃炒面,宽松舒坦,其乐融融,不知今夕是何夕。


**稷山。11月9日,星期三**

稷山是盛产名枣的地方,稷山人"红""黄"不分,总把黄河说成红河。此去印象较深的是占去县城一半人口的城中镇稷峰。省内此类情况不在少数。比如怀仁的县委书记就说过,县城人口十五万,我管一半,城关镇书记管一半。这有点类似大村的村主任,级别说不上,管的人和事却不少。稷峰镇的人生活在县城,身份却是农民;工作在城里,家里却还有几分地。我们去了一个城中村,村里不仅有市场等与城市并无二致的非农业要素,而且还建了一所相当规模的小学,招生面向全县,市民户口、农民户口的子弟欢聚一堂,丝毫看不出有什么不一样的地方。其实,乡下的人向往城市,是因为城里可以挣到更多的钱,而如果在村里就能赚钱,谁还离乡背井往城里跑呢。稷山街上的美容店、化妆品店比比皆是。当地人告诉我,稷山人爱美会美懂得美,其追随时尚的心态和习惯一点不亚于那些大地方的人。当晚下榻的宾馆是当地十分有名的红楼宾馆,在这里应邀参加了一个南方的美容品牌的产品用户回报活动,现场观众爆棚的热情,大为出乎我的意料。最后甚至有人妖出场助兴。

### 绛县。11月10日,星期四

由稷山去绛县方向是从西往东。此前好像一直是追着落日走,这次背道而驰了。两地的距离不近,抵达时已是薄暮时分。在远处的中条山脉映衬下,这座小城更显得空落寂静,仿佛远离尘世一般。新改造的绛县宾馆院子很大,车却很少,也不闻人声。若不是当地的县委副书记、我大学时的一位校友闻讯前来,我真是连个说话的人都找不到。来时顺路去了一个叫作牛庄的村子,同样的感觉也是偏僻和恬静。

村主任说村里一半的人都外出打工了,主要是卖烧饼,挣了钱回村盖房子,房子却经常空着。三三两两的老人领着他们孩子的孩子在路上溜达,目光中颇有些困惑地端详着我们这几个外来者。初冬时节,天气有些凉了,我得盖上两床被子睡觉。

绛县经济并不发达,缺少资源,也不具备明显的区位优势,是一个传统的农业县。在当前以经济建设为中心,只有超常发展才能赢得更多话语权的时代背景下,绛县显得有些落伍,有些过于朴素,有些游离于主流之外。这里的人不怎么关心外面的世界,而其他地方的人也常常忽略或者记不起绛县这个地方。这有点像当地人刻意邀请我们去看的养鹿场,优雅温驯的梅花鹿虽说可以衍生出一系列的滋补产品,但终归也只是印证一下物以稀为贵的陈旧理念而已。

记不起绛县的县城是什么样子,对这里的人也没有额外的印象,好像是只看到了有些模糊的背影。

### 垣曲。11月11日,星期五

垣曲是中条山深处一座袖珍并且有些俏丽的城市。街不宽但很整洁,楼不高却错落有致,既看不到空中纵横交织的电线网,好像也没有金玉其外败絮其中的盲区和死角。街角的报刊亭子刻意制作,成行的梧桐树平添了几分雅致。除去来时路上偶见的几座寸草不生的山头——董先生告诉我那是由于其下铜矿常年开发所至以外,中条山林木葱茏,端庄秀丽,呈现出在这个季节北方少见的绿色。很多年以来,中条山有色金属、铜矿、冶炼后残留的废弃物填满了一条又一条山谷等等这些似是而非的说法,就像天方夜谭一样令人充满了向往。此次垣曲之行虽未得见铜矿真面目,却对垣曲这个小地方留下了不错的印象。但凡稍微像点样的城市,比如大同、比如侯马、比如垣曲,无不与当年驻扎在当地的大型企业有关。这些大单位的员工来自全国各地,受教育程度也比较高,他们开当地风气之先的衣食住行及其生活习惯,提升和加速了那个地方的开放和文明进程。20世纪70年代,我父母工作的厂里招来一批京津知青,他们说普通话,骑凤凰自行车,打很正规的篮球,过年时成群结伙地到别人家里吃自己烧的菜。以今天的眼光看,这些单位这些人应当是于潜移默化当中完成了一项解放思想、开拓视野的前瞻性工作,他们是先行者。如今的垣曲人大都习惯说普通话,就与中条山有色金属公司有直接关系。

在好酒也怕巷子深的垣曲自然博物馆里,我看到了诸如娃娃鱼等产自中条山的珍禽异兽和矿藏标本。默然间感慨大自然的神奇造化和自己的孤陋寡闻,同时也为这么一个无人问津的"好地方"而深感遗憾。看上去已过而立之年的讲解员告诉我们,别说是平常,赶上节假日来的人也不多,勉以为继罢了。到此地,一路硬着头皮苦苦对付的所谓敬酒的晋南规矩,让人实在作难了。敬酒的人拎着酒瓶就过来了,很谦恭地请您先清一杯再敬一杯然后再碰一杯,每人莫如是。老老实实一桌喝下来,再大酒量的人也得喝趴下。如果真是因为过去穷自己舍不得才沿袭下来这么一个传统,那现如今时代早就天翻地覆今非昔比了,这种有些霸道甚至看上去更像是起哄的不公平待遇也的确该变一变了。

**闻喜。11月12日,星期六**

胜利的消息传来,打一个地名。答案是闻喜。过去常猜的一个谜语,印象很深。这个地方不止一次来过,盖因它地处交通要道,位置也比较居中。南北距运城、侯马一箭之遥,东西离万荣、夏县也是指日可待。昔日的大运路沿城而过,今天的大运高速似乎就在闻喜的肩膀上。进城时一座巍峨的大牌坊时下既不多见,却似乎成了闻喜城独特的名片。经过自解放以来所谓的一条马路城市的演进,到本世纪大部分县城都具备了形成格局的能力和实力。不管怎么说,有横有竖,纵横交错,这才有个城市的样子,否则就只能是个集市。只是在理念上人们往往喜新厌旧,想当然地觉得今是而昨非。新城的建设非但不兼顾旧城而且将两者割裂开来,创新的意识不是建立在尊重历史和人文传统的基础上而是摒弃它。这样做的后果,是人们在说起或谈到某个地方时,记忆中找不到也留不下清晰而难忘的印象,只是去过而已。耳熟能详的平遥的城墙、应县的木塔、临汾的古楼,太原的双塔等等这些和城市融为一体的标志性建筑,不止让人们记住了这个地方,同时也使得城市的形象进一步生动和立体化。古人已经为我们做出了榜样,何不跟上学呢?如此说来,闻喜的牌坊虽然是新建的,但它的审美价值和象征意义就应当放在更高的层面上去理解了。

闻喜由于一家规模庞大的民营企业的崛起及其所有者的传奇经历而进入经济强县,并且广为人知。在县里时时处处能感觉到这家企业的存在和影响,山谷里浓烟迷漫之下的钢铁之城显示出其不同凡响的气度。

**夏县。11月13日,星期日**

到夏县时屈指一算,又适逢周末。也许是天道酬勤,也许是上天的刻意安排,丝丝冬雨中是弥漫的沉沉雾霭。加之下榻的宾馆是当地著名的温泉胜地,远山朦胧如黛,空气温润宜人;塔松苍翠迎旅人,台阶无语知冷暖。由于是此次运城之行的倒数第二站,由于快要接近胜利的终点,由于说话就要进城了,当然更由于这一路上的平安,我们决定在此放松一下,洗洗征尘,然后轻装上路。一路过来,在每一个地方都是只住一宿,工作紧张和视觉疲劳倒还在其次,舟车劳顿起早贪黑的确让人有些吃不消。何况同行的董先生都已是年过半百的人,他虽显得精神矍铄,但疲劳和困乏已写在脸上了。司机薛师傅时不时地打着哈欠,连身高一米七几体重不足百斤的小朱,眼睛里都布满了血丝。当日夜,我在清静幽雅、远离尘世的瑶池温泉宾馆广场散步,真正是那种放松身心、解除疲劳的信马由缰。

距温泉不远,有一座西村岭,西村岭上有一个村子叫西村,那是一个世外桃源。沿一条新铺就的山间公路蛇行而上,及至突然间出现了一览众山小的视觉时,那就是西村了。西村坐落在群山环抱的一座坪峰之上,主街道宽阔笔直,一排一排的平房整齐划一,既看不到农村常见的乱堆乱放,也没有触目惊心的猪圈和茅房。精巧朴素的村中花园健身设施一应俱全,堪称典范的西村小学端庄靓丽。孩子们已经放学了,差不多有一百公斤、腆着大肚子、黝黑并且长相喜人的胖子村主任领着我们在安安静静的校园里转了一圈。
同行的乡长介绍说,西村原来在这西村岭的深沟里,与外界
隔绝,住窑洞,点油灯,寅吃卯粮,是出了名的穷村。这位胖
子村主任从部队复员后,上下奔波,纵横捭阖,硬是凭着自己
的执着、诚恳和常怀为民之心的感动,从外面申请来了资金,
将村里人的心拧在了一起。西村几年前集体先由沟里迁到
岭上,然后开山修路与外面的世界沟通,到今天,西村人已走
上了共同奔小康的坦途。除了传统的农作物,深山采药是村
里人的一大收入来源。农闲时节,由村主任联系,西村的青
壮劳力集体外出打工。在一户标准的农家,水泥铺地,成串
的红辣椒挂在墙上,用沼气做饭取暖,屋里屋外清洁井然。
西村人在现有条件下因地制宜,努力使自己的生活过得更
好,不断让自己的眼界更加开阔,他们就像一群原生态的高
山舞者,装点和激活了终年沉睡的群山。当然,一个优秀并
具有相当阅历和水平的带头人是必不可少的。据说,有一件
让乡里未曾遇到并且有些作难的事情,就是临近几个村的村
民集体投票选西村的这位村主任也当他们的村主任。胖村
主任眼下作为联合村主任,每天要管的事不少,要操的心更
多,要跑的路更长了。"就是怎么也瘦不了",他认认真真地对
我说。

次日，雨停了，雾还在。我们专门前往司马光祠拜谒。司马光是中国古代历史上集政治家、思想家、文学家和历史学家为一体的人物。司马光砸缸的故事和《资治通鉴》让他于举重若轻之间赢得了不朽的名望和地位。曲径通幽，风铃摇曳，司马父子的坟茔呈品字形安卧在家族墓地中。祠前广场，空旷包容，司马光砸缸的巨型雕塑，让人依稀看到了一位聪颖活泼的少年如玉树临风，行走在他人无法企及的云里雾里。

夏县还有一处如果知道了就一定要去看看的地方，它叫堆云洞。顾名思义，"堆云"言其高危，"洞"者，深也。堆云洞依凸崖而凿，看似袖珍如画，于方寸之地做足了乾坤。内里台阶曲折无已，洞里套洞有如迷宫，若无人指点迷津，恐难有出头之日。远望酷似布达拉宫，故堆云洞也有"小布达拉宫"之美誉。由于早期晋南的共产党人嘉康杰曾在此从事地下工作，所以这里是康杰中学的爱国主义教育基地。作为康中毕业的学生，崇敬之情油然而生。

### 盐湖。11月15日，星期二

盐湖区，即过去的运城市，地改市之后有此称谓。运城人多以"大市""小市"区分，"小市"即盐湖区。中条山脚下的百里盐池历史上曾经是大半个中国的百味之佐，自从有了盐，人类的生活才算是真正有了味道。"南风之时兮，以解民之愠兮；南风之时兮，以阜民之财兮。"舜帝《南风歌》，千古永流传。在盐湖区北，有传说中的舜帝陵墓，历朝历代据此修建庙宇，规模不断扩大。今天的舜帝陵已然是一处以全新理念建设的现代园林。盐湖区的城市管理者，一方面要把它做成市民休闲度假的所在，一方面还要使它成为世人尊崇和朝拜舜帝的正宗。让历史为今天服务，将人文遗产纳入旅游产业当中；大手笔才能做出大文章，大投入才能得到大回报。山西的人文遗产不可谓不丰厚，山西的文化旅游却不能说很发达。盖因所谓文化的成分过重，而经营的比重太小；所谓学理的内容过多，而商业的手段单一。如此说来，舜帝陵的发展理念是颇有远见卓识的，同时也更切中识弊。我们在祈求舜帝保佑的时候，也祝福舜帝陵能够有一个更加美好的未来。

17日工作结束，运城之旅亦告一段落。当日晚餐由老朋友、运城市地方税务局局长李晋芳先生做东，邀请新朋故交小聚。相谈甚欢，夜阑才散。

**后记。11月18日,星期五**

17日下午回家。18日上午由运城返并。如同去时董建平先生、另有运城市公路局的党委副书记王发刚先生亲自来接一样,返程时董先生执意送回。此次运城之行历时二十天,行程一千余公里。

# 平阳风情

平阳为临汾的古称,这里也是中国远古年代的贤君尧的故都。宋以下置平阳府至清代千余年,改称临汾已经是20世纪50年代的事情了。这里随处可见的尧庙尧陵尧宫乃至尧的塑像,昭示并传承着临汾悠久而灿烂的历史和文化。2007年的冬天,从西山到东山,从山区到平川,我走马观花地将临汾十七个区县跑了一遍,基本上是每个地方待一天。连感受也说不上,映像而已。

## 隰县。11月18日,星期日

下午两点由太原出发,奔赴此行的第一站隰县。隰县为临汾西北边陲,"河东重镇、三晋雄邦",但却不是一个富裕并引人注意的地方。当年红军东征经过此地,眼下当地人正在城外的一处坡地上兴建晋西革命纪念馆。车由汾阳离开高速，就开始了差不多三个小时的颠簸行程。行至孝义境内兑九峪一带，在山西屡见不鲜的运煤重车排成了数公里的长队。混乱、嘈杂、噪音，加上浑浊的空气，让人觉得只有在车里才更干净一些。兑九峪这个地方，2006年拍摄专题片《红军东征》时曾来过一次。1936年，东征红军在这里与阎锡山的晋绥军进行了一次惨烈的战斗，双方未分胜负。阎锡山不得已请来蒋介石的中央军入晋增援，红军则由此改变了东征的战略意图和目的。眼前的阵势和弥漫的灰尘似不亚于七十年前的炮火硝烟。

四个小时以后，我们抵达目的地。当夜下榻隰县宾馆。

**隰县。11月19日，星期一**

一大早，好客的主人邀请我们先上著名的小西天。小西天为明代建筑，独居隰县城西一座突兀的土山之巅。过桥拾阶入洞天，方可到达千佛殿。暗合佛教教意中的西方极乐世界，故名小西天。千佛殿内，最为珍贵和神奇的是愈三百余年而完好无损的悬塑。这种用泥捏成的艺术瑰宝，凭空挂满了一屋子。当太阳的光芒照进殿里时，令人禁不住叹为观止。讲解员告诉我们，灰尘不落千佛殿。多少年来,这里从来就没有打扫过。而小西天最为人所称道的,就是那副对联了。

果有因因有果,有果有因,种甚因结甚果

心即佛佛即心,即心即佛,欲求佛先求心

　　同行的汪馨野先生是隰县人。就餐时他不断地敬酒:一半为客人,一半为主人。当日下午,由隰县经蓬门村——这里为红军东征时首战之地,在大山里拐了若干个弯之后,到了永和县城边上,在一个只有五个人的气象站逗留。总体的感觉上,气象站都建在城外,在远离人们视线的地方。这个行业的人,平和亲切,看上去很是淡定。生活中人们只去看天气预报了,少有人关注做天气预报的那些人。

　　由永和县南下,再与隰县擦肩而过,天将晚时分,到了蒲县。

### 蒲县。11月20日,星期二

　　这个地方是第一次来,想了想也没有认识的人。晚上拐弯抹角地被带到当地地税局的院子里吃饭,感到很是陌生甚至有些不安。在一间多功能大厅里,当中摆了一张几乎能坐二十个人的大桌子,加上光线也不是很好,就这样不明不白地吃上了。席间,做东的蒲县国税局局长,在客气了一番之后就开始了"不客气"。此公豪言壮语直来直去,对于他认为不合理见不得的人和事嬉笑怒骂一吐为快。他在工作上当仁不让,自身个性又很强,自然受人瞩目。饭罢,他领我去看他在院子里养的藏獒威风凛凛的,像是从鼻子里发出低沉的吼声。

作为西山相对富裕的一个县,蒲县城还是有一定规模的,不仅仅是只有一条街,而且把这座城市的家当都摆在其中。隆冬季节,天空看上去总是灰蒙蒙的,如此构成了西山上各县共同的另类风景。到了襄汾,变本加厉,颇有些对面相见不相识的味道了。我说污染实在厉害,当地人说是雾。

上午十一点的时候,我们去了坐落于柏山边缘的东岳庙。东岳庙为供奉商代名臣黄飞虎而建,因其生前刚正不阿嫉恶如仇,所以身后被封为东岳大帝,掌管人间吉凶祸福。进了庙门,映入眼帘的那副对联引人注目。曰:伐吾山林吾勿语,伤汝性命汝难逃。据说,因为这副对联,这柏山上的树木多少年来相安无事,得以长成栋梁之材。东岳庙里多半展示的是诸如十八层地狱这些阴间的部门和受难的过程,感觉上有些阴森恐怖,真不是这个世界上的"好人"应当光顾的所在。中国传统文化里的是非善恶观念,对比原本如此强烈,所谓善有善报恶有恶报,一语道破了天机。

当日下午即起程赴大宁。路程虽不远,但在这个县里停留的时间却只有两个小时。一个只有六万人的小县,一个财政收入不足两千万的贫困县,一个几乎没有资源的农业县。那里的人知足常乐地过着自己的日子,感觉上不怎么受到外界的影响和打扰。

四点多,我们就赶赴下一个目的地吉县了。规划中的沿黄公路正在修建当中。路难行,天将晚,最是天涯流离人了。忽上忽下的路面,让我们的商务车看起来更像是汪洋中的一条船。司机小段抱怨这叫路吗,我说是海。我又开始晕车了,发短信给我女儿,她回信道,坐车是个麻烦事,偏偏你又晕车,偏偏你又下乡,偏偏下乡要坐车,偏偏下乡要坐那么长时间的车。

及至车近吉县城时,眼前的路基宽达数十米,当地人说这是正在建设中的吉州大道。

## 吉县。11月21日,星期三

以前熟悉的吉州宾馆已经拆了,正在兴建一座十二层的高档次的新宾馆。这个地方不止一次来过,多半是因为名扬海内外的壶口瀑布。此番再到吉县,感觉今非昔比了。据说有十余项重点工程已进入实质性操作阶段。如此一来,不仅吉县的城市面貌要发生根本的改变,吉县百姓的生活也要迈上新的台阶了。以前吉县只有壶口一张牌可以打——人们只拿吉县当匆匆而过的驿站;今后可以拿一副牌出了:让壶口成为吉县的链接。

当日下午由吉县赴乡宁,仍在修路。进入乡宁县城,当地人带领我们的车向一座山头冲去。那里是我们下榻的地方叫舒云大酒店,同时也是本地的北山公园和最高点。放眼望去,乡宁尽在眼底了。

### 乡宁。11月22日,星期四

在临汾,乡宁是以煤炭资源丰富著称并且是全市名列前茅的富裕县。这从其城市建设的规模,以及城乡发展水平可见一斑。去了两个村子,一个是燕家和村。这个公路边上只有508口人的小地方,工农业总产值却超过了六千余万元。村主任说村里的人均纯收入有五千块,我说保守了吧。他哈哈一笑。村主任大名叫李七斤,问其来由,说也没有称过。及至在村委会的墙上看到另一个名字李四斤,村主任告诉我,那是他哥。就村里的集体收入而言,并不是很多。七斤村主任将他的个人收入的一部分反哺回村里的基础建设和民生方面。他因此拥有很高的威望和权威,并在其他方面获得了许多荣誉。七斤是个明白人,脸上似乎总是一幅似笑非笑的表情,说出来的话生动有趣,极富戏剧性。以他为原型写个剧本什么的,应该好看。另一个村叫南崖,深藏在大山里了。也是因为有煤矿的缘故,让这个近千人的山村里的老百姓过上了幸福而富裕的生活。村主任郭海全军人出身,黝黑脸膛,不苟言笑,按照一种先进、科学、务实的理念,让南崖村在进入21世纪的时候变成了典型的新农村。

当日下午,由西而东去了襄汾。

### 襄汾。11月23日,星期五

进驻交通大厦的时候,城市的灯光若明若暗地交相辉映,类似于长者的有些浑浊的眼。这才有了此前提到的关于雾还是污染的辩解。这雾像是幽灵一样,笼罩在这座城市的周围,到我们次日下午离开的时候,还不见散去。

上午去了位于城南的丁村明清民居和丁村文化遗址。民居是当地一位叫丁溪连的官商的祖宅,建筑风格上与山西或北方的民间大宅并无二致。作为一个博物馆,它的主题是民俗世相、岁时习俗及迎婚嫁娶一类。丁氏祖先商而优则仕,虽为捐官，可还是在门廊上悬挂一块乾隆赐封的"宣德郎"牌匾，用来光宗耀祖。

丁村遗址及其文化，在我国考古学界地位和影响十分显赫。20世纪50年代在这里发掘的三颗早期智人牙齿化石，介于北京猿人和现代人之间，被认为是填补了旧石器时代中期人类进化佐证的空白。没有去遗址实地看——也不知道它还有没有，只在所谓的展览馆里浏览了图片和屈指可数的猛犸象象牙等实物。作为一处极具历史和文化价值，并且具备了可说可听可开眼界等基本条件的遗迹，丁村在维护、挖掘尤其是开发方面鲜有过人之处。光顾者寥寥，知道的人怕也不多吧。离开时，看到一位大娘在老式纺织机上织布，感于其辛勤，遂买了一块土布。

当日午饭后起程，赴曲沃了。

### 曲沃。11月24日，星期六

曲沃县多次路过，此为第一次停留。印象中她与侯马咫尺之遥，几乎要连在一起了。原本这两座城市也是"合而分，分而合，再合而再分"，具有说不清道不明的缘脉。这种地理上的姊妹关系，在一定程度上构成了所谓"重镇"和"驿站"的差别：侯马更大更显著，而曲沃就有些像小姨子了。

就城市本身而言,曲沃小巧精致、清新靓丽,给人的感觉还是很不错的。

### 侯马。11月25日,星期日

就地理位置而言,侯马无疑是山西最具优势的城市了。小而言之,她是晋南临汾、运城、晋城三座城市的中心;大而言之,她居山西、陕西、河南省金三角的中心位置。自古就是著名的"南来北往商贾地,千车百货旱码头"。两千五百多年前,晋景公因新田也即今天的侯马"土厚水深、居之不疾、十世之利"而迁都于此。其后两个多世纪,不仅成就了春秋时期不朽的晋国霸业,同时这里也是山西之简称"晋"乃至史谓"三家分晋"的真正源头。至于"侯马"的名称,可以从字面上去理解了:明代在此设当时中国北方最大的驿站,进京朝政的大小官员皆于此地食宿等候换乘马匹,约定俗成,就叫侯马了。

侯马同时也是一座以历史遗存和文物众多而著称的城市。侯马博物馆里林林总总的历代文物,总是令人叹为观止。回过头来,那座所谓的博物馆实在不敢恭维,感觉上像是一个分外精神的人,穿着十分不讲究的衣服。作为解放以来全国十大考古发现之一,镌刻在五千多片玉石上的"侯马盟书"，记载了晋侯盟誓及春秋时期的政治、军事、社会情况，弥足珍贵、昭著天下。

今天的侯马，是一座具备了品位、格调、包容和内涵的城市。加上长期以来众多的兵工企业聚集于此，有效提升了市民的城市化水平。

### 翼城。11月26日，星期一

曲沃在侯马和翼城之间，往西先到侯马，东去就是翼城了。此行已算是从西山下来，进入临汾盆地了。山依然能够清晰地看见，但是距离已比较远了，作为东西山之间的缓冲地带，作为临汾市最南端的一个县城，翼城在我的印象中似乎有些奇怪。直觉上这个地方的民风比较强悍，好像要超过传说中的洪洞县。实际接触之后，有些似是而非了。翼城人敢想敢干直言不讳，历史和文化底蕴还是相对厚实的。在山西，晋南一向是以文化发达、尊师重教著称的。晋南的运城、临汾两市，自1977年恢复高考以来，升学率始终居全省之首。通常的说法叫作"跳农门"，也即通过考大学改变自身的命运。整整三十年过去了，有多少人跳出"农门"，融入更加广阔的世界不好计数，这种良好的传统却一直保留至今。

去了里砦镇的老官庄村。这个位于丘陵地带的大村子，自有人口接近五千,常驻外来人口就超过了三千人。在11月份瑟瑟的寒风中,我们从老官庄欧式风格的广场上匆匆走过。前方整齐划一的村民别墅,令人艳羡不已。名气更大的村党支部书记、老官庄村集团公司董事长外出公干,三十出头的村主任陪着我们。他自己有一座年收入近百万的铁矿,家族里的人代为打理。村主任是村民公选出来的,在这种富裕程度比较高的农村,他不仅要履行村里的日常事务,每每遇到兴建学校、修路等公益事业,还要带头捐款。村里的老百姓很富足,但集体收入并不是很多。不少村主任将自己的财富投入到村里的公益事业当中,同时让私人企业成为村里人领工资的一个公共场所,身体力行着"先富带后富"的社会主义市场经济法则。

村主任的座驾是一部新款本田,他不从集体收入中领取薪金。据说翼城关闭了不少小规模的炼焦炉,但污染仍是很重。

### 浮山。11月27日,星期二

从翼城到浮山,就算是从临汾的西山到了东山。地域变了,风景亦为之一变。黄土回归了本色,尤其是空气好了,能够看到清新如浣洗过的蓝天白云。浮山县的宣传部长曾经担任这个县的副县长,甚为雄辩。他自己开车拉着我浏览市容。扩建中的新城,宽阔的道路,山头上新矗立的石质帝尧塑像清晰可见。虽为山区县,却并无封闭和逼仄之感。我跟部长建议,可以开发住宅小区,吸引临汾市民购买,把浮山建成临汾的后花园。感觉上,这里的人性格平和,与人接触友善而淡定,少做作不强求,总是能在一种亲切从容的氛围中说话做事情。相传,浮山为凤栖之地,是帝尧避暑的地方,所以浮山还有一个动听的别称叫凤凰城。史料记载,"山随水势而起伏",因而得名。

### 古县。11月27日,星期二

当日下午,往北沿着一条幽静的山间公路,前往古县。几近古县时,欣然看到路边一条清澈的、未被污染的河流。河水被一道一道人字闸拦住,积蓄成了呈翡翠色的河塘,流动着的轻灵的水面,如同一首浑然天成的乡村民歌,令人止不住要去亲近她触摸她。我不知道山西还有没有未被污染的河流,走过了这么多地方,这样的情景还是第一次看到。

在横跨石壁河的一座桥上逗留,应热情的主人之邀,我们顺道去三合村看牡丹。准确地说,那是一个有庙宇的牡丹园。正中一株硕大的牡丹,种植于唐代,不仅是这里的镇园之宝,同时也是中国树龄最长、花冠最大的成活牡丹。虽然时令不对,但她遒劲的枝干,还是显示出了卓尔不群的历练之风和富贵之气。有一年,这株牡丹开出了创纪录的586朵牡丹花,天下第一,当之无愧。古县地广人稀,煤炭资源丰富,当地百姓的生活富足而安康。站在可持续发展的层面,古县的管理层正确地提出了"以花为媒、广交朋友"的先进理念。古县县城曲折有致,广场、雕塑、喷泉、文化中心,尤其是流光溢彩的夜景,一应俱全,彰显出历史、现代和舒适宜人的和谐统一。作为深藏在大山里的一座鲜为人知的城市,甚或是一颗明珠,这里给我们留下了美好而难忘的记忆。

一代名相蔺相如是古县人。

## 安泽。11月28日,星期三

一大早由古县到安泽。这里也是一个比较纯粹的农业县,植被很好,森林覆盖率超过60%,在黄土高原上,这是很难得的。这里还是战国时期的大儒荀子的故里,2006年,安泽举办了荀子文化节。我的一位大学同窗在此做副县长,我进城的时候他恰巧出城,擦肩而过。当晚我住汾西县,他专程赶到,把酒言欢,酒浓兴致更浓。次日分手后,他即兴赋诗一首,通过手机传给我。诗云:夜半寻访汾西城,月朗星稀灯不明;回首向来萧瑟处,料峭寒风吹酒醒。


### 汾西。11月29日,星期四

由安泽西北去,横跨纵贯山西南北的大运路,就是汾西县了。此番由东而西,下太岳山再上吕梁山,就又从清新回归了污染。汾西盛产煤炭,感觉上是一个粗枝大叶的地方,人也十分豪爽,有什么说什么。


### 霍州。11月30日,星期五

从汾西到霍州,就算是从山区来到了平地。临汾为晋南盆地,四面环山。霍州位扼大运高速公路要冲,是进入临汾及晋南的北大门。山西人的母亲河汾河穿城而过,将霍州市一分为二,河东河西,不一而足。原本沿河而建的城市,总能给人一种灵秀润泽的感觉,只是在山西,汾河里的水早已枯竭,取而代之的是工业和民用污水,以及刺眼的生活垃圾。现如今,包括太原在内的一些城市都已经开始整治河道,筑堤坝、植花草,然后蓄上水,把它打扮成一个城市公园。姑且算是一种补偿吧,人类常常是在打破了自然界的平衡之后,才回过头来修复它。只是汾河里的水,什么时候才能流到头呢?

霍州是一座大型工矿企业聚集的城市。煤矿、电厂极其庞大的生活资源,构成了这座城市的经济基础和人文主体。霍州电厂整齐划一,凸显大企业的风范;李雅庄矿长达数公里的封闭输煤通道,蔚为壮观。在李雅庄矿设施齐全的社区里徜徉,浓厚的人文气息,和煦的井然秩序,让人确切地感受到如今矿工的幸福生活。这里同样是污染的重灾区,我们去的时候碰巧云开雾散,风和日丽。霍州电厂直言不讳的厂长连声道,难得,难得。

夜宿兆光电厂附属宾馆。那是一家按照现代企业制度组建的电力企业,自成一体,设施先进,据说管理层只有十数人。次日离开的时候,又是一片阴霾都不见了。我对临汾的同事说,你看,你看,雾锁霍州啊。

### 洪洞。12月1日,星期六

"问我家乡在何处,山西洪洞大槐树"。这两句妇孺皆知的民谣,让洪洞很早就名扬天下。自明朝初年即开始的人口大迁徙,史称明代移民。围绕这桩史实,民间戏剧的海内海外的种种,衍生出了说不尽道不完的传奇和故事。所谓"此地别故乡,明代迁移忙;五百余年后,古槐民不忘"啊。在成倍扩建的新古槐公园里,当年的历史遗迹已成一隅,再也找不到故旧的踪迹。古槐已经是第三代了,游客恭恭敬敬地请出家族姓氏的牌位,然后上香礼拜。进来的人的虔诚和在里面的人对利益的过分"虔诚",相映成趣,大抵如此。

洪洞还有一处名胜是广胜寺,无缘得去,倒是去了霍山脚下的霍泉。一个接近标准游泳池的池子里,清冽的泉水喷涌而出,一尘不染,令人艳羡。同行的宣传部晋部长笑言,这水很硬,祖祖辈辈喝霍泉水长大的洪洞人因此而强悍、好斗。

当晚住洪洞。晚饭后下起了淅淅沥沥的雨,我独自外出走了走。街灯、行人、打烊的店铺,和风、天幕、零星的市声,油然滋生出一种人在异乡为异客的惆怅。


**临汾尧都区。12月2日,星期日**

这是此行的最后一站了。尧都区为临汾市委所在地,就山西而言,已经算是一座大城市,同时也是一座历史名城。尧庙华表根祖文化,物华天宝人杰地灵。汾河沿岸的滨河大道让它显现出了不同凡响的现代气息。在这里除了工作之外,陆陆续续见到了一些故人、同学和一见如故的朋友。到社区、大学、企业、公司里看一看,再与一些说得来有共同爱好的人士打打球、写写字、聊聊天,就可以算是到这个地方来过了吧。在山西师范大学,幸遇我的学兄倪生唐先生,他浓郁的乡音,宽厚的兄长风范,兼容并蓄的性格气度,让每一位与他接触的人愿意成为他的朋友,让他管理的大学充满了人文、和谐、学理并重的氛围。

从2日到6日,在临汾逗留四天。6日早饭后,大家在邮政宾馆握手告别,话说了一排子又一排子。同行的人当中,亢晔先生留下,逯梅英女士、汪馨野先生两位同行善始善终,陪同我们返回太原。司机仍是我年轻的朋友段贞旭。

临汾之行共计十九天,行程超过四千公里。

# 北出山西

从内蒙古回来，我特意去查阅了一番地图，约略梳理了一下这次旅行的路线。大致是这样的：去时由太原经忻州、原平、宁武、阳方口至右玉。从杀虎口出长城入内蒙古，经和林格尔到呼和浩特，回来由呼和浩特经托克托清水河从新建的万家寨黄河大桥入偏关，再经河曲、神池、宁武、阳方口、原平、忻州，一路南行到太原。将这两条线路用笔勾连起来，如同一条线系着一个呈扁圆状的气球飘浮在晋蒙两省区的版图上，细细端详，令人遐思。在八月的北方，在一向以凝重厚实粗犷豪放的自然和人文景观闻名天下的晋蒙两地走了一个来回之后，忽然滋生出这种轻飘飘的感觉，似乎颇令人费解。然而更重要的还在于这两条路线大体上就是至今还让包头人、河曲人乃至祁县人魂牵梦绕的当年走西口的人们所走过的。

就像内蒙古人管湖都叫海一样——这也许是由于他们太渴望的缘故，也许是由于天苍苍野茫茫的大草原孕育了马背民族如海一样的胸怀；早年的山西人自然而然地将大部分能够让人走让车行的地方叫作关或者口。往北去，那种度关山越隘口雄关漫道真如铁的景象，始终逼人产生出一种苍凉甚或肃杀的心情，全没有了旅行中理想的满眼风光赏心悦目。遗留下来的一些古旧地名如阳方口、杀虎口、偏关、宁武关，现如今依旧是交通要塞，依旧车水马龙繁忙如昔，即便有的已经升格变成了城市，但看起来似乎并非久留之地，而更像一个夜宿昼行的驿站。在历史上的同一个发展时期，山西南部黄河流域已然形成多处或文化或金融或农业的中心，文人们商人们在各自所属的领域内精雕细刻运筹帷幄扶犁田间地垄时，山西北部沿长城一带，作为当时的封建王朝的"极边"，却还在为战争和离乱忙碌着；如今残存的一些连当地人也说不清是什么时候修造的断壁残垣，不知道是否能感觉到些许历史的余温。由于发展的不平衡导致人口的不平衡，进而导致文化经济的不平衡，大而论之，山西也就不平衡了。

好在除长城之外，我们还有一条环护晋西北的黄河。纵向由北而南，她将晋蒙两地的腹部联系在一起，现在回想起来,当年沿黄河星罗棋布的水运码头该是何等的繁盛。作为晋西北历史上著名的水旱码头,作为周围地区的贸易集散地,小小的河曲"一年四季流莺啭,百货如云瘦马驼",超过三百余只可谓浩浩荡荡的船筏将"南来的茶、布、瓷器、水、烟、糖"溯流而上运出去,将"北来的肉、油、皮毛、食盐、粮"由包头放船载回来。然后由所谓的骡马帮通过旱路运往太原府及河北、河南、榆林、太谷等地区。跑旱路二百余公里四天路程上包头,走水路没有四五十天去不了。经常是人到包头卸下货物索性连船也卖了只背着钱袋子回来。今天的河曲尚有不少人仍在从事这种古老的打造木船的营生,恐怕与当年的这种"一次性消费"不无关系。顺流而下,黄河千里秦晋间,东有吉县西宜川,就到了黄河航运上无法回避的天堑壶口。如今人们熟知的"旱地行船"的奇观,大约就是当年的黄河船夫们集体智慧的结晶。几百年过去,黄河的水道越来越窄,河床越裸越多,虽说旱地行船的痕迹清晰可辨,只是黄河作为一条黄金水道仿如荒草离离的黄尘古道一样,永远地湮没了。

山西自古仰仗形势顽固、表里山河拒外面的世界以千里之外,现如今在意识和视野上走出娘子关,俯瞰环渤海早已不是问题。沿太行山以时代速度用三千万父老的心血凝结而成的山西历史上第一条高速公路，更进一步在行为和战略上为我们走出东大门，与外界接轨找到了出路。虽说高速公路的名称，一开始就"太旧"，但它无疑是今天的山西人的一个新的兴奋点。走出山西，也足以客客气气地对别的地方的道路来一番评头论足，也可以说它跟我们的太旧一样。与山西历史的围城观念相比，今天的山西人渴望城门洞开吐故纳新的迫切愿望就应该被看作是革命性的。只是回过头来想一想，我们还有没有时间再去找一条北出山西之路，我们还有没有机会再去造一座北出山西之门。山西这座十五万平方公里的大厦，仅有一个或者两个窗口是会缺氧的。历史的不平衡已然如此，发展的不平衡却不仅仅是未来的历史。

横向由东而西，黄河所赋予我们的，就不能不提到一言难尽的走西口了。河曲县志上说：只有生活贫困的人，才肯铤而走险跑口外。前一层意思正如那首民歌所唱：河曲保德州，十年九不收。男人走口外，女人挖野菜。后一层意思说的却是一种无奈和冒险：不管愿意与否，应该说，只有勇敢的人才敢于踏上漫漫的西口征程。因为此一去：东三天西两天，无处安身；饥一顿饱一顿，饮食不均；住沙滩睡冷地，脱鞋当枕；翻坝梁刮怪风，两眼难睁。实在不是什么美差。清朝初年开始的这种民间活动，跑口外的人的初衷，或者说出去的目的都是为了回来,找一块草长水美肥田沃土的地方定居那是后话。所以大部分人都是春夏出口,岁暮而归,如雁行一般;都是一路走来一路打听,像羊群寻找草地那样,碰到什么干什么,至于专业对不对口待遇高低,全在其次了。君不见:他们下石河弓身拉大船,进河套抢镢挖大渠,上后山双手拔麦子,走后营拉骆驼充当马前卒,甚而染上瘟疫九死一生的,遇上土匪几乎送命的,都在不少数。西口人所走的路所受的苦所有的情所留下的回响,见诸史册的不多。它始于民间,止于民间,能够口口相传、沿袭至今,在很大程度上就要仰仗河曲和内蒙古一带的民歌了,说它们是唱出来的历史似不为过。康熙年间,包括山西、山东、河北、陕西等地在内的汉人到察哈尔、绥远一带垦荒的有数十万。如此大的规模已然形成了气候,容不得政府不有所考虑了。应该说,这是传统意义上走西口的一个历史性转折。一方面,清政府连年征战征粮征兵扩大版图,需要不断开垦土地;另一方面,也是历史有幸,遇上了康熙这位胸怀博大的开明皇帝。他不仅汉字写得有模有样,而且他对汉文化的认知与深刻理解,再加上游牧民族一贯的强健体魄,使这位执政长达六十年的君主充满了王者的平凡魅力。至康熙三十六年(1697),也就是为谋生的人们在西口路上走了约莫半个世纪之后,康熙特准鄂尔多斯王爷之请,"汉保营得与蒙民交易,又准汉民垦蒙古地,岁予租子"。于是走西口的人也就由地下转为公开,由黑户发展而成为手持"龙票"的临时居民。这种"龙票"大体上就是现如今内地的人们赴深圳时所持的边防证。于是我们也就为晋商大都发祥于口外的说法找到了依据,无论是乔家乔贵发先有复盛宫后有包头城的传奇也好,无论是大盛魁驼帮在自己的商道上逶迤穿梭首尾难见也罢,晋商陆陆续续超过两个世纪的繁盛与辉煌,曾经为荒凉的北方大漠增添了无限的生机。于是"内地人民之经商懋迁者;务农而春去秋归者,亦皆由流动而渐进为定居,由孤身而渐成为家室"。蒙汉共居,农牧并举,其乐也融融。此次北上内蒙古途经各地,听到的是浓浓的乡音,感到的是绵绵的亲情;两地百姓这种历史的血缘至今剪不断理不开源远流长呵!

提到走西口,不能不提到民歌;而提到民歌,就不能不涉及西北边陲的那座小城河曲了。因为走西口的民歌大多是河曲的,因为清政府当年批准开放的第一个渡河码头,就在河曲城根儿的黄河边上。当地人于1994年立了一块碑叫作西口古渡。我们在河曲逗留时曾去那里凭吊,夜幕下的母亲河看上去越发像一条舒缓的纽带,令人滋生出满腔的思古之幽情。

比较而言,河曲人更知书达理,更温文尔雅;或者善谈,或者能唱。这从他们对待现如今已是山西电视台知名主持人金鉴的那种情分上就可略见一斑。我们到达的当晚县里设宴洗尘,闻风而动的人们来了满满一屋子。有人戏言:在家的党政领导都出面接见。他们平静地欢迎金鉴回来,响亮地说金鉴其实就是河曲人。直令此公在离开河曲时忍不住热泪纵横泣不成声。这是一个在河曲待了十九年的北京知青的眼泪,这是一份永远也无法忘怀的记忆呵!

与黄河边上环晋西北和走西口有牵连的其他城市相比,河曲的内涵更加丰富,整体上的知名度和吸引力也更高更强一些。境内拥有的以娘娘滩为首的自然和人文景观丰富多彩,黄河滩涂是成片的肥田沃土。穿城而过的那条在县级城市并不多见的黄河大道,昭示着今天的河曲人负重前行不甘人后寻求发展的理念。应该说,河曲的现状理应更好一些,这不完全是它自己造成的。其中有历史和现实的原因,也有自然和人为的因素。晋西北的发展,如果需要有龙头牵动的话,河曲当之无愧。那里的人民勇于承担起这份历史和时代的重任,并真正把它完成好。这就是山西之大幸,这就是黄河之大幸了。

# 其实你不用去远方

前不久，我的一位远在深圳的朋友来信，说他在紧紧张张一番忙碌之后安定下来，突然有了一种失落感。这种并非少小离家老大回的游子情，十分敏感地触动了我的神经，让我清晰地感到，原来我是个山西人，地地道道的，不掺一点水分。

地域上的凝聚与隔阂，不在乎你是伟人还是平民，不考虑你是富翁还是乞丐，这种情结，靠人为的力量打不开也系不住。不出娘子关，我们只说回运城老家或去认一个大同老乡，而一旦走出山西，那我们就仅仅是个山西人了。故乡对故乡人的牵引和故乡人对故乡的眷恋，是一份永远也说不清楚横竖也割舍不去的怀念。

作为山西在北京乃至全国发起的宣传攻势的一部分，笔者作为撰稿参加了中央电视台正大综艺山西专场的拍摄活动的全过程。外景拍摄历时近一个月,行程数千公里,从南到北,由东及西,尽管还是十分有限地将山西的表里山河走马观花掠过,可终归还是有一个信念有份情感有片赤诚,以新的价位和视角深深烙印在我的履历中,铭刻在我的脑海里。简单说来只有四个字,就是我爱山西。

标题叫"其实你不用去远方",潜台词是"好地方就在你身旁"。允许我还是按照电视专题片的思路,来梳理和记叙这次旅行吧。

所有中国人,包括世世代代生活在黄河岸边和远离黄河的人们,都对黄河有一个历史和现实的概念,都对黄河有一份抽象和具体的情怀:往远了往大了说,黄河是中国人的母亲河,是中华民族的发祥地;就像远古部落的图腾一样,黄河对我们是一种源远流长根深蒂固的象征和标志,近一些具体点讲,黄河就是这么一条含沙量很高有时候水患还要大于水利的北方大河。无论你爱也好恨也罢,她永远生生不息地流淌着。

"你从雪山走来,你向东海奔去;你从远古走来,你向未来奔去"。一首《长江之歌》,从地域和历史纵横交织的全方位时空,唱出了中国人心中的内涵和气概:回肠荡气跌宕无涯韵味深长。那么黄河呢？是"黄河大合唱"在吉县壶口激发出的怒吼，还是"哥哥你走西口，小妹妹我实在难留"在河曲娘娘滩吟唱起的幽怨；是古渡历历神柏苍苍的大禹渡，还是峡谷深切索桥飞渡的偏关万家寨水利枢纽。虽说高山挡不住，毕竟东流去，然而黄河流经山西的七百余公里，却实实在在是自北而南或高亢或低吟或舒缓或急深而去的。

天下黄河九十九道弯：道出了黄河所有的积淀和漫漶。不过，黄河在偏关老牛湾这个历史性的转折，却打破了年代久远和历历在目的时空界限，绵延不断地谱写出中华民族的远古文明和社会生活，在黄土高原上的三晋大地、冲积出一片片越来越显现其生命力的文化绿洲。

说河说黄河说我们山西的这段黄河，自然就成了这次山西专场的首选主题。说实在的，将这么些内容浓缩在四五分钟的片子里，难度实在是太大了。最后为"正大"剪辑出三十分钟的片子，我们整整拍下了十五个小时的素材！由此我也深深理解了搞电视做节目的艰辛。正如您所看到的，说河的内容——

一为吉县壶口瀑布。山西的风景名胜，属于历史的人文景观居多：从百万年前的史前人类遗址到历朝历代都有文物古迹留存至今。史家誉山西为古文物之博物馆。作为一笔宝贵的文化遗产,它一方面是山西人引以为自豪的作料;另一方面也使我们在许多方面显得过于凝重和缺乏轻灵。不大了解山西的人,总觉得我们有些过于一本正经和不苟言笑。事实上,不得不如此。黄河文明的深厚有时候需要几代人的挖掘,才能窥见一斑;黄河文明的沉重有时候要靠一个民族的力量,才能搬得动它。

属于自然的景观偏少;而作为山西境内作为黄河上最著名的自然景观,壶口瀑布首屈一指。无论从哪个角度看,壶口瀑布都应当划进世界级范畴才符合它的身份。若不是由于阅历太浅而孤陋寡闻,不是由于月是故乡明而敝帚自珍,那么笔者的判断应当是客观的和真实的。从下面一点我们是否可以找到资证:和世界上其他的著名瀑布比起来,壶口的魄力不在于潇洒和飘逸,而是它的凝聚和力度。试想一下,骤然间将超过两百米宽的黄河水,收拢进宽不足五十米落差却高达三十米的"壶口"中,然后就遁入千余米长的龙漕里神龙不见首尾了。这瞬间和永恒的连续动作,难道不是一个仅有的奇迹吗?

赞美、歌咏和被壶口瀑布震撼的诗文篇章、文人墨客很多,作为一处综合性的风景它的内容也很丰富。不过,要真正理解和体验壶口瀑布的壮美和大气,你最好亲自去看一看。描写壶口的传世之作我们尚未看到——其实说不好，反而不如不说。一些程式化雷同化的缩写和改编，反倒冲淡了"原作"的味道。对于大多数暂时去不了的人来说，电视就是一种再好不过的媒介了。片子中的解说词有这么两句：不知道该说什么好，这是大多数人初到壶口时的强烈感受。作为一名游客，壶口的涛声令我难以忘怀。主持人李丽萍张开双臂高喊：你听见壶口在咆哮吗？这震耳欲聋的吼声把什么都盖住了。我觉得我自己太伟大了。她没有按照以往的惯式说自己渺小，也算是一家之言吧。

和祁县的乔家大院比起来，壶口好像不够红火热闹。这除了交通方面的原因外，宣传上似乎也缺少一种契机：乔家凭着满院高高挂起的大红灯笼，映红了大半个中国；而壶口，仅靠给它冠个"世界上最大的黄色瀑布"或"中国旅游四十佳"等诸如此类的头衔，恐怕远远不够。旅游方面的自然资源和文物古迹一样，都面临着一个保护和利用的问题。据说，长期以来壶口瀑布每年都以接近一米的速度，往上游"走"动。史料载，约三千年前，壶口和孟门是连在一起的。今天，壶口却已在孟门之上三千千米之遥的地方了。若不珍惜，有一天壶口真的"走"到内蒙古或别的什么地方，抑或干脆不复存在，那将空留下千古的遗憾了。

一为黄河娘娘滩。如果说黄河在壶口迸发出的力量代表了我们这个民族的某种精神;那么,黄河在河曲流露的舒缓和深沉,就是两岸人民生生不息的源泉。黄河在这里造就的两个杰作:一个是走西口。如主持人在轮渡如梭的南关码头说的,这里是山西河曲,对面就是内蒙古的准格尔旗了。当年走西口的人们就是从这里渡过黄河,远赴口外谋生的。现如今,物是人非,早已疏远了走西口的苍凉;古道热肠,依旧抚慰着黄河人的胸膛。夕阳西下时分,掠过黄河,目力所及,我的思绪仿佛触摸到些许大漠的荒凉与肃杀。

　　从南关渡口登船,片刻就到了娘娘滩。"那水流千里归大海,走西口的哥哥呀你返回来",这首由走过西口的当地人唱出来的原汁原味的河曲民歌,和世代居住在娘娘滩上的黄河人家,他们对故土的执着、对亲人的眷恋,可谓异曲同工一脉相承啊。

　　确切地说,娘娘滩只是位居黄河中的一方"土洲"。黄河中这样的地方不多,而有人居住,恐怕只此一处。这个绿树环绕的世外桃源,相传因汉文帝刘恒的母亲薄太后被高祖刘邦逐出长安,落难居住在此而得名。其时正是五月,滩上处处桃红柳绿,家家柴扉虚掩,颇有些扶犁黄河边,闲话岁月长的悠然情致。

这娘娘滩上住人的历史,即便从薄太后母子落难算起,也已超过了两千年。现如今为生活所迫的岁月早已随黄河水远去,娘娘滩上的人想要离它而去,也只是花几块钱买张船票而已。更何况这里的年轻人大部分都已进了城,有的还到了更大更远的地方。童年听腻了的黄河涛声和娘娘滩摇篮中的梦幻,恐怕仅成了他们生活中的一段履历,就算心常系之,人却再也不会回来。

滩上仅存的十几户人家,几十位老人,除了还保存着一些古旧的习俗和淳朴的民风外,日子倒也过得安逸适足,与外面的世界相去不远。

作为黄河造就的一个奇迹,作为铺陈在黄河里的一幅水墨画,娘娘滩观赏的价值已超越了生活的原意。不管怎么说,这里的人对黄河的依恋和挚爱,对故土的眷念和厮守,的确令人动容。我想到远在晋南的洪洞大槐树遗址。实际上,他们之间应该有一种共同的内在的成分和关联。为生活所迫走西口的人们,他们的生活并无多大改观,家再穷再陋终归也还要回来。而"问我家乡在何处,山西洪洞大槐树"这两句流传数世纪的大白话,倒更像是人们故土难离认祖归宗的座右铭。

明朝洪武年间发端的移民运动,其规模之大时间之长范围之广，历代无出其右。在山西约有六七次，计有三十几万人先后被集中到当时的那棵大槐树下迁往中原和华东南。移民的背景，说起来只是因为当时的"山右富庶且人丁兴旺"，而中原等地经连年的战争离乱和饥馑几乎成了无人区了。六百年过去，当年从这里迁移出去的古槐后裔，如今遍布国内二十余省市四百多县，以及东南亚等国家和地区，牵系着数千万人的血脉和神经。

当年的大槐树早已不复存在，后人在它"仙逝"的地方盖了一座祠堂。因为它不属于那个家族，而是荫庇着一大群人，姑且称它古槐祠堂吧。里面供奉着四百多个姓氏牌位，来此寻根祭祖的人不在少数。他们怀着一种好奇一腔虔诚和一份神圣，把自己的祝福和心愿寄托在祖先的牌位前，点燃在袅袅的香烟里。不过祭祖的香火你得用布施去买。这一点，朝拜者和收钱的人想得恐怕不是一回事。

不过，一走进那座还算清爽的古槐公园，我还是滋生出了一种回家的感觉。这种情愫，也许只有中国人体会最深感受最切。多少年来，我们对自己民族的血脉、渊源的根系，把握得这样紧，体贴得这样深；无论走到哪里，无论身在何处，都忘不了自己是炎黄的子孙，是五百年前的一家人。

一为芮城大禹渡。站在高崖上俯瞰，黄河更见开阔，在晋南明丽的阳光下静静地流淌。如同经过在秦晋大峡谷间的博弈和挣扎之后的小憩:喘口气,放松一下手脚,继续它浩荡东去的最后旅程。

大禹渡作为黄河中下游著名的古渡口,是和我国历史上第一位功勋卓著的治水英雄大禹紧紧连在一起的。今天的人们,与其说对大禹治水的业绩感恩戴德,还不如说他们相信禹王庇护黄河的神话。四千年前,大禹察看水情,垂舟东渡时拴过马的那棵柏树,如今被当成了神柏。神柏枝干粗壮,老而弥坚;树冠硕大无朋,荫庇着足下的一方土地。由此推想,那个时候的黄河水位当距柏树不远;而今天,黄河已在其下几百米开外了。北京人、央视编导陈建中戏言,说不定下游的河南、山东就都是黄河冲出来的。这里的专家告诉我们,每立方米黄河水的含沙量高达百分之六十。他形象地说,一脸盆水,一多半是沙子。

这里的大禹渡引黄高灌工程,建成于20世纪70年代初。它的扬程193.2米为全国之冠。沉沙池的效果也是最好的。二十余年来,引黄上垣,沉沙回河,滋润着当地十多万亩旱田。

大禹是一位平民出身的贤德之君,行无定踪,居无固所,一生为民操劳。他最后卒于浙江会稽,也就安葬在那里。会稽有大禹陵,大禹渡修建了大禹雕像。黄河人没有忘记这位民族英雄的善举,同时也希求和企盼他继续昭示和震慑桀骜不驯的黄河。雕像高十二米,五百余吨重,用一百二十七块青石砌成,是国内现有四座雕像中最大的。看上去大禹手执耒耜,依旧风尘仆仆,只有两只如洞的眼睛深邃悠远。我想所谓丰碑,要么极大地推动了人类历史的进程;要么最大限度地满足了百姓的意愿。由此看来,大禹当之无愧。

当晚,我们下榻大禹别墅。说是别墅,其实只是高架在河岸上的一排石头房子。子夜时分,我和司机许舵坐在走廊的石桌前,看月光下黄河的模样,听脚底下波涛拍岸的回响,沐浴在潮湿的河风里,玩味疏落有致的蛙鸣。其情其景,其意其境,不知所悟,不知所云了。

一为偏关万家寨水利枢纽。有关这项工程的方方面面,不再赘述。山西人对水的渴望如同对路的祈求,不知道盼了多少年。特邀顾问、文物局的杨子荣先生,他对路的熟悉,不是从洪洞到黎城该走哪条线,更到了在十字路口指示你往左还是向右拐的地步。杨先生感慨地说,山西所有的县我都跑过,有的还不止一次。可每次去都赶上修路,好像总也修不好。我们在拍摄过程中,也多次遇到路难行行路难的情况。每每在群山环绕、塬墚交错的山谷间穿行,我感觉只有飞鸟才是这大山里的精灵。从这个意义上说,山西需要像太旧路、万家寨这样的大投资大动作和一定条件下一次到位的大气魄大眼光,而不是小打小闹和修旧利废。与其坏了重修,修了再坏,还不如推倒重来。

横跨在万家寨工地上的那座人行索桥,这头是山西,那头是内蒙古。据说,它是黄河上最具特色的一座斜拉桥。桥不长仅五百米,宽不足两米,两人对行必须侧身而过。然而它距水面一百二十米的高度实在令人望而生畏。拍摄时,我被人搀着过去,又被拖着回来。战战兢兢头重脚轻的恐高感觉,真正让我不知道该说什么好。

不过,到1996年大坝截流的时候,黄河水位将被提升九十米,并由此往上形成七十公里的回流。那时候过桥,该是另外一番景致吧。

# 逛哈尔滨早市

1989年去广州，知道那里有个夜市，主要是为那些在职的"业余个体户"进行交易提供一个固定的场所。前不久，到黑龙江省出差，听说距离广州最远的北国名城哈尔滨有个早市，细细玩味，一南一北一冷一热一早一晚，倒也相映成趣。于是当主人邀请时，便欣然前往。

逛早市得赶早。不到五点，窗外已是天光大亮。乘车赶路时，瞧见几位金发"老外"或背或扛着鼓鼓囊囊的大编织袋，行色匆匆。司机说那是些俄罗斯人也去早市。自从黑河、绥芬河对外开放以来，再加上边境城市一日游、三日游等项目，双边民间贸易十分活跃。

早市位于哈尔滨南岗区建设街的一条巷子里，沿街两旁和路中间三列一字排下去的上百个摊位数千种商品，将不足五米宽的街道挤得水泄不通。步入其中,顿时让人忘了清晨的寒意。我等漫无目的地到处挤四下看,颇有些"儿童不解春何在,只拣游人多处行"的味道。一路走马观花下来,一位摊主的吆喝声吸引了我们。看看他摆在地上的东西,五花八门、琳琅满目,如同一间杂货店。贵的如貂皮大衣、照相机、皮靴等,便宜点的像首饰、手表、怀表及鱼竿、礼帽等,林林总总,全是地道的苏联产品。用他们自己的话说,虽然厚重粗糙一些,但却货真价实、经久耐用。站在我们旁边的一位老先生,拿起一架黑色皮套的照相机,打开端详拨弄许久之后,才问价钱。摊主要一百八十元,老先生从容不迫:我出一百,因为你这东西不是新的。摊主倒也干脆:成,一百就一百。我们恭维摊主爽快,谁料他答曰,合算,那是用一件皮夹克换来的,也就六七十元钱。此公在一家工厂上班,他差不多每周都去参加黑河一日游,用咱们的生活用品,倒腾回人家的消费品来早市上出售。这也正是哈尔滨早市什么都有,什么都不全,新旧参差,价格低廉的原因所在。

来早市的苏联人大多是跑单帮、做小买卖。他们随身携带一些物品,能换就换,能卖则卖,然后拿人民币去就近的副食店里买面包、香肠和列巴。这种以物易物的贸易方式,究竟谁吃亏谁占便宜,恐怕很难按其价值衡量,主要是根据双方的需要。早市上不少人操着半生不熟的俄语叫卖。一位小姑娘吆喝着推销"实用俄语速成"。

　　不知不觉早市收摊的时间已到。我们每人花六角钱买了一枚面值一卢布的硬币,留作纪念。

## 老街银滩涠洲岛

在我的印象中,广西北海已经是中国足够靠南的城市,但她叫北海。究其原因,曰海之北。其实北海是南北西三面环海的城市。很长时间以来,听到的说到的关于这座城市不在少数。比如她是后起的、宜居的、浪漫的一个地方,人们扎堆儿去那里买房子,尽管房价不菲。比如她是中国西部地区唯一的沿海开放城市和唯一具备空港、海港、高速公路和铁路的城市。比如北部湾和亚太经济圈、东盟自贸区核心和枢纽位置等等,不一而足。

10月下旬,北方又是秋叶凋零的季节,我去了北海。因为没有直达北海的飞机,17日十一点半搭乘东航MU9164次航班从太原武宿机场出发,两个小时之后抵达了上海浦东机场。由此到北海的航班在五个小时之后,漫长的等待,眼看着窗外的太阳都落山了。再经过两个多小时的飞行,接近晚九点,到了北海。细数起来,花在旅程的时间,超过了半天。

好在机场距离市区并不算远,三十分钟到了下榻的南洋国际大酒店。晚间的城市概念,街道方正并且很宽阔,行人不少但不拥挤。作为一个地级城市,五十多万城市人口,应该说已不算少。来时即听说北海的楼盘方兴未艾。马路对面一座簇新的、超过三十层的住宅楼,似乎闲置的不在少数。早上在楼下转了一圈,市场里的拇指香蕉只卖八毛钱一斤。预报气温21-30度,倒也没觉得太热。换上短袖,同此凉热了。

18日晚,夜游北海老街。老街位于北海的珠海路上,是一个世纪前,依照西洋模式建造的商业街。它和北海的其他建筑如当年的领事馆一起,构成了今日北海的另一道风景,想必也是她获得国家历史文化名城的核心。夜幕之下,斑驳陆离:昏黄的街灯,静止的罗盘,手握啤酒瓶的水手塑像,熠熠生辉的缅甸玉器。陈年的味道足够,唯独缺少了生机。无论她当年多么繁华,堪称"近现代建筑年鉴"也罢,往事如烟,旧梦不再,遍地英雄下夕烟了。穿行其中的人流,既无从找寻什么,也未知怅然若失,顶多感慨罢了。北海还是当年"海上丝绸之路"的始发地。不知道与中国腹地、西北大漠深处的"陆上丝绸之路"有何内在联系。

次日上午,去了三个地方。一个是堪称北海品牌的北海银滩和红树林。去过的适宜游泳的沙滩有限,北海银滩肯定算其中的佼佼者。沙细如泥,温软似玉;蓝天白云,波澜不惊。当地已经将它作为市民的休闲去处而免费开放。百姓开心之余,城市管理者犯愁了:由此带来的一系列问题如人满为患、环境垃圾必须面对,如何解决却不是潮涨潮落之间的事情。因为只是踩了踩沙滩,所以印象深一点的倒是距此不远的金海湾红树林。红树林是生长在热带、亚热带海岸之间的特有树种,号称"海上森林"。作为仅见的木本胎生植物,它不仅能在海水里生长,同时还可以淡化海水;更令人称奇的,红树林的种子成熟了并不脱落,而是"胎生幼树",类似于哺乳动物生养后代的过程。正值涨潮,翠绿的红树林树梢随海浪飘摇;以铁桶为基、木板铺陈的海上观光甬道左右摇晃,步行其上犹如荡秋千。

另一个是北海的海洋之窗,也就是海洋馆。作为一个三面环海的城市抑或叫半岛,海洋及其产物展示总是少不了的。摇曳生姿的珊瑚,稀奇古怪的鱼类,美轮美奂,令人着迷。像其他地方一样,只是局限在鱼缸里有些煞了风景。在海洋馆门口,欣喜地看到当地参观的孩子穿着海魂衫,蓦然这是一座海洋城市;车行大街时,公交车亭下只有一位清秀的、着素花裙的南国女子候车,让人联想起天涯海角之遥远和偏居一隅。当然这里还是著名的"南珠之乡",以盛产珍珠享誉天下。

还有一个地方称"南万"——这个"万"字要加三点水。关于它的出处,当地有这样一段注解:渔民靠海为生,以船为家。常年漂泊,时常上岸休憩,久之便成村落。此地居山南,避北风,聚渔民成村,始以图记之(简图山和水),并以客家"wan"音称之。后有读书人将图成字"万"(加三点水),渔村曰南万。因少与外界往来,世人不知其名,至今字典里还无法查到。这个地方已在北海最西端,形似探入北部湾的一个岬角。生活在这里的居民为疍家人,如同散居东南沿海的客家人一样,承袭着漂泊、迁徙和避世的传统,只是人数更少。我们中午就餐的所在,是北海著名的南万渔村。那种典型的疍家人建筑风格:尖顶的木楼与陆地齐平,其下是无数根插在海里的木桩,曰疍家楼。我匆匆吃罢便去周围转悠,知道这里还是冠头岭旅游区。其最高峰冠头岭海拔一百二十米,为北海之最。

时值正午,山海之间,汗流浃背,感觉热了。

下午两点半赴北海国际客运码头,乘"飞逸1号"客轮,目的地是涠洲岛。

涠洲岛位于北海市南北部湾海域,航程约九十分钟三十余海里,为我国最大、最年轻的火山岛。中国十大最美海岛评选,涠洲岛赫然在列。不足三十平方千米的土地,居住着两千余户一万六千土著人口,他们大多数是客家人。

离船登岸换车,从山坡的这边到那边,就是涠洲岛的中心位置涠洲镇,也就到了我们将在此过夜的酒店——港岛酒店。作为岛上最好、其实十分简单的住所,陪同我们的副市长说一个月前就预订了。他一方面称如今上岛的游客日益增多,一方面还要尽量维持涠洲岛的自然和原生状态。这是一个颇具普遍社会性的矛盾。

好在这座依山而建的酒店可以观海景。其时约下午五点,除了远处伏在海面的状如鳄鱼的山峦,港湾里就是上下起伏的渔船了。一条用石头垫起来的街道阻断了海滩,却不能挡住海水。当地人告诉我,涨大潮的时候,海水会冲上大街,冲进渔家。那个时候,渔民多半会敞开大门,让海水穿堂而过。海边人家的房子大都前后通透,大约与此有关吧?看到路堤下的海滩上徘徊着赶海的人,当时并未意识海已退潮;次日凌晨推开窗,昨日的海滩已不复存在,海浪在路堤下激起波澜,才惊奇是涨潮了。平心而论,镇上一字排开的建筑，虽也名诸如"风情鱼庄"者，却既没有规划布局，更谈不上情调特色，横亘在如画的山海之间，有些格格不入。涠洲岛之美也许只在天然，人文的和谐与统一，尚不尽如人意。

因为是火山岛，所以岛上的火山遗迹随处可见。或嶙峋如峭壁，或夸张似物形；俯身捡起已经钙化的珊瑚，仰望头顶硕大成片的仙人掌。沿着蜿蜒的木板路行至西面海滩，夕阳的光辉锦绣般照耀在海面上，让人叹为观止。逆光的镜头里，一对正拍摄婚纱照的新人呈剪影相依偎，令人由衷感动。一路走来，这里是最美丽的风景；这一刻，是最难忘的时光。

晚餐喝当地的东园家酒，熏熏然在海景房里枕着海涛入眠，一夜无话。

20日凌晨即起，拿着相机拍涨潮后的大海，望山头上壮丽的日出；钓鱼的、喂鸡的、收拾渔网的，满载的摩托车东来西去。渔岛、渔村、渔家人一天的生活又开始了。

早饭后乘车去参观涠洲岛上著名的天主教堂。路上经过挂着牌子的各个政府基层部门，当然这里还多了边防站和海事局。还有就是头一回看到结火龙果、波罗蜜和木瓜的树。天主堂在岛上的盛塘村，19世纪由法国神父带领信教的客家人历十余年建成。作为一处宗教遗产，它为涠洲岛增添了别样的人文色彩;现如今,生活在这里的客家人依旧信奉天主教:孤悬大海,与世无争,知足常乐,经营着他们自己的生活。

十点,由涠洲岛登船,返回北海国际客运码头。下午逛了北海的超市。街上浩浩荡荡的摩托车、电动车队伍蔚为壮观。

此行还有一个收获,就是结识了一位英籍埃及人,中文名字曰沙学文。此公细长瘦高,头发如蓬,很好地将学识及其经营结合起来,堪称"中国通"。

21日,取道广州,下午返回太原。

# 烟台行

迷人的甚至可以说是令人留恋的烟台之旅结束了。2004年9月5日到10日，我从烟台到青岛，循着胶东半岛那条漫长的海岸线，按照当地导游的说法，将山东最美丽、最富庶的地方看了一遍。

2004年9月5日下午四点，由太原乘火车，经过约十五个小时的车程，于次日早上七点在隶属青岛的一个小镇兰村下了车。进入山东境内之后，这算是正式开始晤鲁人听鲁腔了。我告诉人家我要去哪里，然后将信将疑地听之任之。先坐三轮车，再挤小公共汽车，在尘土飞扬的乡间公路上颠簸了一个多小时，及至看到流亭国际机场的飞机跑道，看到高速公路和立交桥，我的心才算踏实下来。卖票的小伙子指着公路左边对我说：你该下了，去那儿等到烟台的车。

这应该是一个交通要道。往青岛方向有一座大型收费站，眼前川流不息的车辆呼啸而来又扬长而去，没有一辆是我要坐的。我戴上墨镜点着烟，做好久等的准备。九月的阳光虽然很宜人，时间长了却也令人烦躁。大约从八点到九点半，九十分钟过去了，其间有一位小伙子一直和我站在一起，耐心地听我问这问那，不停地指指点点，很有风度地体现了当今山东人的传统和时尚：厚道并且诚实，开放却也适度。对一个尚且找不着北的外乡人来说，能够获得信息和信任，这就足够了。在我就要上车的时候，他送我，看样子他还要等下去。我有些歉意地与他告别，因为说不清人家是陪我还是等车了。

　　再乘公共汽车三个小时，窗外是迷人的风景，不知不觉间烟台到了。我拿出参加会议的通知，有些难为情地问那位售票大姐：步来星酒店烟台新闻中心怎么走？因为芝罘路的罘字我不认识。后查字典，芝罘乃山名。

　　当天下午出去转了转，一下子就喜欢上了这座城市。烟台由烟台山得名，所辖五个区两千余平方公里共约一百七十万人口，城市人口六十余万。地方不大不小，人口不多不少，是理想的人居环境。作为我国首批对外开放的十四个沿海城市之一，同时也是最早开埠的北方城市，烟台山上错落有致的各国领事馆旧址,现如今也成了一道别样的风景。晚上十点钟忍不住又出去。这座城市在我心中引起了震动,滋生出一种好像久违的向往和遐想以及心理上的舒缓和从容。人们都说那种诗情画意的心境是很美妙的,所谓悠然心会、妙处难与君说。当此其时,乐在其中,迫切地想与人交流了。随手写了两条短信传给我的朋友们。之一:"依山傍海的烟台很迷人,海风是咸的,生活悠闲,人也朴实,我的心情放松了"。之二:"夜未央,行人少;海风吹过来,空气有点潮;街道蜿蜒起伏去,未知大海起波涛"。

9月7日阴天,昨夜的小雨让我的心情和烟台一样愈加沉静。按照安排,一大早我们分乘两辆大轿车前往威海。笔直的海滨大道通向远方,窗外的景色连绵而层出不穷:或果园或松树林或掩映错落的欧式别墅如画卷一样徐徐展开,彼此的过渡、着色自然而有序,是人为却不着痕迹,细雕琢又巧夺天工,尽现崇尚自然回归自然的发展理念。更令人赞叹的是这一路的风光始终有大海陪伴、有水天相接的无垠蔚蓝做背景。这一切对于我这个生活在内陆城市的人来说,是一次难得的视野和心理上的海阔天空轻舒漫卷啊。

车到威海,与市区擦肩而过向东去了码头。因风大刘公岛上不成了,岛上有甲午海战纪念馆。小导游对我们说:去韩国城购物吧。其实所谓韩国城,也即是时下各地都有的购物商城。这种地方的商品,一是便宜,二是假冒伪劣,三是可以讨价还价。以上三条韩国城都具备,出人意料的是有过之而无不及。用导游的话说,砍价要照着一半的一半还有一半去砍,东西虽然假冒但不伪劣。进去看看转转问问,才恍然这里的东西真是廉价的离谱:五元的钱夹子,十元的皮带,十五元的剃须刀,二十五元的羊毛衫,三十元的真丝围巾等等不一而足,很让初来乍到的人偷笑是占了多大的便宜。据说这些产品都是由韩国人投资在威海当地生产的,可爱之处是明确告诉你品牌都是假的,东西保证能用。同行的人大包小包拎着上车,彼此一交流遗憾声响成一片:怎么还有更便宜的?

　　威海是联合国认可的最适宜人类居住的中国北方城市。据说这座城市建筑的颜色都是有规定的,不允许别出心裁,是按照可持续发展理念规划和建设的新型城市。遗憾的是我只是远远地看了她一眼就不辞而别了。如同只看到一个人的轮廓,说不出来长什么样。

　　当天下午的第二站是烟台的张裕葡萄酒博物馆。确切地说,博物馆是坐落在一个充满了异国情调的海滨公园里。建筑无论新旧一律洋派,雕塑不管真伪都是新潮,令人仿佛置身于海外。葡萄酒本来就是舶来品,百年张裕及其创始人当年也是气宇轩昂西装革履抱定实业救国之信念从欧洲归来。现如今,张裕作为国内为数不多的具有西洋贵族品质成了气候的知名品牌,连同她醇香四溢的历史,在烟台成了一道别具韵味的风景。到烟台观光的人一定要在博物馆流连并且忘返,方才不虚此行;而在博物馆参观若不买上几瓶礼品张裕带回去,那才是白来一趟呢。我在张裕古色古香的地下酒窖里装瓶、封盖、贴商标,按照那里的生产工序自给自足了一回,让据说是已窖藏八年的张裕葡萄酒变成了商品。当然,离开的时候您可别忘了付钱。

9月8日上午,我们在隶属烟台的地级市龙口参观。在山东沿海一带发达地区,最大的亮点也许就是原来意义上的所谓市县差别、城乡差别已不复存在或看不出来了。城市往乡村发展,乡村成了城市的后花园;城里人越来越休闲,乡下人西装革履习以为常了。准确地说,我们只是去了龙口的一个村,作为颇具规模的上市公司,现在叫南山集团了。这里标准的高尔夫球场不仅令人赞叹,据说她还拥有堪称国内一流的歌舞剧院。南山的村民都在集团所属的各个企业上班,早就是领工资、用煤气、住小区乃至车来车往了。为我们做介绍的小伙子一再说自己生活在这里很幸福,脑子里已全然没有了对大地方大城市的向往和艳羡。

南山集团另一大支柱产业和品牌，就是南山景区宗教文化园。论规模仅相当于五台山寺庙群的一个部分，名望和地位也远远不能和五台山比肩。过人之处是那座号称世界第一铜铸坐佛的释迦牟尼大坐佛，也称南山大佛。大佛以锡青铜铸造而成，高38.66米，重达380吨。投资多数由南山集团承担，不过佛祖身下的莲花宝座的花瓣却是由尘世的善男信女捐建的，回报是可以将名字镌刻其上，如此受人敬仰百世流芳。据说2004年4月18日开光法会时，天空瑞现光晕奇观，不仅令世人惊为佛祖显灵，同时也从一开始就为大佛披上了神秘的金色迦衣。举凡神灵大都是这样碰巧偶然百年一遇口口相传形成和造就的吧。在蓝天白云映衬之下，佛祖高高端坐在千层台阶之上的南山之巅，安然接受芸芸众生的仰视和朝拜，各得其所，蔚为大观。

当天下午去了蓬莱阁，这里由于著名的有关八仙的传说而被称为仙境。蓬莱依山傍海，于海滩突兀而立，地理位置险要而独特，在其背后面向大海之处甚至是壁立的绝境。作为一处具有全国影响的标志性景观，好是好，共同的弊端是太闹得慌，天天都游人如织了，也就无法引人入胜。只有从城墙上的垛口眺望大海，让人觉得还是一件心旷神怡的事情。此处为地理上黄海和东海交汇的地方,黄蓝两色泾渭分明一目了然。人们常说水流千遭归大海,只有海洋有容乃大呀。

返程的时候顺路去了两个地方,一为山东地质博物馆,一为当地的土特产商场。主要任务是采购。进去的时候要登记人数,日后导游根据客人的采购数额从中提成。作为一个产业,看来山东已做得很成熟,于不经意间推动当地经济发展,同时增加个人收入。

在烟台的最后一站是海滨小憩。因为季节的缘故,海滩上已空无一人。赤足走在细软而温热的沙滩上,悠悠然想起了童年的时光,尽管那亲切的声声呼唤早已远去,如歌的岁月却长久地留在了记忆当中。因为没带游泳裤再加上天凉,我没有下海。大约一个月后去深圳,我才算是第一次在海里游了泳。虽然从小到大一直都生活在内地,我内心里却始终对海洋充满了向往。要说起来,这个星球上只有很小部分是陆地,多半是海水,人类的家园其实并不宽敞啊。

9月8日晚仍住烟台,次日去了青岛。

和烟台比起来,青岛就是大都市了。她不仅是我国著名的沿海城市,同时也是山东人均可支配收入最高的城市。导游说:再长的路,到海边短了;再有钱的人,到青岛穷了。甘泉、古木、道士,在崂山听传说;红瓦、白墙、绿树,在小鱼山上观风景。美轮美奂的五四广场美不胜收,长堤卧波的青岛栈桥长驱直入。乘游艇去海上兜风,过闹市看人来人往。青岛啤酒名扬天下,钙奶饼干的味道至今难以忘怀呢。是日晚餐后,去街上买了两塑料袋青岛鲜啤。现在想来仍觉有趣,当地人说,青岛八大怪,啤酒拎着卖。

10日下午由青岛流亭国际机场乘机返回太原。

# 江南如水　甬杭之间

2006年12月14日下午十三时三十五分,MU5144次航班由太原武宿机场腾空而起,昂首飞往上海。时值岁末,万物凋零,从舷窗俯瞰我所居住的这座城市,道路如带,建筑缩微成了一个一个彼此相连的格子,色泽统一于含糊不清的铅灰。只有当飞行的高度不断提升,逐渐显现出皑皑白雪笼罩的绵延不绝的群山,才让人感觉到冬季北方生命的蛰伏和尊严。就城市发展而言,太原还只是一幅轻描淡写的国画,远非雕塑。在当今时代"向上、无限可能"的大潮中,已然落下了步骤。

两个小时之后,飞机在上海虹桥机场降落。相对于武宿机场的小和冷清,这里的大和繁忙,令我们十几个人找不到走出机场的出口。坐在机场的餐厅里喝茶就餐耗时间,海派的精致小巧华而不实扑面而来,令人有些哭笑不得。十八时四十分再次登机。二十分钟之后宁波到了。

雨后、傍晚、江面、桥梁,灯光摇曳、玉树临风。就这样在迷迷离离朦朦胧胧若隐若现之间进入了此行的目的地宁波。是日晚,故交刘先生盛情相邀,陪同我们游览了宁波外滩"三江口"。所谓"三江口",是指余姚江、奉化江在此汇合后改称甬江并最终流入东海的沿江地带。这个地带成就了今天宁波城市的精华,同时也是宁波简称"甬"的来历。刘先生告诉我们,由于地势低,甬江在东海涨潮时每天都会倒流一次。站在并不算宽阔的甬江大桥上凭栏眺望,宁波外滩三江交错,波光粼粼,像搏动不息的血管一样,不仅承载着这座城市陆地部分的生命律动,同时牵系着宁波通向海洋走向世界的航道。宁波港为中国第二大港口,世界排第四位。次日赴普陀山路经宁波港的北仑港区,其庞大的规模,现代化的设施,令人叹为观止。三江口往里,沿中山路四周为集群的商业中心,号称"浙东第一街"。它不仅构成了宁波作为商业城市的内核,同时也是旧城改造的一个杰作。据刘先生讲,当年拆迁很是费了一番功夫。现如今,宁波市民徜徉其中物质精神各取所需,算是感受到了推陈出新更新换代的益处。

一帮人在街上吃罢消夜,夜阑才回。下榻联谊宾馆。

15日早上乘车赴奉化市溪口镇,那里是蒋介石的老家。按北方的标准衡量,溪口的规模要超过县城了。街道两旁的蒋氏招牌随处可见,蒋家故居的人虽然还只是有限地在打蒋氏的牌,在表达他们对这位同乡的乡情,在利用名人发展旅游做生意,但此举也充分表明了当今时代的宽松和人的心态的从容。中国革命的进程,人们有时候愿意简单地将之归结到毛泽东和蒋介石的个人争斗及其功败垂成方面,并且常常还要加上风水。现如今,沧海桑田,尘埃落定,人们可以怀着一种很平常很淡定的心情去看看这位历史人物了。

先去山上的蒋介石故居,再到溪水边上的宋美龄小洋房,最后回到镇子里的蒋家祖宅。路上,导游指着河对面的一座青山说蒋氏生母葬在那里。方位不同,南北东西,构成了蒋家在溪口的格局。蒋介石手书的"妙高台"妙高不可言说,宋美龄因和婆婆合不来而独居的小洋房墨顶白墙,掩映在绿树丛中;尤其是脚下的那一溪清流,明澈见底,鱼戏其中,实在是令我们这些北方人羡煞。蒋先生为其母亲专门修筑的宽不盈尺的木楼梯,尽显其孝道;而所有的房间都不止一扇门,恐怕就不仅仅是为了通风和方便了。

饭罢即返回宁波看天一阁。天一阁为国内现存最早的私家藏书楼,建于明代。取《易经》"天一生水"得名,寓以水制火之意。至清代乾隆建皇家藏书楼文津、文澜、文渊等七阁存《四库全书》，亦皆取"水"旁，连形制也是仿照"天一"。其时天色将晚，雾气凝滞，竹林缄默，池水如镜，天一阁笼罩于由书卷气累积而成的浓厚氛围中，颇有一些空灵缥缈、不知今夕何夕的感觉。由此想到对宁波的印象，对这座城市一知半解的历史，滋生出对宁波的喜爱与向往。由于河姆渡遗址的发掘，宁波的历史可以上溯到七千年以前，至1381年，取"海定则波宁"之意，有了今天的宁波。如果将天一阁比喻为宁波的心脏，那么宁波悠久的历史其实就是她的修养。一座城市拥有了这两样东西，即如同一个人一样才有根、才有文脉、才有魅力、才能够健康地成长和发展。

当日晚餐，宁波的同行做东。席间，南北同僚把酒问盏，互通有无，相谈甚欢，似乎一下子屏蔽了南方北方的所谓差异和界限。说起宁波的综合实力和发展速度，令我们这些北方人感慨不已；而平均高达七千元以上的房价，其实当地人也是吃不消。

次日六时即起，赶早赴普陀山。先乘车约一个小时，至大榭码头换船海上航行七十分钟就到了。作为一个身居内陆的北方人，一直对大海怀着某种难以割舍的情怀，这种感觉说不明道不白，始终也无法解开。仁者乐山，智者悦水，虽不仁不智,向往而已。

　　普陀山为中国四大佛教名山之一,位居钱塘江口、舟山群岛东南海域。其独特之处,其他三座皆在陆地,唯普陀独居海上。天风浩荡,源远流长,一脉相承,有容乃大。普陀本岛十二平方公里余,最高海拔不及三百公尺。南海观音玉立高台之上普度众生,黄墙环绕的寺院里香烟缭绕远播四方,二龟石千年听法至今还未悟透,普济寺的山门永远只开着旁门左道。海无垠,佛无界,这世上至大的恐怕还是要数人心了。与五台山相比,普陀在气势、规模、内涵乃至构成上都稍逊一筹,但在管理和开发方面它要强很多。比如基本没有强拉硬拽的游商,而是整齐划一的店铺;比如掩映在路旁草丛中的音响,就时常与大海的涛声合奏出摄人心魄的天籁之音。

　　在岛上差不多一天时间,返程时大榭码头风高浪急,停航,被迫改道,多出了一倍路途和时间:坐船乘车、再坐船再乘车,才能到宁波。好处是从舟山区穿城而过,多看了一个地方。在码头候船时,我将普陀的纪念明信片寄给了我女儿。

　　17日乘车前往绍兴。宁波之行也就这样结束了。作为一座历史文化名城,宁波也是一座年轻俏丽的滨江城市,浪漫之城。仿佛倏忽之间，惊鸿一瞥，一切都令人难忘，一切尽在不言中了。

绍兴为古越国建都之地，至今已有两千五百年建城史。作为著名的水乡桥乡和美酒之乡，作为秋瑾及蔡元培、鲁迅、周恩来等古今伟人的故里，这里人杰地灵，是名扬天下的"鉴湖越台名士乡"。白墙小桥乌篷船，名园美食女儿红，大抵就是绍兴了。江南如水，淡雅舒丽，"玲珑少年在岸上，守候一生的时光"。绍兴，你是这样吗？在沈园，陆游和唐婉的爱情故事"黄滕酒红酥手"至今听来令人扼腕长叹，也许就是在注解绍兴吧！在鲁迅故居，感受到的也不再是一个骨头最硬的男人，而是有了百草园和三味书屋的闲适与雍容。最开心当然也最难忘的，就得是在大名鼎鼎的咸亨酒店吃午餐了。吃茴香豆，喝女儿红，别是一番风味在心头啊。

同行的人在绍兴买毛笔、绸扇作为留念。

从地理位置上看，绍兴位居宁波与杭州中间，作为两座大城市之间的缓冲和驿站，反倒具有了更多的优势。无论选择哪里作为旅游目的地或投资方向或长期居住地，绍兴都是必经之地，都是必须要被涉及的。

黄昏时分，我们的车离开甬杭高速。是日晚下榻杭州的京晋酒店。当地的同行有心，安排山西客人住进了山西人办的宾馆。晚餐时,客居杭州十多年的太原老乡,不仅专门为我们准备了刀削面,还从自己家拿来一壶老陈醋。

18日,也即是此次旅行的最后一天:"不辞辛苦到杭州,半是为茶半为绸"。乘船游西湖,听雷峰塔的传奇故事;在岳王庙吟《满江红》,喝西湖藕粉驱散寒气;于六和塔高处观钱塘江,钱塘潮什么时候来呢;谒灵隐寺雄奇香火兴盛,未知许愿知多少;兰亭里的《兰亭序》石碑漫漶难窥全迹,坐在浅池里的青石上梳理一下心情,真是惬意呀。在杭州,采购成了同志们的首要任务及兴趣所在。西湖龙井和藕粉、丝绸围巾和领带,还有东坡肉和蚕丝被,林林总总,不一而足。只是聚在一起对比价钱,又忍不住大呼小叫了。旅游中这种事情常有,自然也是旅游的佳话。

19日,由杭州萧山机场乘飞机返回太原。

# 韶山情结

人们到了湖南，如果只有一个地方可以选择去，相信大多数人会首选韶山。因为那里是毛泽东的故里。此番在长沙，一百多人兵分三路，有三分之一选了长沙，剩下的已经去过了。

"橘子洲头，湘江北去"。到了长沙，才恍然原来这条河是逆向由南往北流的。作为曾经的荒蛮之地，历代名列史册的官吏及骚人墨客，大都被流放于此。今天的湖南人认为，这些人较早地给湖南带来了先进的文化。作为一个从历史角度看分量很重的省份，此言不虚。"浏阳河转过了几道弯，几十里水路到湘江"。如果将河流比作一个地方的血脉的话，那么这条河就不仅是湖南的血脉，同时也是中国的。黄河孕育华夏民族，湘江孕育了一代伟人毛泽东。

韶山距长沙一百多公里。离开高速公路进入山里,青山绿水间随处可见的、除了白墙墨顶的农家小楼,再有就是沿路陈列的毛氏饭店、旅馆了,有些起首两字皆为"毛泽"。看上去,这种在形式上不拘一格的亲近,反倒亲近得有些雷同了。

在毛泽东纪念馆外的铜像下,我们按照要求列队、敬献花篮并三鞠躬。据说铜像落成时,天空中出现了日月同辉的奇观。每一个人毕恭毕敬地仰望这座10.1米高的巍峨的铜像,内心不知会激起怎样的反响。当导游说出请大家许个愿时,我看到每一个人都闭上了眼睛。应当说,这种发自内心的虔诚和敬畏,已经接近于宗教和宗教的仪式,已经具有了某种神圣不可违逆的意味。一个人由人而神由神复又回归的过程,其实正是老百姓由表及里返璞归真的赤子之心啊。

韶山冲,呈扇形的一排土坯房,几丈四方的院子,院前静静的水塘,水草茂盛,杨柳依依,这就是毛泽东出生的地方了。若不是络绎的游人让这里显得有些嘈杂,这儿其实就是一个远离尘世、炊烟袅袅、自自然然的农家小院啊。过去间接地听到的看到的,多半成了一种符号和说教,让人无法走近这位伟人的真实。农民出身的毛泽东,其实一生也未改农民的本色;伟大领袖毛主席,其实也是一位爱吃红烧肉的人。

抚摩泛黄的墙壁,穿行于屋宇之间,在矩形的天井里望望天,不由得想起舒婷的两句诗:世界也许很小很小,心的领域很大很大。

走出韶山冲的毛泽东缔造了一段历史。

走出韶山冲的毛泽东拥有了一个世界。

中午在韶山的毛家饭店用餐。创始人汤妈妈已是古稀之人,精神矍铄。拄着拐杖站在门口欢迎南来北往的客人。

在毛泽东纪念馆有一首他老人家儿时写的五言诗,半文半白,俏皮活泼。重要的是和他后来的作品全然不是一回事。诗云:


天井四方方,

周围是高墙;

清清见卵石,

小鱼圈中央;

只喝井里水,

永远长不长。

# 新疆之北

从新疆回来，似乎有一个梦长久地留在了我的心里。这个梦伴随着薰衣草淡淡的芳香，说不明道不白，解不开理还乱。萦绕心头，挥之不去。

2007年9月9日，太原、武宿机场。原本九点二十五分的飞机，莫名地迟至十一点三十分才起飞。经过三个多小时的飞行，下午三点多时抵达乌鲁木齐。在天上的时候，差不多过了一个小时，透过棉絮状的云朵，我就看到了广袤无垠的沙漠。按照飞机八百公里的时速，我突然意识到沙漠，这种寸草不生、毫无生命迹象的自然状态，其实距离很近。也许是由于气候干燥的原因，能见度很高，天与地之间罕见连绵的云层。飞机在乌市上空盘旋时，这座西域名城就一览无遗了。从青岛来的客人朗声说，看啊，这里的房子都没有顶子。

下榻乌鲁木齐市新华北路金谷大酒店。从我住的二十七层房间的窗户望出去,映入眼帘的是鳞次栉比的楼群。我女儿的短信问,热不热、冷不冷、美不美、穷不穷,人多不多啊。又说,还有几十层高的楼啊,我小看人家那儿了。作为中国西部的西部最大的一座城市,作为中国版图上面积最为辽阔的新疆维吾尔自治区的首府,乌鲁木齐其实是一座满眼繁华、流光溢彩、充满着异国情调的大都市。她像是一个成熟的、庞大的驿站,让远道而来的内地人觉得踏实。

当日下午,就近去了乌市的人民公园。那是一个绿树成荫、芳草如茵的所在,边上还有一条人工河环流而过。乌市的市民看上去大都是服饰艳丽的维吾尔族同胞,拖家带口、席地而坐,就着啤酒吃羊肉串。悠闲而从容,习惯而成自然。在公园的小吃角,我们开怀品尝到了地道的新疆烤羊肉串和凉面,并且手拉手和蓄着小胡子的维吾尔族兄弟合影留念。

当晚,应邀赴乌市的一家部队招待所吃饭。晚餐时间是七点半。倏忽之间,恍然大悟这里和内地存在着时差。大抵要到晚上九点,天才会逐渐暗下来。而早餐时间是九点钟,十点才开始工作。午饭要到一点了。次日早晨七点钟醒来,想想还能再睡两个小时,真是觉得舒坦。

晚饭是由在新疆的山西人、确切地说是山西临汾人做东的,共三家六口人。在时空上如此遥远的地方遇到同乡,心理上的亲近平添了几分。三位都是军旅出身,除一人仍服现役,其余两位已经转业,并且把家安在了当地。按照惯常的说法叫作保卫边疆、支援边疆建设了。从他们饱经风霜的脸上,我们看到的是朴实、乐观和无怨无悔;从他们亲切浓厚的乡音里,我们感到的是割舍不断的亲情。

酒酣耳热,心跳骤然加快,是高原反应吗?

10日上午开会。主办方特别邀请了新疆建设兵团的一位宣传部长专门介绍兵团的情况。新疆建设兵团是拥有一定自主权的军地两栖准军事机构,计划单列。1954年创建时被赋予屯垦戍边使命,在新疆所起的作用被定义为"中流砥柱"。现如今半个多世纪过去,兵团已拥有人口两百五十八万人,下辖从农一师到农十四师等十四个师,足迹遍及新疆各地,驻守着与蒙古、俄罗斯、哈萨克斯坦等八个国家比邻、超过两千公里的边防线。那位部长说,作为共和国的长子、骄子、孝子和独生子,兵团长期以来不为外人所了解、始终是一支神秘之师,同时她也以其堪称艰苦卓绝的奋斗历程和不可或缺的辉煌业绩彪炳史册。部长进一步说,老天爷很公平,内地、南方的好东西都在地上摆着,新疆的都在地下藏着。在宾馆里,能看到和新疆台一样的兵团电视台。在当今时代,她的功能和地位类似于一座计划单列的城市了。

　　当日下午去了红山公园。红山公园位于市中心,因正中一座海拔近千米高处的红山塔而得名,被誉为乌鲁木齐的象征。在这个公园的图片展览厅里,我看到了"亚心之都"的概念,也第一次知悉乌鲁木齐是亚洲大陆的地理中心。由此处环视乌鲁木齐,我看到了一座靓丽开放、令人难忘的城市。

　　按照计划,9月11日的行程是乌市东偏南的吐鲁番。因为晕车,我首先关心路程的远近。当地人轻描淡写地告诉我,不远,三百多公里吧。可也是啊,若论面积,新疆泱泱一百六十余万平方公里,可以盛得下十一个山西省。在新疆人眼里,区区三百公里近在咫尺啊。

　　由于天山山脉横亘新疆中部,天山以北称北疆,以南就是南疆了。我等此行只局限在北疆,就已经算是领略了新疆的地大物博了。风力发电是成规模的风车林,据说它的发电量能满足乌市的民用电力;阿尔泰山的雪水通过地下流长超过了五千公里,坎儿井的传奇孕育了当地人的生命之源;交河故城是现存最为完整的生土城市遗址,那里行将沙化的断壁残垣已经看不到任何生命的蛛丝马迹;传说中的火焰山原来没有火呀,一根被做成金箍棒的温度计显示当时的温度达到了58摄氏度;做旧的维吾尔古村曲径通幽,将维吾尔族人日常生活的细节浓缩在一座城堡里;只有在葡萄沟歇脚就餐采购算是让人惬意和回味的事情了。

在我这个外地人看来,葡萄、和田玉就应该能代表新疆了。和田玉中的极品羊脂玉价值连城,是高贵和永恒的象征;而葡萄不仅因土壤、日照及干旱等因素而造就新疆最好,同时它也是生活在吐鲁番的维吾尔族同胞的生命图腾。这里出产的无核白葡萄是世界上最甜的葡萄,而吐鲁番不仅是最热最干的地方,同时也是最低的地方。在维语中,"吐鲁番"就是"最低地"的意思。

在葡萄沟的葡萄走廊里徜徉时,导游一本正经地告诫我们到当地人家里买葡萄干的注意事项,连我在葡萄架下问价也根本无人响应。在马路边上一户维吾尔族人的院子里,一位健壮的维吾尔族小伙子弯腰抚胸欢迎大驾光临。我们被请到铺着毯子的大床上就座,吃西瓜,与维吾尔族少女共舞,然后是听他讲解好坏真假葡萄干的鉴别,之后就是一哄而上买他的葡萄干了。一公斤要四十块钱,还有的什么品种超过了每公斤一百元。临出门的时候,小伙子乐滋滋地问每个人收钱。无论如何,这都是一场戏,是每天都会上演的商业推销。卖葡萄的把它做得如此成熟、如此洋溢着"家"的味道,那就真是难能可贵了。

12日的旅行目的地是这几年声名鹊起的喀纳斯。在人们的印象中,这是一个如梦如幻的地方,是一个媲美瑞士湖光山色的地方,是一尘不染的人类净土。经典的说法是,天堂很远,喀纳斯很近。

早上七点,也就是北京时间的五点,我们从沉睡中的乌鲁木齐出发。导游说,八百余公里大约需要近十个小时行程。环准噶尔盆地西侧,一条平坦笔直的等级公路舒展北去,仿佛通向天边;眼里的风貌或戈壁或草原,无遮无拦,天地相接。在远眺了石河子市、克拉玛依市以及路边"磕头机"林立的克拉玛依油田之后,我们来到了乌尔禾魔鬼城。

魔鬼城同样是极度干旱和风沙造就的杰作。其中奇形怪状巧夺天工的各种造型,在被拟人化之后就变成了"狮身人面像"、变成了天安门城楼、变成了穿着铠甲的古代武士。据说,狂风大作的夜晚,它们会发出各种令人毛骨悚然的、非人类的啸叫声,魔鬼城由此而得名。平心而论,在杳无人烟的戈壁滩上,惊现这么一座城池,即便走投无路,怕也不敢轻易破门而入。

我在一棵裸露着枝干的胡杨树前留影。想起关于这种能够在沙漠里生长的奇树的评价:胡杨树千年不死,死后千年不朽,朽了千年还不倒。威乎壮哉! 胡杨树实乃沙漠之神。

晚上七八点许,迎着绚丽的霞光,我们来到了阿勒泰山脚下的边陲小城布尔津,同时也从典型的大陆性气候进入了亚寒带。"布尔津"在蒙古语中的含义是"放牧骆驼的地方",而在哈萨克语中则解释为"欢快的河流"。这里绿树成荫,芳草萋萋,额尔齐斯河由东向西直奔北冰洋而去;这里天远地偏,宁静安闲,与俄罗斯、哈萨克斯坦比邻而居。似乎第一眼看到就喜欢上了这个地方,似乎浮躁的心情骤然间就沉静下来。远离了内地,远离了乌鲁木齐,也就远离了尘世的纷扰。布尔津就是现代的世外桃源啊。

当晚,结伴去逛布尔津著名的融合民族风情的河堤夜市。等车时遇哈萨克外婆带其外孙在马路上溜达,遂抱起亲昵。两代人友好地微笑着,习以为常。开出租车的大姐祖籍安徽,她饶有兴致地看我们在额尔齐斯河大桥上照相留念,自然地将布尔津当成她的城市她的家,朴实而厚道,知足且快乐。到了夜市放下我们时她喊了一句,回去还坐我的车,我就在这里。

夜市在一条不足百米的小街上,来自内地不少地方的商贩在出售极具北疆特产和特色的小商品。按照女儿的要求,我给她买了不少杂七杂八的小玩意。如果说讨价还价是一种乐趣的话,那么在满天星斗映衬之下,空气中弥漫着薰衣草味道的夜色里闲逛,就是难得的享受了。

13日早起,再乘车近两百公里才能到喀纳斯。车在大山里逶迤而行,我晕车晕得很厉害。真是有些辜负了宜人的湖光山色。

在喀纳斯国家地质公园入口,停车场里的旅行车雪白一片,蔚为大观;进山和如厕的游客排起了长队。在每年的旅游旺季,日平均游客量超过一万人,高峰时可达两万人。也许是珍爱喀纳斯的纯净和原生状态,也许是当地的旅游部门从一开始就确立了先进的开发和环境保护意识,这里的建筑设施、色彩风格乃至管理手段,都尽量地做到了尊重自然和顺应自然,而不是想当然地去改变它甚至破坏它。候车的走廊是原生木材的本色,宾馆餐厅的位置和风格也能够因地制宜、与山水相得益彰,栅栏、木板台阶、巍峨的观鱼亭,甚至包括拍摄位置的设置,在以人为本的同时,也体现了善待自然、长此以往的美好初衷。

在观鱼亭脚下的一方谷地里,有一片木房子和蒙古包组成的村落,牛羊散漫,袅袅炊烟。那是古老的、多少年来曾与世隔绝的图瓦人的家园,叫作白哈巴村。图瓦人不可避免地参与了喀纳斯的旅游活动,同时依照自己民族的风俗习惯和节奏,相安无事地过着自己的日子。

所谓喀纳斯湖,其实是喀纳斯河的一个片段。喀纳斯河经流而下注入了布尔津河,同时依山势漫潬而成湖泊,并以此为中心构成了长达数十公里的精品旅游区。喀纳斯湖呈夺目的翡翠色,山上的针阔叶林在秋天的时候五彩缤纷,湖光山色相映生辉,美不胜收。

在景区内,上下往返的班车在月亮湾、神仙湾等站点上接送进出的游客。感觉上如同在城市里一样,忙忙碌碌、紧紧张张的。深山里的旷远和宁静被打破了,于此旅游的人只剩下了赶路,至于心情似乎无从谈起。好在此地的旅游季节只在七、八、九这三个月。喀纳斯有足够的时间休养生息。

像地球上大多数以神秘著称的景观一样,喀纳斯湖也盛行着关于"水怪"的传说。只是这种传说听起来是那样的似是而非,是如此的莫须有。不是弄不清楚,而是不想澄清。否则,慕名而来的人会失去了兴致。

中午在山上吃新疆的手抓饭。米很硬,油很大,有些食不甘味。倒是烤羊肉串纯正地道,吃过了还想再吃。

是夜,宿景区外状如别墅的宾馆。天空飘起了细雨,气温接近零度了。周遭静谧得令人不安。这个时候,喀纳斯湖里的"水怪"会出没吗?

13日上午为自由活动时间。山西同去的几位加上京津两市的朋友选择了骑马。两座蒙古包前面是一户哈萨克人的马场。一帮人或战战兢兢或气宇轩昂,尽兴才罢。

午饭后,乘车再返布尔津。

14日,沿准噶尔盆地东侧返回乌鲁木齐。途中,最令人兴奋的不期而遇,是看到了著名的普氏野马。这种原产自新疆的名贵马种呈棕白间色,体态健美,已在新疆绝迹多年。近年来,我国政府从欧洲引进,普氏野马得以重返故乡。培育的方式是先在马场里人工繁殖养大,成年后放归自然。我们看到的是一个种群,约十来匹左右。感觉上它们就像精灵一样,让荒无人烟的大草原活了起来。

此去喀纳斯,环准噶尔盆地绕了一圈。总行程超过两千公里,相当于从太原飞赴乌鲁木齐的空中距离。

15日由乌鲁木齐乘机返回太原。舷窗外如巨龙般蜿蜒的雪山,深深地留在了我的记忆当中。

## 海南岛　呀诺达

　　北方乍暖还寒的时候,去了海南。以前对海南的印象,是从明信片得来的:蓝天、大海、沙滩、弯弯的椰子树。再往前推,那是一块未被开垦的荒蛮之地,是用来流放贬谪之士的地方,是遥不可及的天涯海角。千百年来,海南岛孤悬海外,波涛汹涌的琼州海峡阻隔了与内地的往来,仿佛成了一道不可逾越的屏障。

　　4月7日下午一点,飞机从太原武宿机场起飞,中途经停桂林,于下午五点四十分抵达了海口美兰国际机场。从太原出发时,我就尽量少穿衣服。但一出机舱,还是感觉到了闷热和潮湿,尽管当地是阴天。不到四个小时,我等跨越了季节。

　　穿过建筑零落有致、人不多车也不多的城区,沿着赏心悦目的滨海大道,我们来到了下榻的酒店——店名有些生涩——叫作贵族游艇会。这是几栋沿海滩排列的三层洋房,按照在海南随处可见的广告词,也就是已故著名诗人海子的诗句,叫作"面朝大海,春暖花开"。房间里的家具陈设,一应俱是藤类植物,轻巧轻松举重若轻。我推开门来到阳台上,水天相接的海和近在咫尺的浪,好像会把我漂浮起来。极目远眺,心驰神往。

作为一个北方人,我一直对河流和海洋心存着别样的情结。与其说是南方北方孕育了不同的文化和习俗,还不如认为是海洋和陆地造就了迥异的生活和历史。北方人以厚实的房屋和高大的院墙为基础,而南方人喜欢码头上的告别和启航;北方人崇尚"一方水土养一方人",而南方人则笃信"哪里的鱼稠就在哪里撒网"。我房间的阳台下面,有座不大的温泉泳池。早晨六点,伴随着阵阵涛声,我先在金黄的沙滩上赤足跑跑步,然后跳进温热的泳池里游了泳。当地人有心,给每一位到来者赠送了海南特色的"岛服"。穿上它,感觉就是个海南人。

8日晚,我们去观看了张艺谋的系列作品,"印象·海南岛"。在杭州时,曾看过他的"印象西湖",与之不同的是,后者的舞台直接在湖里,前者让大海成为背景。一个犹如张开的贝壳状的剧场,舞台是活动的。表演者时而在地上,时而在水里,轻松愉快地演绎了海南的历史和风情。于张艺谋而言,这是又一次灯光和色彩的视觉盛宴;而于海口,"印象·海南岛"将作为当地的一个新人文地标长期存在。

住在城市外面,留下了海口一个若即若离的背影之后,9日午饭后,我们即起程前往下一个目的地,三亚。海口在海南岛的西北角,三亚位列海南之南,是海南也是中国最南端的一座名城。由此联结的一条旅游路线,不仅可以纵贯海南岛全境,同时也大体辐射了那里主要的景区和景点。大约一个小时的车程,途经琼海市,我们来到了博鳌。此地为万泉、龙滚、九曲三条河流汇拢入海之处,同时更因新世纪以来著名的博鳌亚洲论坛蜚声海内外。那里的时来运转石、分割河海的玉带滩、天然的亚洲各国的石头版图,以及论坛期间供各国元首下榻的索菲特大酒店,错落有致地掩映在蓝天碧海、绿树花影之中。作为一处永久性会址,日常除了旅游,别无他图。寻常百姓怀着有些神秘和莫测的心情,在那里找到属于自己的感觉。

日暮时分,我们来到了兴隆。导游阿峰说那是一个华侨农场,几十年来云集了数以万计的东南亚归侨。次日我们去了一家咖啡厂地看了看走马观花,它不只是当年归国华侨的遗产,同时也是当地的支柱产业。

10日一大早,我们继续南下,穿过海南岛的南北界分水岭五指山脉,来到了距离三亚不足三十公里的呀诺达。

呀诺达(YANODA)为海南方言"123"的普通话音译。按照开发商的解释:"呀"为创新、"诺"为诚信、"达"为践行。作为一处今年2月才开园的热带雨林风景区,呀诺达是中国唯一地处北纬18度、堪称标准意义上的热带雨林。按照导游阿峰的话说,一是呀诺达的创意、布局和开发历经七八年时间,没有急功近利,开发商挣的是明天的钱;二是这里的空气好的呀,你会感觉肺就不是你自己的了。

沿着既定的木道一路走来,满眼皆是绿色,满身都是花香,满心充满了欣喜。那个上午,许是景致最好的一程,许是兴致最浓的一阵,我等徜徉热带、享受雨林,颇有些物我两忘的意味了。尤其值得一提的,是呀诺达按照现代理念、国际化水准奉行的旅游氛围和规范,无论是先进的、拟人化的无线电子导游机卡,还是擦肩而过时那句亲切的问好声"呀诺达";无论是挺拔秀丽的槟榔树林,还是虬根缠绕的藤橛迷宫,无不尊崇和体现了以人为本、以自然为根、以未来为追求的境界。

听起来,YANODA有点像当年夏威夷土著的那句问候语

ALOHA，也就是后来风行全世界的HELLO。有人称呀诺达为海南的香格里拉或香巴拉。在我看来，呀诺达就是呀诺达。她是三亚和海南的，也是中国和世界的。

在呀诺达通透的餐厅里用过南药午膳，匆匆在著名的亚龙湾海滩上留下自己的脚印之后，我们直接去了大东海。那是一处旅游度假胜地。我投入大海畅游一番，舒坦是舒坦了，代价是双脚留下了多处伤口。有人说海南的负氧离子含量是内地的十六倍，而海南省在重新升级和构建"海南国际旅游岛"大理念的同时，也一并叫响了"要想身体好、常来海南岛"的口号。海南每年组织庞大的旅游促销团队来内地推介，而每一个海南人从官员到导游，似乎都义务承担让人到海南买房的任务。笔者的一位同乡杨志斌先生供职海南，他说他住的小区就有数百户山西人买的房。一个有趣的现象是，这些外地人买的房大多时候闲置，只有到了冬天或长假时才会有人间烟火。这也就是为什么三亚平常只有五十万人口，而到春节就激增到七十万人的原因了。

每一个来到海南的人，都会领教和享受那里的阳光。只在三亚晒了两天，我们已经有了被灼伤的感觉。当晚住三亚市中心的一家酒店。原本计划饭后出去走走，却被两次告知谨防窃贼和抢劫，一时兴致全无，只好回屋歇息。一座以旅游为主打产业的城市,如果少了安全感,实为大忌。

11日上午,先去南山寺,拜谒南海观音。佛道讲究出处和衣钵传承。其实所谓南山寺,并无寺庙的概念,那是一处开放的文化旅游景区。唐代高僧鉴真东渡日本曾受阻于此,并因此永远留下了观音护佑的传说。现如今,高达百米的南海观音佛像屹立于南中国海之上,她的光芒继续普照着海南岛,普照着华夏大地。

在南山,有一片以个人名义捐植的菩提树林,我头一次见到。站在树下,仿佛能够得到心灵的安宁。

之后,我们来到了此行的最后一站,也就是所谓的天之尽头——天涯海角。其实"天涯"和"海角"是分在两处的巨大礁石。此番于此脚踏实地,也算是将儿时明信片上的梦变成了现实。同行的太原实验小学的聂校长不住地让我在横生的椰子树旁拍照,同时认为我应该笑得更灿烂一些。依常理,来到这里也就是走到了陆地的尽头。放眼长量,海天之外,风光无限啊。

当日下午五点四十分,于三亚凤凰国际机场乘机,经停深圳,子夜时分回到太原。

# 到深圳去找夏天

2014,夏天丢了吗?

去深圳之前,媒体的消息是,深圳遭遇特大暴雨,局部一小时降雨量达115毫米,为当地气象历史记录以来最大值。除了造成较大灾害及种种影响之外,市民都跑到街上去捉鱼。进入5月,中国南方多地大雨不断,感觉与这个夏天一起到来的洪涝,似乎也提前。

北方的夏天却姗姗来迟。我所生活的城市太原,除了偶尔高温攀上二十八度以外,晚间的气温时常居十度以内。今年的夏天来得迟,每每让人错觉它是不是丢了,或者去了哪里。

倏忽之间,上次去深圳已是差不多十年前的事情了。14日发到手机上的航班信息也是目的地有雨,记得带伞。

及至在深圳落了地,阴晴之间,热浪扑面而来,似乎没下雨还有些失望。上次去深圳住在东部的龙岗区,一面半山坡上,两边是联排的独栋屋子,中间宽阔的台阶通往山顶。这次的活动区域在福田区。

福田区是深圳市委市政府所在地,乃当地政治、经济及文化中心。占鹏城业已超过一千万人口中之十分之一强,是深圳具有全面代表和象征意义的地方。除了内地人惯常的惊异于那里成片林立的抑或摩肩接踵的高楼大厦之外,如深圳报业集团、深圳会展中心、深圳书城、关山月美术馆等都聚集于此,构成了福田均衡、内核、不偏不倚、现代和人文的理想格局。15日下午,我等步行去了与下榻酒店一路之隔的莲花山公园。这是一处位居市中心、开放的,区别于其他地方只如盆景般袖珍的、就其体量和品质堪称真正意义上的山水园林的自然所在。穿行其间,满目葱茏;上下而往,浓荫蔽日。顶端是邓小平先生的巨幅塑像,远眺是沿天际线起伏的楼群;山脚丘陵状的风筝广场上,灵动的风筝翩翩起舞;从莲花山公园出来已是黄昏时分,介于书城和音乐厅、图书馆之间的文化广场上,或字画或歌舞或徜徉不一而足,市民的状态平静且安逸。相较于多年前来此,作为移民城市的深圳人,似已摆脱了当年迷茫、困惑、不明前程和没有着落的境况,踏实而按部就班地生活,真正把深圳当成了自己的家。

从三十多年前作为一种象征和窗口设立的经济特区,到如今深圳已成为具有国际影响的大都市;从曾经津津乐道的"深圳速度",到如今深圳已然与毗邻的香港比肩而立;从当年铺天盖地的大工地景象,到如今已少见新项目施工的建成格局,深圳已经步入了发达城市、领先区域的行列,那里的人怡然正常地享受着"先富起来"带来的成果和实惠。同时作为一座能成事、一直具有吸引力和凝聚力的城市,深圳人的奋斗、追求和向上的精神动力依然不竭。

深圳如此,中国如此。标准的老工业城市、内陆省会,太原近几年所发生的堪称天翻地覆的变化,从某些方面印证了中国整体发展、推进的雄厚力量和综合实力。虽说国际国内看似进入了一个"多事之秋",但是历史的潮流滚滚向前,不可阻挡。

呵呵,话有些大啦。

一夜之间,北方的暑热也来了。

# 南京 南京

　　我自己尚未去过、同时心仪并且向往的中国城市有两个:一为厦门,一为南京。5月16日,出差去了南京。

　　飞机降落在南京碌口机场的时候,是雨天。雨中的南京,平静而且有些神秘地呈现在我眼前。六朝古都、秦淮风情、民国首府、长江大桥,再加上云锦、雨花石和盐水鸭,大体上就是南京了吧。下榻在南京城外的紫金山庄,落地窗外是烟雨蒙蒙的钟山和波澜不惊的池水。南京如梦,金陵千载了。

　　第二天晚餐后,夜游秦淮河。此去为明南京城城墙脚下的内秦淮河,也即是史上著名的江南、东吴和金陵历史、文化、人文、商贸乃至风情的发生地和集散地。如今的秦淮河,以现代的姿态再现了昔日的繁华。灯红水绿、人影憧憧、南北往来、过客匆匆。乘着少却了桨声的机动画舫去而复归，不得要领。夫子老庙、朱雀桥边、乌衣巷口、桨声灯影，吴承恩、唐伯虎、董小婉、陈思思……传说中的故事还是传说，戏剧里的人物仍是戏剧；再也难寻旧时王谢堂前燕，飞入寻常百姓家的意境了。

　　第三天开始走马观花，第一站为中山陵和明孝陵。这两座沿紫金山麓东西铺陈的陵寝，不止长眠着中国历史上两位开创纪元的伟大人物，同时南京更是他们成就伟业的舞台。一为明朝开国皇帝朱元璋，朱皇帝因"草根"而彪炳史册；一为中华由封建进入民国的先行者孙中山，孙先生求"博爱"而浩气长存；一为标准的、有些内敛的中式陵墓：虽然落魄，仍不失皇家威仪；一为豪华的、追求开放的西洋陵园：蓝白色调，开一代风气先河；南京有幸，见证了历史转折的伟大时刻；金陵璀璨，承载着华夏民族的精神内核。一座城市有一点有一方面有一阶段独占鳌头，已属不易；而南京，好像什么都具备了。这大约就是笔者从未去过，却对这座城市情有独钟的缘由吧。

　　总统府位居南京闹市区，门口即是车水马龙的长江路。市民每日来来往往，有些熟视无睹了。从明朝初年的汉王府到太平天国的天朝宫殿，从清代的两江总督府到孙中山的中华民国临时政府,史上著名的事件和人物由此发端并在这里潮涨潮落云起云飞。20世纪20年代以后,这里长期作为南京国民政府的办公场所。1948年5月20日,国民政府改称总统府。差一个月不到一年,人民解放军占领了南京。由于之前即为机关使用,现在进去看看,它仍然是个办公的地方。只是自明代始建以来,六百余年过去,总统府承载和阅历了太多的变故和沧桑啊。

阅江楼,位扼南京城西北,濒临长江,大约也是这座城市的制高点和瞭望台。登阅江楼,揽扬子、环金陵,南京所处的地理位置、新旧格局尽在眼底。尤其欣喜的是,正午阳光下的南京长江大桥隐约可见了。当年朱元璋在他亲撰的《阅江楼记》中说,朕闻三皇五帝下及唐宋,皆华夏之君,建都中土。言外之意,我朱氏偏偏把都城放在了南京,由是金陵始为“帝王之州”。足见朱元璋对南京的认可和依赖。

和同行的汪馨野先生吃罢午饭,打车直奔南京长江大桥。在车上,我们告诉司机,你把我们拉过桥,然后再拉回来。我们哪儿也不去,就为在这桥上走走。看到人家愕然,汪馨野解释说,这是一个情结。在照片上看到南京长江大桥,已经差不多是三十年前的事情了。桥很高,车很多,不停地上下晃动;三面红旗犹在,工农兵石雕岿然不动。这座半个世纪前、特殊历史条件下由中国人自行设计、自己建造的桥梁,横空出世、栉风沐雨,不止令天堑变成了通途,同时也在很长时间里成为中国的一个符号。

南京有所历史悠久的大学叫晓庄学院,她的前身是八十年前由陶行知创办的晓庄乡村师范。在南京,感觉不到皇朝、王府和总统府的影响,却每每从市民的言行中体味到了博爱和平民的遗风。云锦奢华,盐水鸭爽口,虽说南京大屠杀的阴霾总是无法抹去,然而,虎踞龙盘今胜昔的南京,还是从容地沐浴着人间正道是沧桑的霞光了。

## 山海之间闽东南

印象当中，福建是和山西一样以山为主体的地方。所不同的，福建位列中国东南沿海，是著名的侨乡，拥有长长的海岸线作为出口。而山西，只有黄河假道数省注入海洋。查看地图，此行由福州到厦门，沿着当地呈月牙状，堪称美丽、舒缓、若隐若现的黄金海岸徜徉，山海之间，风光无限。是为闽东南之旅，是为福建最集中最具地标性价值之精粹所在。

2009年10月18日下午四点二十六分，由太原武宿机场乘MU2379次航班出发，经停南京碌口机场，大约三个多小时之后，抵达福州长乐国际机场。黄昏时分，换上夏天的服装自不用说，机场位居福州东南的长乐市之东南，沿着依山傍海的高速公路，遥望着长乐的万家灯火，愈六十分钟以上才能到达福州。我不知道它是不是全国最远的省会机场，大约

124

福州特殊的地理位置,也是缘由之一吧。

稍事收拾,和同行的汪君去周围转悠。这里远非中心,也不是闹市,但它真实地显示了当地的市井生活。一条一条不宽的小街,弥漫着海之生活的气息。汪君买了一个木瓜,我不知道他是不是饿了?

19日上午,打车穿过高低起伏的福州市区,有些盲目地来到了闽江边上的闽江大道。作为福州人的母亲河,两侧的建筑很别致也很贵:出租车司机说均价要每平方米两万块钱以上。尤其是郁郁葱葱的南国植物,在这个深秋初冬的季节里,让我等北方人唏嘘不已:萧瑟秋风而今是,换了季节。

是日午饭后,经一个小时行程,到了号称八闽佛教第一山的石鼓山。山不大,庙也多为后建。对我们这些山西人来说,吸引力不大,似乎内在的成分也不多。就南北方的宗教文化和信仰而言,大同小异,程度各一。似乎南方的世俗化运作更加成熟并且顺其自然。浓荫百草之间,山风吹来,凉意徐徐,感觉甚是舒坦。一个多小时之后,一干人马继续浩荡东南行,乘车前往莆田。

下午五点多钟,车接近莆田。道路两旁鳞次栉比的、看起来未经规划也没有设计的炮楼式民宅,逐次进入眼界。在南方,这种景象屡见不鲜,它标志着一种富裕或者说有钱的程度。当年离乡背井打工挣钱,有了钱之后,人们就逐渐脱离了世代居住的乡村和茅棚,进而搬到更方便同时也显著的公路边过日子。盖房子、起高楼、光宗耀祖,是中国的传统文化,这里也不例外。导游说,你看这些富丽堂皇的楼群,大部分是空的。有人住的,也只是两个老人带着一条狗在里面。只有过年的时候,多数外出的人才会回来。楼顶上有些看着眼熟的结构,比如像是天安门城楼的,那是房主人在刻意告诉别人:他是在首都起得家发的财。莆田一带,石雕普遍而发达,且多半出口海外。然而更有名的,是此地人喜欢行医。据说,全国百分之八十的游医出自莆田。

晚上走马观花莆田的夜市,名曰文献路步行街。满世界呼啸来去的摩托车,看着有些触目惊心。

20日一大早,先坐车后乘船,拜谒著名的莆田湄洲岛妈祖娘娘。这也是此行第一次与大海亲密接触,我们站在船舷,海风劲吹,任海浪扑打在身上,极目海天之外,神清气爽。离船上岸,我在文甲码头上邀请此次行程的主办者和组织者之一,来自北京的刘瑞宁合影。刘君是我的朋友。

湄者,水边、岸旁。南北狭长的湄洲岛,形如一弯柳眉,如是得名。这里更是中国南方、台湾乃至东南亚以海为生的人,信奉和膜拜的妈祖及其宗教文化的发祥地。湄洲岛,无疑是以自然和人文景观相辅相成的旅游胜地。妈祖确有其人，为生于宋代的民间女子曰林默。林默只活了二十八岁，生前属于兰心蕙质、乐善好施、先天下之忧而忧的理想中人。之后她不断地被历朝历代所放大和升华，像北方的关云长一样，由人而神，由真实演绎成为传奇和象征。供奉妈祖的庙多半称天后宫，经年香火缭绕。触摸妈祖怀里温润的如意，可以得到平安米之布施。阳光下，矗立在湄屿峰上的巨型妈祖石雕，永恒永生，眺望大海，佑护着膝下的芸芸众生。妈祖岛上居住着三万多人，感觉上是一处人去室空、别有蹊境的休闲所在。一艘看上去有些破旧的渔船，结缆绳与岸边石上。渔家人赤脚端坐于船中央，吃饭喝茶，超然物外。来来往往的游客，大约不会搅扰了他的生活吧。

午饭在岛上用。山西人开始问人家要醋了。尽管时下的旅游饭店都会兼顾到南方北方的口味，但终归不是地道。

继续乘车前往漳州，这是此行路程最长的一段。其间去了位居惠安和泉州之间、偏居东南沿海的崇武古城。那里集中陈列了当地石雕艺术的精品，比如戚继光，比如白猫和黑猫，比如神秘的惠安女。古城墙下的青石路直通海边，巨石嶙峋，浊浪滔天，着实有了些气势磅礴的风采。暮色苍茫时刻，我们到了漳州。一百七八十号人：分开就餐，集中下榻。主办方成熟的职业化水准和人性化之良苦用心,由此可见一斑。

21日的行程,是永定县洪坑村的土楼建筑群。洪坑是一处远离尘世、原始原生,相对封闭的山乡僻壤地。芭蕉树、老水车,河边的竹林、千年的榕树,游人在恬淡、清新的林荫道上踯躅前行,放松身心,从容自如,有如置身世外桃源了。土楼的形状不同、大小各异:或圆形或方正,或硕大无朋,或袖珍把握,大都拥有一个世纪以上的历史。除却正门,土楼的门窗狭小厚实。反映了这种以家族群居为主体的"集体宿舍"的一个主要功能,就是封闭和防卫。今天的土楼已经不再神秘,其间有如一个嘈杂的集贸市场。楼里的人除了经营根本的农作物,大部分时间都用来和观光客打交道了。午餐安排在土楼中央的天井里,客家饭,有味道。自制的米酒让人心潮澎湃了。

由此地乘车径直东去,大约三个小时,抵达厦门。确切地说,是到了厦门市的厦门岛。这里是我向往的地方,从连接陆地的海沧大桥,可以看到雄伟壮丽、色彩鲜艳的厦门港。我们的车穿过市区,我有些久违甚至游子的冲动。一座从未来过,并且让人有归宿感的城市,就是厦门这个地方吗?

下榻福联酒店。我约上汪君、张女士首先去了就近的邮局。用在湄洲岛码头买的明信片,写上"生日快乐"寄给我女儿。我们三位也彼此写了寄走,留作纪念。晚上结伴去长江路购物街,满眼的流光溢彩,我有些心不在焉。出租车司机告诉我,这条街的尽头,鹭江那边,就是鼓浪屿。

　　10月22日早上,我们登上了鼓浪屿。由此回眸厦门,一簇一簇的景观,变成了明信片。一路上,我们都是提着行李旅行,到厦门,算是此行的目的地,可以放慢了脚步。鼓浪屿不足两平方公里,常住人口两万余。相对于每年数百万的访客,他们几乎成了守岛人。偶尔遇到挑着担子叫卖台湾水果的商贩,岛上没有任何的代步工具。我就这样闲庭信步、有些动情、有些浪漫地放眼溜达。从各式各样洋式建筑的小巷,到张着天罗地网的鸟苑;从啜饮优雅的老太出售的甘蔗汁,到三角梅前眺望日光岩;从空中缆车上俯瞰驻守的好八连,到古炮台前环顾大海和厦门市区;从老榕树的流苏里拍摄大海,到鼓浪石边上栈道席地而坐等候返航的渡船。鼓浪屿的今昔,也许就是一座中外侵入、交流、兼容并蓄的博物馆;鼓浪屿的风情,让20世纪80年代著名的诗人舒婷,成就了她的不朽诗篇。我一直以为舒婷就住在这个岛上,我给人家导游诵她的名篇《双桅船》:多少行在沙滩留下的足迹,多少次向天边扬起风帆。小姑娘有些莫名了。

李姓导游说当地方言管"导游"叫"酱油"。这回"酱油"开心了：一群人在通透的特产店里疯狂采购，烤鱼片、素饼、贡糖，不一而足。

午饭在一家叫作"外婆家"的饭店。之后，我们去了南普陀寺。宁静的普陀佛学院提高了时下僧人的素质，它与风情万种的厦门大学比邻而居。

此行的最后一站是在海上。乘一艘可以坐着品茶的游轮，近距离地端详海对岸的金门岛、大担、二担岛。船上的乘务员一面兜售介于走私和造假之间的台湾香烟，一面告诉大家厦门与金门门对门。那条醒目的白底红字标语，在游人眼里，更多的是猎奇了。

10月23日下午两点二十六分，我们从厦门高歧机场，经停长沙返回太原。由于在同一个方向，是日早上，我们再次过跨海大桥出厦门岛，浏览厦门的又一个区，同样著名的集美和陈嘉庚的集美大学。

# 从南京到苏州

在比"烟花三月下扬州"早一个月的时候,去了江苏,确切地说是苏南。在当今中国,江苏为经济最发达省份之一。按照当地的说法,它已基本实现现代化并全面进入小康社会;而苏南,乃江苏经济、地理、人文、旅游和百姓生活之精粹所在。从南京开始,途径扬州、镇江、江阴、无锡、宜兴、苏州等地,或横跨长江大桥南来北去,或环太湖逶迤东西而行,所到之处,感慨良多。尤其是亲历华西村,令人震撼。

3月4日下午三点由太原机场乘机,一个半小时抵达南京禄口机场,再乘车两个小时才到下榻的双门楼宾馆。2012年春寒料峭的日子比往年长,春雨中的南京透着寒意,和太原不相上下。双门楼宾馆位居市中心,其原址一个世纪前为英国驻华使馆,中西合璧,古色古香,闹中取静。

次日，登阅江楼环视六朝古都虎踞龙盘之今昔，进总统府指点近现代中国社会之变迁。游罢秦淮河已近傍晚，在新街口一家传统的大排档就餐。因为此前来过南京，故地重游，多了一份对这座喜欢的城市的归宿感。

3月6日由南京启程赴扬州，约两个小时之后来到瘦西湖。西湖之瘦，以河比之；河畔春柳，湖中楼榭，不一而足。所谓移步换景，转眼即逝，不大的地方景致却有数十处，名字常常更动听更有诗情画意。南方园林的风格与北方大相径庭。而随后去的个园因为私人所建，更小巧更精致，回旋着曲径通幽的灵动。与瘦西湖不同，它以竹子和石头为主体。个园名称，将竹字分开取之。历此，方恍然古时南派诗词婉约阴柔之出处。当日下午，在扬州的街上走走。核心城区未见高楼，建筑风格和颜色多从徽派，协调统一，规划使然。

当晚住MOTEL快捷酒店。

3月7日早离开扬州，上高速由南而北跨壮观的润扬大桥过长江，只二十分钟就到了镇江。就地貌而言，扬州为平面图而镇江是立体画，能看见错落的山丘和起伏的道路，当地人突出宣传真山真水的概念，大概是针对挖湖造山、移山填海之人力吧。镇江位扼长江和京杭大运河之交汇处，地理位置独特，区位优势显著，虽为最小之地级市，但已是江苏发展后来居上的城市。借助众多的爱情传说比如许仙与白娘子、梁山伯与祝英台,镇江还得到了"爱情之城"的雅称。当然镇江醋和山西醋也好有一比。这里还是江苏大学和江苏科技大学的所在地。是日中午,当地同行在滨江酒楼请我们吃江鲜,听着新鲜吃起来更新鲜。做东的朱先生笑称自己是南方的北方人,豪气爽快,一干人等尽兴才罢。

下午在朱先生盛情陪同下,游览著名的金山寺。白娘子为许仙斗法海水漫金山,梁红玉战金兵破兀术高台击鼓。金山为名山,金山寺为山上名寺;动人的传说千年不息,尽人皆知;那首脍炙人口的千古绝唱"明月几时有,把酒问青天",乃苏东坡于此而成,怕就鲜为人知了。如果在另一个层面,把这首水调歌头也释为情歌,那么镇江"爱情之城"的名号就更加充沛了。金山列长江之南,高不足百米,登临慈寿塔远眺,或揽大江浩浩汤汤,或略镇江山水城郭,美哉壮哉。自古天下寺庙皆坐北朝南,唯此江天禅寺门朝西开。

约下午五时许,于高速口别过广宝君,黄昏时分抵华西。华西乃中国名村,于世界恐怕也罕见。以一个村庄的家底,成长为如今大鳄或巨龙之概念,非亲临目睹,恐无法想象。华灯初上时,驱车穿过连片的华西别墅,一片开阔的广场,一座直插云霄的大厦,对称的塔楼群扑面而来。戏台之上，横幅"一个共产党员，为民利益的一面旗帜"格外醒目。此言论出自何处未究，但所指当是吴仁宝了。大厦为三座圆柱体鼎足而立，高度328米。进入前厅大堂，啧啧金碧辉煌富丽堂皇不知说什么好；首先想到的是沙特、科威特、迪拜等海湾国家，大富大贵到只有用黄金才能体现。本想看看那尊传说中的金牛，一打听藏于60层票得260元。还是算了吧。

徜徉广场，端详华西之一角，忽然想到我们山西的申纪兰。一南一北，西沟和华西，两位当今最知名、最富传奇色彩的中国农民，他们的人生历程，代表了中国的昨天、今天和明天吧。

由华西返回江阴的路上，回望苏南平原上卓然独立的那栋大楼，叹为观止。雨中，转江阴城，寻住处兴澄大酒店。

3月8日一大早，启程赴无锡灵山。沿舒缓的高速公路西南行，由此算是从长江流域进入了太湖沿岸。太湖为江浙两省界湖，也是我国第二大淡水湖，环太湖而兴的城市物华天宝鱼米之乡。大而论之，太湖位居上海、南京、杭州三角区域中心，养育的人口数以亿计，堪称母亲湖。途中于湖边伫立，迎面而来的风着实不小。

"如来如愿、无锡灵山"，这是灵山大佛在央视做广告的广告词。灵山为宋代名刹旧址，灵山之名源自玄奘；灵山大佛面向太湖,背倚灵山,左青龙右白虎,所谓地灵形胜。作为一处兴建于盛世的太湖国家级旅游风景区,灵山及其内里一切诸如梵宫、五印坛城、天下第一掌等等皆为新生,其倾向重在旅游和商业开发。进进出出的人很多,多数只能叫游客而难称信徒。南北佛国之差异,北方重传统和佛理,南方看香火和布施;孰更灵验,谁人虔诚,妙处难与君说。赵老朴初赋诗曰:"如来百福庄严相,无量光明照世间"。

几近一个上午在灵山,午饭在跟前的镇子里用过,上车去宜兴了。宜兴之名扬天下,在其紫砂。一个时期以来,小小紫砂壶于掌握之间令世人疯狂。百万千万乃至过亿天价,让这玩意儿丧失了其饮茶之基本功能。一直陪同我们的司机兼导游袁师傅,直接把我们拉到了丁山镇的中国陶瓷城。一排一排商铺,一家一家作坊,一堆一堆半手工、被砍价的紫砂成品,全然失去了所谓国家级大师、独一无二、巧夺天工之身份,同时也让人顿减购买之欲望。据称,唯产自宜兴的紫砂泥已然挖掘殆尽,风行的紫砂壶怕也是徒有其名了。

下午五时许,由宜兴复过无锡、苏州,约三个小时到周庄。是夜下榻云海度假村酒店。因是旅游淡季,暮色中的小镇甚是冷清。

周庄因一个世纪前周姓人士捐地修庙而冠以周庄,所以先有庙后成庄似合乎情理。百年周庄，今日已是名满天下的江南名镇。进入其中，水为街舟为车，窗前倒影树婆娑；桥虽短成方圆，水乡人家闲适多。仅有的步行街，门脸对着门脸，屋檐接着屋檐；邑人现做现卖飘着清香的桂花糕，埋头河里浣洗着如歌的生活；街虽窄，走不过去人，走过的是岁月。核心位置、江南巨贾沈万三的旧宅，平添周庄的些许大气；小桥流水、平常人家的寂寞，才是古朴宁静悠长的行板。这里也许不仅仅让人流连，更多感受才能体会到由衷的情趣。当然万三品牌的肘子还是十分可口的，吃了不算，还要买上带走才行。

午饭后，由周庄返苏州，这回算是进了城了。一直以来的阴霾天气，今天终于云开日出。

上有天堂，下有苏杭。去过杭州，苏州自然也应该去。乘车与无锡擦肩而过时，想起儿时猜过的歇后语：金银铜铁——打一地名，答案是无锡。遗憾的是此行未进无锡市区。

先去了虎丘。虎丘为风景区，其实也是园林。所谓苏州园林，是多处独立园林的统称。虎丘塔是建成于宋代的名塔，自从四百年前开始倾斜之后成为更加著名的斜塔。于其下周转，塔身倾斜明白无误。周遭风景，高低错落，似于不经意间尽显人工智慧。当地人说虎丘是老苏州的地标，新苏州,大概要算它的工业园区了吧,此为后话。

再去了寒山寺。姑苏城外寒山寺,唐代诗人张继的这首《夜泊枫桥》,在月落乌啼、江枫渔火、夜半钟声的旅愁中,赋予了寒山寺别样的韵味。回廊里的碑林陈列着不同书法家书写的同一首诗:风格各异殊途同归,一如游人的心境吧。

最后去了留园。留园与拙政园、颐和园和避暑山庄并称中国四大名园。去时已近下班时间,我等独享这座私家园林的幽静和庭院深深。及至要出来时,九曲回廊,绕来绕去,未知门在哪里了。

向晚时分,为找住处在苏州城里转悠。它的商业区灯火闪耀人来人往,演绎着现实版的繁华旧梦。

夜宿广场酒店。

3月9日上午,参观苏州文化艺术中心。中心坐落于金鸡湖畔,站在湖边,从相得益彰的拉二胡和弹琵琶、拉小提琴和吹萨克斯的塑像旁边放眼望去,天际线之间,林立的大厦连缀起宜人的风景,李公堤上充满异国情调的建筑沙龙目不暇接,如同挂在天幕上的摩天轮静止不动,停靠在月光码头的那艘船在等谁人呢? 在建的外方内圆的地标性建筑“东方之门”设计独特,鹤立鸡群,具有强大的冲击力。

在工业园区刘先生的陪同下,我们乘车浏览了工业园区。按照国际标准与新加坡合作兴建的苏州工业园区,如今已是国内此类模式的成功典范。沿途一闪而过的多所知名大学的研究生院都设于此,体现了这里产学研集于一身的发展链条。园区里的生活区常年生活着形形色色的外国人,他们开始在这里打工,用不了多久就把苏州当成了自己的第二个故乡。据说,常年生活在江苏的洋人不下十万,其中的一半在苏州;而在苏州的一千一百余万人口中,来自外乡的"新苏州人"已近半数,是名副其实的移民城市。

中午,好客的刘先生邀请我们在阳澄湖边上的农业生态园、阳光餐厅就餐。笑谈阳澄湖不大,餐桌上何来如此多的大闸蟹了。

离开苏州,江苏之行也就画上了句号。取道上海,3月11日下午乘机返回太原。

# 宁夏不远

　　5月的最后一天,周五。乘坐GS6317次航班,十一点三十五分由太原武宿机场起飞,约七十五分钟就到了银川河东机场。彼此距离之近,有些出乎意料。仔细想来,两省中间其实只隔了陕西。感觉远甚或遥远,大约是概念或心理因素吧。宁夏是除了海南、台湾面积最小的省区;换句话说,约等于海南、台湾面积之和,即六万余平方千米。在中国地大物博的西北,宁夏如此小巧的体量,耐人寻味。

　　当天下午就去了宁夏回族自治区博物馆。作为我国人口最多的回族聚集地,博物馆整体结构呈"回"字形。甫一入馆,取自贺兰山岩画的、黑底白线条的太阳神图腾,夺人眼球。拟人的脸、牛眼、四周呈辐射状的线条,象征着太阳的光芒。早期人类朴素的涂鸦,在今天被赋予了各种各样甚至有些不切实际的诠释。公元1038年,党项族在如今的银川附近建立了西夏王朝。取"西夏安宁"之意,于是有了宁夏的称谓。黄河自西而东北横贯宁夏腹地,不仅孕育了灿烂的黄河文明,同时"千里黄河富宁夏"之地理优势,也让宁夏成为大西北沙漠戈壁滩上独具魅力的"塞上江南"。

美丽的宁夏,更美丽的银川。不亲自来,不会有这样的感觉。

我们下榻的酒店"悦海大酒店"位于银川新区,眼前宽阔的街道绿树成行,稀疏的车辆和行人令人神往;沿街向两侧延伸的艾依河明镜般倒映着天高云淡;再远处宽松有致的建筑群宜人宜居。七点来钟,我们在悦海的广场上散步,适逢太阳落山时,呈深黄的余晖笼罩在黛色的远山上。寂静、舒缓、悠远、安详;此时此刻,此情此景,难以言说,一种从未有过的感觉弥漫心海之间。银川是宁夏最大的城市,人口也就百余万。更让人惊羡的是这座城市里随处可见的大小湖泊,垂钓者自得其乐习以为常。当地人说,生活在此,幸福指数很高。

次日就是儿童节。这天,我们乘车前往中卫市。中卫距离银川不足两百千米,是宁夏中西部核心城市,也是一个集戈壁、沙漠、山地、平原及绿洲、湿地为一体,并且水乳交融、令人称奇的地方。抵近中卫市区,依次能看到草地、湿地,以及黄河那边寸草不生的戈壁和山丘。由衷地感受到当地为自然为生存为明天所付出的智慧和心血。

在中卫的第一站是高庙。它大隐于老城区闹市,三教合一,是一座紧凑、内敛,向上构建的独特庙宇。看着规模不大,穿行其间或拾阶而上,方知庙里乾坤不小。所谓儒释道之度我度他皆从这里,天地人之自造自化尽在此间——"高庙"是也。

午餐在红宝宾馆。红宝者,枸杞之别称也。宁夏枸杞已是知名品牌,中卫枸杞堪称正宗。席间喝的芽茶,就是此地开发的、用枸杞嫩叶制作的茶,加上几粒枸杞,口感味道都还不错。据说具有明目和助眠的功效。

下午去了著名的沙坡头景区。沙坡头濒临黄河,位居腾格里沙漠东南缘,包兰铁路横贯其间。20世纪50年代,为了保护包兰铁路线,国家及当地创造性地采用了"麦草方格"固沙。这种因地制宜、简单易行,在今天看来还更生态环保的方法获得了成功,同时也让腾格里沙漠成为"中国第一个具有沙漠生态特点并取得良好治沙效果的自然保护区",堪称人类改造沙漠、善待自然、相依相生的杰作。兴建于1980年代并且声誉日隆的沙坡头风景区,是这桩奇迹的衍生品,是社会发展的一种时代需要。如同新疆的"净土"喀纳斯被深度开发,是非功过,难以评说。

在沙海里乘坐如悍马似的敞篷车"冲浪",挂在索道上"飞黄腾达",差不多直上直下的"滑沙",坐游船或羊皮筏子在黄河上颠簸,甚至在黄河河心,还有令人触目的"蹦极"。在那里上下转悠,天很热,人也很多;踩在沙滩上眺望黄河远去,全然没有了"大漠孤烟直,长河落日圆"的心境。倒是朴实的导游兴致勃勃地告诉我们,来这里的山西人不少,而且出手阔绰。

四时许,由沙坡头直接返回银川。

6月2日的目的地是石嘴山市。位扼贺兰山山脉与黄河交汇处,因"山石突出如嘴",得名石嘴山。与中卫相比,石嘴山是一座更加开放辽阔的城市。从银川一路过来,一马平川,一望无际,地不偏天自远。凸显这里以移民为主、蓬勃发展、后来居上的新兴城市风格和理念。

石嘴山依然是被水系和湖泊环绕的城市,沙湖是这里的掌上明珠。逾万亩水域、沙丘、芦苇、荷塘,尤其是作为多种鸟类的迁徙地和栖息地,沙湖堪称鸟的天堂。一簇一簇一丛一丛的芦苇随风飘摇,鸟的孵化过程被实时直播;乘快艇在湖面飞驰,湖边沙地上逶迤而过的骆驼群成线。大漠气象、南国风情,好一派壮丽景致啊。

下一个去处是这里的国务院直属口"五七干校"博物馆。除了新建的综合馆,博物馆在原"五七干校"旧址复原,那种两边立个柱子,彼此用彩虹状的铁篱笆相连的大门,门里是毛泽东挥手的白色雕像。"五七干校"是20世纪60年代末期,中央及国务院按照毛主席指示,到边疆基层下放劳动的产物。人数逾十万,时间跨度超过十年,作为一段特殊的历史已被载入史册。

如同当年的知识青年上山下乡一样,这种浩浩荡荡的干部下乡运动,到了肯定是当时最艰苦的地方,聚集了各种各样的人物和人才,但他们都利用自身的优势和专长,促进了所在地经济、社会乃至生活习惯的发展和改变,同时与那里的群众结下了深厚的友情。现如今,讲解员穿着当年的绿军装,平房门上"校革委会(军代表)主任"办公室的牌子还在,只是物是人非、矮墙高天声声慢了。

顺道还去了石嘴山市委市政府边上的奇石公园。中午在政府食堂吃饭。

下午的行程是位于银川郊区的西部影视城。影视城所在地叫镇北堡,原址是明清时期的古城堡,作家张贤亮20世纪五六十年代,下放劳动时发现并看中了这里独具魅力的人文价值,通过多年的开发建设,将原本的荒漠和羊圈打造成了今天中国最知名的影视基地和旅游景点之一。著名作家张贤亮蜕变成了更著名的董事长张贤亮。

到达时赤日似火,无遮无拦地炙烤着游人和土地。夯土的城垣,不同时期的"一条街",被保留的拍摄基地,席地而卧的骆驼,挂着银幕的露天电影院,"中国电影从这里走向世界"的"影壁宣言",陈列着红木家具的博物馆等不一而足。《红高粱》《牧马人》《乔家大院》等等众多影视剧、大小明星在此拍摄、留影、留言。原始粗犷、不事雕琢,四下分散、自成一体,与西北与戈壁与气候与风情相得益彰、自成一派,令人称奇。因大多时候在户外,一路走下来,领教了大西北阳光灼晒的厉害。

当晚仍住安静的悦海酒店。

6月3日是返程的日子。吃了早饭携带行李一同乘车,顺路至永宁县拜访中华回乡文化园。白色的伊斯兰风格建筑,通透的穹顶挺拔的立柱,靓丽的戴蓝帽披白纱的回族少女,绿树回廊,舒展宽阔,安详宜人。访客需脱了鞋,走进铺着地毯、金碧辉煌的清真寺礼堂席地而坐,聆听四位回族小伙子吟诵古兰经。犹如空谷回音,声声入耳。这种有些神秘的仪式,充满着庄严感,令人肃然起敬。回族是中华多民族中人口最多的少数民族,而宁夏位居之首。几天的行程,让人切身感受到回汉民族间水乳交融、其乐融融的大家庭氛围。

中午十二点零五分,于银川河东机场乘坐GS6518此航班返回太原。

# 台湾掠影

随运城关公祖庙圣像赴台巡游团,托关老爷的福,3月29日至4月4日去了台湾。按照先后次序,分别是高雄、嘉义、台中、台北和基隆,由南而北,沿台湾岛西海岸,纵贯全境。

3月29日八点,我等一行六人于太原机场乘机,约十一点抵达澳门。由于机票方面的原因,我们未能随巡游团大部队佑护关公圣像同行,但其额外的收获是取道澳门并可以在此逗留八九个小时。出了海关,存了行李,经过简单商量,第一站是大三八牌坊。

今天的澳门(MACAU)是中西合璧的产物。虽然并无语言障碍,当地人的普通话说得并不好。打车时我按照习惯去开右前门,却恍然澳门的车方向盘右置,上了路是左行。在车上,我问是否收人民币,答曰没有问题,但找零是澳门元。

到了市中心,欣然并非熙熙攘攘的景象。司机说正赶上复活节,市民都出去了。车费八十元人民币。

在一栋醒目的"民政总署"的白色办公楼前面的街心花园下车,随着来来往往的游客流,端详着周围陈年的西式建筑,过"仁慈堂大楼""三街会馆""大炮台""玫瑰堂"等绿黄相间的路标,街越来越窄,拾级而上,向大三八牌坊靠拢。

确切地说,大三八牌坊只是矗立于高处的一面墙,是四五个世纪前葡萄牙人在此兴建的教堂之残垣。抬头望去,凌空的十字架无语,门洞外的楼宇扑面而来。作为澳门最为人所熟知的地标,大三巴见证了澳门发展的沧桑。

返回时进一家"手信"店买了几个印着澳门标志的小盘子,收银小姐事先解释过只找澳门元后还客气地送我两块礼品香皂。午饭在临街的一爿小店里用过,正商量着去葡京娱乐场在哪儿打车时,一位人力车夫指点我们,从这里下去过两条街就到了。

葡京娱乐场抑或葡京赌场,同样是澳门名扬天下之所在,同时也是这里的支柱产业之一。奇形怪状的外观,深不可测的内里;天蓝色的澳门警车,显著的禁止泊车的私人领地。我等穿过地下行人通道,来到海边歇息。远处,如弓弦蜿蜒的跨海大桥赏心悦目。

下午五点许返回机场。前面是山,跑道外为海。澳门地面不足四十平方公里,一箭之地;常住人口五十余万,来往观光客每年以千万计,澳门是吞吐大港。暮色中,红绿相间的中华人民共和国国旗和澳门区旗迎风飘扬。

晚餐在机场吃麦当劳。一干五十岁以上的人入乡随俗,吃完汉堡,外加冰激凌。

原本晚上九点四十分起飞的航班推迟了一个小时。借此在五权免税店(King Power Duty Free)逛逛倒也惬意,人们对书店里的书似乎更感兴趣。

晚十点四十分登机,不到一个小时抵达高雄小港机场。从舷窗上看,沿海岸线画出的高雄市的夜景美丽壮观。通关时台湾同胞的温和、友善、礼貌以及温文尔雅成了此行的第一印象,并且伴随了台湾之旅的全程。

到了高雄金典酒店已是子夜时分。柔和的街灯映衬下,雨后的高雄温暖而迷人。高雄金典酒店,也即著名的85大厦。楼高85层,367米,上个世纪末建成时曾经是台湾的第一高度。我住56层,窗外是波澜不惊的高雄港。

次日(30日),乘车赴凤山文衡殿,参加关公圣像入台后首次在此地举行的官方和民间活动,也就是开幕式。车行约九十分钟。沿途经过高雄市区,看到"三民区""三多一路"

"凯旋二路""澄清路"等异于大陆的街路名,同时开始领略那位叫作阿德的台湾导游。

文衡殿藏身并不繁华且传统的市井。按照台湾的称谓,"恭迎山西运城解州祖庙、明朝关圣帝君圣驾莅台巡礼","荣耀圣者、两岸关公文化巡礼"横幅赫然在目。按照双方商定,山西、台湾方面有关政、商及宗教界人士出席,台下是来自四面八方的芸芸众生。关羽是两岸千百年来共同信奉和尊崇的圣人,兼具榜样和佑护之功德,这种同根同源同向的人文交流,得到了方方面面的首肯和欢迎。与一位高雄市议员交流:这里供奉妈祖的人是不是更多? 一半对一半吧,关公香火也许更盛。性别不同,南北各异,内陆海洋,中华民族就这样生生不息地诞生、推崇、信奉自己的理想人物,经营华夏的精神家园。

台湾是民间社团、协会辈出的地方。活动现场的种种机构代表,斜挎马甲或绶带在身上,一目了然。比如:高雄市议员苏炎城服务团队、台北文山行道宫、桃园明伦三圣宫、东照山关帝庙等等,不一而足。

是日下午,关公圣像即启程驾临高雄佛光山。佛光山、佛陀纪念馆为台湾信众最广、极负盛名的佛教圣地,同时更知名的是它的创建人乃一代高僧星云法师。关圣帝君伽蓝尊者、莅馆护法祈福，曲直向前福慧双全、礼敬紫气佛光。佛陀纪念馆恢宏大气，端庄秀丽，于开阖之间，呈现出一派传统与现代相得益彰的泱泱气派。

晚餐在台湾著名的圆山大饭店。

与开幕式相对应的，是当天晚上在此举办的名为"忠义千秋"的专题晚会。四十分钟的节目事先由山西方面专门编排，歌舞之间，皆与关公有关，并随之赴台，算是带给台湾同胞的一份礼物。给我留下更深印象的是那里的观众。他们满腔热情地投入到演出当中，自觉尊重并与演员们交相互动，鼓掌时起立、双手高高举过头。关公故里的民歌民舞民乐、乡情乡韵乡风就这样深深地打动了台湾的父老乡亲。

晚会之后，我们偷闲去了高雄著名的六合夜市。在台期间，30日算是一个完整的大晴天，朗月晴空下，徜徉夜市的琳琅满目，品尝当地的槟榔，子夜方回。台湾各地的夜市亦是游人喜欢光顾的地方，其后还去了嘉义、基隆等地的夜市，深感当地人悠闲自在的生活方式和融融乐趣。

当晚仍下榻金典酒店。

31日，是一个下雨的早晨。我走过一条街试图到路牌上标出的星光码头。看着近行则远，无奈只好返回。街边一字摆放的摩托车印象深刻，成群的摩托车队是这里的一大景观。

第二天一早,乘车去阿里山。台南、高雄、港湾、金典等等,来不及说再见即与这座城市告别。由此往东北方向,约三个小时行程,就到了阿里山风景区。中间在叫富田新乐园的小镇逗留,我进一家"阿里山庄家"小超市买特产方块酥。

到达时已是中午,在阿里山邹族文化部落的餐厅用餐。邹族为台湾原住民之一部,邹族文化部落坐落在阿里山的半山腰里,山坳四周是葱葱郁郁的茶园。阿里山神木、土著图腾、茅棚屋顶、艾草施福,一应元素尽收眼底。唱过的阿里山姑娘、喝过的阿里山茶,如此算是找到了出处。

下山时我晕车得去化妆间。化妆间是台湾的叫法,亦即大陆的洗手间,如同管游客接待处叫知客室一样。

阿里山的另一处名胜是森林公园。抵达时细雨如线,原木结构的火车站、蒸汽火车、蒋介石的塑像,加上姊妹湖美丽的传说,在充沛的天然氧吧里俯拾仰望、吐故纳新,每个人都忘记了自己。在折返地的特产走廊,人们饶有兴致地端详这里以桧木为特色的纪念品。我唐突地站进人家的柜台后面讨价还价,店主友善地点头可以可以。

傍晚时分到了嘉义,入住耐斯(NICE)王子大饭店。去就近的茶叶店买了阿里山茶,同样是和气优雅的一对老夫妇。

看看水果摊的价钱,最贵的是西瓜。这家宾馆的特点是与自己的超市一体,我们都在那里买台湾产的一款面膜,谓"我的美丽日记"。

离开嘉义时,路边一块广告牌引人注目。其内容是:全心全意为嘉义,不分蓝绿、不分派系,郭明宾望您牵成。背景是郭的头像,其下是服务地址和电话。在台湾各地,都能看到这种议员或民意代表的公开广告。还有是这样写的,报告马总统,南北失衡正在持续扩大中。台湾的电视台林立,往往抓住一个事件集中报道,紧追不舍,令当事人抑或当局疲于应付。导游阿德并不回避自己是国民党党员。他说当初他投票支持马英九,但现状并不让他满意。阿德服役退伍之后,每月可从政府领到六万台币的抚恤金,但他养了三个孩子。

4月1日的目的地是日月潭。日月潭属南投县,以湖中小岛为界,一半如日,一半似月,故得名,是台湾最美丽的湖泊。抵达时大雨瓢泼,青山绿水间弥漫着朦胧的烟氤。游人即便撑伞也已浑身湿透。我们湿漉漉地在船上观赏日月潭的旖旎风光,吃这里据说能带来好运的五香鸡蛋,登上高处去拜谒罕见的供奉着玄奘的玄光寺,排着队在那块写着"日月潭"的大石头前留影。与其说来日月潭难得,还不如说雨中游日月潭更难得。

日月潭、阿里山,旧时的梦,真正地呈现在眼前,留在了脑海里。

中午去一个谓"牛相触"花园餐坊的园林式饭店用餐。雨停了,我们又进入了一个新的天地。一座中式的院子,小桥流水、水车无声,四方桌椅、水牛颔首。从走廊上挂着的盆景望出去,满目奇花异草,高矮林木,美不胜收。贴在柱子上的一幅"录影中请微笑"尽显温馨,挂在走廊里的书法"一粒不留"充满了睿智。都是提倡节约粮食,它与大陆的"光盘行动"异曲同工。在如此环境里吃饭,或者胃口大开,或者吃不到心上,我属于后者。

这天下午的行程是位于南投县埔里镇的中台山博物馆、中台禅寺。因为是新建,所以在穹窿尖顶、高堂阔厅、气派不凡之间,透露的是沉稳、大气的时代气息。更吸引我等庙宇之乡过来的观光客的倒是寺馆对面层峦叠嶂的群山。丝丝白云绕在山腰之间,蓝天绿树、碧瓦白墙,巧夺天工了。

黄昏之前抵台中,住全国大饭店。一家获得台湾交通部观光局"五星级旅馆标章"的酒店——名儿就是这么起的。酒店房间呈矩形,洗漱间甚是宽敞。从我住的13楼望出去,高楼林立、车流成河。台中是台湾三大城市之一,人口近三百万。山水之行归来，人们普遍感觉累了，行李箱却逐渐饱满起来。

晚上去这里的逢甲夜市。夜市尽头藏着一所大学，叫作逢甲大学。一动一静，未知如何相处。

4月2日早，我在全国大饭店周围转了转，遇到又遛狗的小伙子，他款款与我交流并配合我拍摄他的宠物。旁边墙上一幅巨型儿童画画的是动物，文字为用心关怀、不离不弃，让爱不再流浪。

今天的行程继续北上，前往野柳（YEHLIU）。野柳是台湾西北海岸线上一处地质公园，距离台北不远。在接近两公里的海滩上，因海水侵蚀和风化的各种拟人化的岩石为其特色。尤其是那些呈姜色、蜂窝状，如蘑菇般一个个独立的型石，让人叹为观止大自然的巧夺天工。沿木板铺就的栈道来回，远眺海洋无垠，近听波涛拍岸；拍照时难得地开怀大笑，孤独的垂钓者置身世外。

午餐在野柳吃海鲜。之后驱车直接去了台北故宫博物院。路上导游阿德让我们眺望台北的地标101大楼。它太高了，只能远看。在市区的建筑群中高高在上，好像是从天上向下长出来的。

台北故宫博物院坐落于阳明山下，规制仿北京故宫建造,是台湾历史与文化集成之内核。戴上耳机随熙熙攘攘的人流往前涌动,听导游阿德讲似是而非的典故和传说。笔者和多数人一样,只是为了来过这个地方,兴趣所在倒是在台湾故宫的专属折页上加盖玉玺,以及在纪念品店里挑各种有代表性的商品。那棵传说中的玉白菜,比想象中小而且普通多了;眼前的阳明山蜿蜒起伏、葱茏青翠,黄昏时分,静默于神秘莫测之中。

当晚下榻台北老城区的福容酒店。酒店虽旧,但却考究;窗外的小巷是联排的二层居民楼,楼外的街上为古玩店。又是雨夜。想起"窗外又下雨了,雨丝缓缓地飘落下来""冬季到台北来看雨,梦是唯一衣裳",这些满是乡愁的歌曲,青春、梦幻的神经被轻轻触动。台湾是诞生邓丽君、罗大佑、三毛的地方,是文以载道之所在,乃梦之地罢。

4月3日一大早去了阳明山。作为山西同乡,我们此行的目的地是阎锡山曾经住了很长时间的地方。上山之后,在即将下坡的拐弯处,锈蚀的铁栅栏门,蓝色门牌写着士林区、永公路254巷34弄,这里就是阎院长故居了。进窄石门下台阶,掩映于树丛中的一排窑洞式建筑曰"种能洞",不仅不起眼,甚至败落的景象出人意料。门廊的屋檐滴着水,只有一盆怒放的鲜花显出生机。那位令人敬佩、唏嘘不已的阎锡山当年的旧部张老先生,年已八旬,拄着竹杖迎接我们。他追随阎锡山赴台,尤其是阎去世后逾半个多世纪即日日来此打理,从不耽误。"种能洞"内,只剩下了毫无装饰的简陋家具,书柜里的旧书,老先生说既是乡党,你们愿意就带走吧。门边的牌子上刻着:我到台湾因不耐炎热与暴风雨的侵袭,建茅屋于金山山麓。移居以来,想起冬暖夏凉、不怕风雨的窑洞来。我问台湾同胞台湾为什么没有窑洞,他们说窑洞有三个缺点……

因是雨后,天有些凉,但是天高云淡,台北市一览无余。下山时去了台北中山纪念馆之中山楼。作为国民党当年选举和开大会的场所,现在开放供游人参观。

午饭后游览士林官邸。士林官邸亦在阳明山下,但已处市区福林路,是蒋介石夫妇来台后终其一生所住的地方。这是一座植物园,也是当地人亲绿、闲适的去处。三面环山、闹中取静,古木参天、奇花异草,令人流连忘返。

下一站就是著名的"台北101大楼"了。"101"呈塔状直抵云端,外墙为墨绿玻璃幕墙,曾经是地球之最高建筑。游客被允许乘高速电梯达85层380米,并在那里环视市区、极目远眺和购物。由于恐高,我除了心跳加速以外,总感觉脚下在摆动。去窗边拍摄台北市区也是移步过去。这里的红珊瑚及其制品颇受欢迎。

从"天上"下来,去了仅三十分钟车程的基隆(KEELUNG)。基隆是台湾最北端一座美丽的港口城市。由于时间关系,我等径直去了码头旁边的夜市,并在那里吃海鲜、喝台湾啤酒。返回时在车上唱"母亲生我在台湾岛,基隆港把我滋养……"

4月4日是返程日,也是采购日。先到传统的维格饼家,这是台北著名的连锁店,以产销各种台湾的特色食品如"凤梨酥"著称。每个人都不虚此行,打包之后的纸箱子在门口摆了一地。后去诚品书店。台湾出版的书装帧、设计等都属上乘,尤其书店里的气氛适宜爱书者进去。我给女儿买了几本陌生的曰"九把刀"的小说,其中一本叫作《上课请别吃烧烤》。最后逛的免税店,由此联想到国人在境外疯狂购物的说法。其实除了东西更划算并且货真价实以外,出去机会少,是更关键的因素。

早早到了台北桃园机场。办理退税,吃快餐,抑或在各个商场进出。时间就这样过去了,与印象深刻的导游阿德道别,台湾之旅也行将画上句号。一周行色匆匆过来,与其说台湾的风景挺好,不如说那里的人、人文更好。

晚八点二十分乘机,约两个半小时到达太原武宿机场。

# 澳大利亚　新西兰之旅(上)

　　就被海洋铺陈的地球而言,人类生活的每一片陆地,其实都是一个岛。其区别在于,这片陆地是不是足够辽阔、彼此相连并且总给人一种怎么也走不到尽头的感觉。从这个层面上看,孤悬南半球太平洋和印度洋之间、独立无依的澳大利亚,尽管她有超过七百万平方公里的陆地面积,她是一个岛;而新西兰,她就是一个岛国了。

　　遥远的南半球,美丽的澳大利亚、新西兰。破天荒地从国外回来,有些莫名其妙地等待倒时差是个什么状态。结果时差没等来,似乎季节的反差也并不明显。有那么几天,满脑子只有澳大利亚最南端、隔巴斯海峡与塔斯马尼亚岛遥遥相望的,一个叫作菲利浦岛上的那种长不盈尺的小企鹅的叫声。声音不大,不悲不喜,不急不缓,类似于某种乐器的某个单音,这似乎很陌生很神秘地留在了我的记忆当中。

2009 年 5 月 11 日上午十点,我们一行六人由太原武宿机场登机,约两个小时之后抵达上海虹桥机场。乘机场巴士由西向东穿越这个正在举办世博会的大都市到了浦东机场。其时正值暮春初夏,繁华的上海已是一派夏天的景致了。

提前两个小时,我们开始办理出关和登机手续。浦东机场淡蓝色的天幕和无数如流星一样的水晶管子,耀眼夺目。是日十七点四十五分,我们登上了澳航 QF130 次航班。放眼机舱内,外国人外国话外国空乘人员,让我很明显地感觉到这已不同于国内的任何一次旅行。我们六位虽坐在一起,但已属少数,而我的第一次海外之旅也由此开始。

相对于国内航班,国际航班设施更全、服务也更加周到。除了只会讲英语的老外,还配备有至少能说两种语言的华人。启程一个多小时之后,机上提供的套餐有澳大利亚红酒,味道很纯,口感也不错。我尽量地多喝一些,是考虑后半夜可以睡上一觉。打开座椅靠背上的电视屏幕,节目听不懂,而音乐好像也无法催我入眠,于是看与飞机同步的巡航线路图:沿我国东南海岸线厦门、汕头,然后是香港,这就开始在海洋上空飞行了。大约凌晨四点醒过来,从舷窗欣喜地看到壮丽的景象。铅灰色的云层之间有些泛红,之后这种红色越来越强烈,有如沸腾的铁水;眨眼之间,太阳火球般闪着金光跃出了云层。算算时间,飞机早已越过赤道来到了南半球,而季节也将从春夏逆转为秋冬了。

八千多公里,接近十二个小时的飞行。天亮时看到大海环绕起伏的陆地,我自言自语这就是澳洲了。北京时间5月12日早晨六点二十分在悉尼机场降落。除了在护照上盖上代表所到国家主权的章,再有就是堪称严格的安检。澳新两国独立于世,像防止病从口入一样,十分在意疫情。在新西兰时,导游一再强调,这里没有猛禽野兽,也没有蛇。

一行人推着七八只旅行箱出来,首先感受到的是这里的蓝天白云和明媚的阳光。大厅的通道上写着"欢迎来到悉尼(Welcome to Sydney)",我把手表往前拨了两个小时。

开车接我们的是位广东籍的当地人。三十分钟之后,我们到了此行在悉尼的驻地:伊丽莎白大街539号,中国驻澳大利亚总领事馆接待处。位居街角的一座白色小楼,栅栏将院子与街道隔开,门始终是关闭的,其中的人出入也需刷卡。这大约体现出中华人民共和国驻悉尼总领事馆"领区"的概念。房间里的陈设和功能,中国字画中文"安全提示"和国内的电视节目。下楼去借火,厨师来自北京,亲切地寒暄一番之后,他把打火机送给了我。从窗口望出去,除了色彩协调的低层洋房，几无行人，只有时起时落的汽车声，近了又远去了。

悉尼为澳大利亚第一大城市，也是一座世界名城，隶属新南威尔士州。在这个国家人口最多的城市里，也不过四百余万人。从房间里的简介图片看上去，干练优雅的悉尼女市长莫尔如是说：欢迎来到我们美丽的海港城市。悉尼是世界上最动人的城市之一，两百多个国家的移民安全并且舒适地生活在这个多元化的地方。还有一句口号这样说，千好，万好，世界上哪里也不如悉尼好（There is no place like Sydney in the world）。

这天下午，我们赴中国驻澳大利亚总领事馆，拜会了总领事及相关人士。由于有占悉尼总人口近十分之一的华人生活在这里，所以国内的一些展览和演出还是有市场的。近些年来，中澳两国在国家和社会生活两个层面联系紧密，很有些互通有无的情形了。之后我们赶到一家香港人开的富丽华酒楼举办有关2009年平遥国际摄影大展的新闻发布会。虽说到场的都是华人及其所代表的中文媒体，但已是除美国之外，世界上的第二大华人媒介群体。席间，一位年长的摄影记者告诉我，在澳洲，英语为官方和第一大语种，其次为意大利语，第三是中文。但现在，中文已成第二大语种，连换巴士月票都用汉语了。

饭后,当地山西华人商会的同乡,开车拉着我们穿过悉尼的CBD、也就是中心商务区和唐人街来到了这座城市的地标所在:环达令港、为世人所熟悉的贝壳状的歌剧院、海港大桥、军港,以及鳞次栉比的高楼群和璀璨的灯火。由于不是周末,行人仍是稀少;皓月当空,波光粼粼,并无人在异国他乡的感觉。

回到房间,四川台正在介绍地震灾区的新面貌。汶川地震两周年了。手机里太原温度12—28度,本地为11—21度。

5月13日,我们和另外一拨来自广东的游客合并坐大巴游悉尼。第一站为东区,所谓的富人区。导游说澳洲前总理、好莱坞影星等也住这里。一家一户不超过两层,独立并极富个性的住宅,尤其是绿草如茵的院子令人向往。在可以俯瞰市区的自杀崖下车,步行至海边。陡峭的悬崖,大约是个轻生的所在。第二站是邦达海滩。细沙白浪凌空的海鸟,信步冲浪雀跃的年轻人。我在沙滩上写下我的名字,没料想海水打湿了裤脚。第三站回到了达令港,也就是我们昨夜浏览的地方。时近正午,成群结队的当地人穿运动短裤在跑步。无论在哪个城市,随时随地跑步者骑车人比比皆是。这里的人锻炼成风啊。午餐是在游船上用的。西餐自助,临窗而坐,环绕悉尼海港兜风;从建成已愈半个世纪号称世界上最大的单孔铁桥下穿过,看豪华流线型的游轮和快艇比肩而过,从不同的角度拍摄著名的悉尼歌剧院外观。登岸之后,我们在码头边的栈道上徜徉,晶莹的尖嘴鸥闲庭信步、跳跃于行人脚下,如乐之和,无处不谐,其乐融融啊。

下午,我们一行步行至著名的乔治大街。林立的高楼把天空分割开来,雕塑下熙熙攘攘的人流,让我们觉得自己是外国人了。这里是悉尼的商业中心,也是当地人日常光顾的地方。盲目地沿着一条街往前走,巧遇一位也要到唐人街的华人。两条街相距不远,进入中式牌坊上写着"澳中友好""继往开来"的街门,就是中国城了。有家商店的橱窗赫然写着"回国礼品集中采购",这里和国内的商城一类并无二致。其时天色向晚,一位看上去年纪不轻的的士司机拉我们回驻地。按这里的说法,任何人只要还能够开车就可以开,并无硬性的年龄限制。再加上每个人都自觉地遵守交通规则,同时让行和理解蔚然成风气,使开车成为一件很惬意的事情。

晚上,天空飘起了细雨。我等信步走过几条街,转入了一家叫作COLES的超市。在这里我们切身感受到了中国产品的威力和须臾不可缺少。生活和食用的方方面面几乎都是"中国制造(Made in China)"。翻开一条不错的毛巾,巴基斯坦出产。由不得戏言:这个国家似乎什么也不生产,而只是拿来用。澳洲发达的远洋运输和流通贸易,大约与此有关吧。

返回时走进一家街边的杂货店,店主来自福州。我问他雪糕也是中国做的吗?他答大部分是。我们每人买了一根本地产的,价格3.5澳元。

5月14日,在领事馆接待处用过早餐,与这里的国人寒暄告别,与悉尼道别。八点三十分乘大巴前往下一站堪培拉。

关于澳大利亚的地形地貌,当地人有一个形象的比喻:就像是摆在餐桌上的盘子,好看的精致的住人的部分,都在边缘地带,而内部就是沙漠、山脉和矿藏了。赴堪培拉,沿海岸线继续向西南,约四个小时车程。沿途皆是起伏的丘陵,如茵的草地,参差的树木和肥硕的牛羊。用栅栏隔开的为私人牧场,自然界的一切都保留着自然的模样。路边一只疑似被车撞死的袋鼠一闪而过,在那里可以见到袋鼠成了我的口头禅。问导游后给我女儿发短信,得到的答案都是三个字:动物园。

在服务区一家叫作茗趣园的中餐馆吃罢午饭不久即到了堪培拉外围。那里独立的小人国景点,把我们这些成年人迎了进去。地方不大,荟萃各国标志的缩微建筑透迤脚下,乘兴开了一把老式的小火车,童年的易趣好像并未找到。

164

堪培拉是澳大利亚首都。按照官方的说法,这是一座按图索骥兴建的澳国政治中心。其地理位置大体上居悉尼和墨尔本中间,连市区十字路口左右两侧,还矗立着标有"SYDNEY(悉尼)"和"MEIBOURNE(墨尔本)"字样的白色建筑。据说是为了调和当年两个城市争当首都的执着。呈开放式、完全融于湖光山色之中的一方净土,三十多万居民散落其中甚至可以忽略不计。形象的说法是,两千多平方公里,一半住人,一半给袋鼠住。环人工湖星星点点的建筑端庄典雅,独立高处的新国会大厦与战争纪念馆、著名的红道,构成了堪培拉的中轴线。走进国会大厦和飘扬着各国国旗的使馆区,才让人体会到这里是澳大利亚的国家中枢和门户;否则,她就是恬静安详的世外桃源了。移民并且生活在这里的华人,常常会说到习惯这个词;习惯成自然,自然即生活。联想到前前后后始终在中餐馆用餐,以及接触到的形形色色的华人,从六年十六年甚至二十八年的异国生涯,总觉得他们在坚持,总也摆脱不了"身在异乡为异客"和落叶归根的情愫。

当晚下榻堪培拉国际机场酒店,一座位居郊外的小楼。内里一二层为天井,遍布绿色植物,房间环廊而设。白色的布质顶棚由铁骨伞状般撑起来。此地与牧场相连,杳无人烟。女主人来自上海,其丈夫为当地人。在此逗留的两天,她很友好地为我们准备中餐,并且在16号凌晨亲自开车送我们去机场。作为此行难得的接触到的嫁给外国人的华人,她们已买下所经营的酒店,算是有了固定财产,见到她的在本地出生的、怯生生的大女儿,中国话已说不连贯,正在中文学校学习汉语。

房间除了不允许抽烟之外,电视能看到的也只有四五个频道,其余皆要收费。是日,新闻里的画面显示,小女孩杰西卡在独自完成环球航海旅行之后,抵达悉尼港。总理陆克文和众多民众在那里举行盛大仪式,欢迎杰西卡回家。

5月15日一大早起来,吃西餐着正装,如约赴使馆区,拜会中华人民共和国驻澳大利亚大使馆有关人士。雕梁画栋、古色古香,国徽、国旗在灿烂的阳光下庄严而神圣,再加上接见我们的文化参赞曾在山西插队,彼此相谈甚欢,获得了有价值的信息,达到了预期的目的。参赞热情地带领我们参观大使馆,回廊影壁前,编钟兵马俑。在宴会厅,欢迎此前到访过的国内领导人的会标还悬挂在墙壁上。

下午,跟着华人导游登上了一座不高的山头,由此俯瞰堪培拉全城。我又提到怎么就遇不上袋鼠的话题。导游因此问为什么澳大利亚国旗上会有袋鼠和鸵鸟的图案呢?又自释,因为这两个家伙只知道往前走,而不会倒退。

是日晚在酒店吃西餐。就是那种肉排、土豆条,再加生菜、洋葱、西红柿的大杂烩。适逢周末,餐厅里来了不少当地人。他们大约刚刚户外度假结束,尽情地享受啤酒和快乐。

5月16日,早五点起床。六点半由堪培拉机场起飞,一个小时之后到了墨尔本。墨尔本为澳大利亚第二大城市,维多利亚州首府。在这里,"能够感受到世界上最文明和最适合居住城市所必需的一切条件"。印象当中,著名的澳网公开赛如期在这里举行。接待我们的仍是华人导游。进城时,由十八根和二十一根倾斜的柱子构成的立体图案映入眼帘。十八为十八世纪墨尔本建城时间,二十一即象征二十一世纪了。

匆匆地先去植物园,再去艺术中心,最后到了库克船长公园。这个库克,在澳洲堪称著名的历史人物。作为18世纪英国卓越的远洋探险家,他率先发现了澳洲大陆,并从此将澳大利亚纳入英联邦国家。公园里居中而建的库克船长小屋及其塑像,静静地记录下了这段历史和传奇。

下榻旧火车站对面的恩特普莱斯酒店(ENTERPRIZE HOTEI)。吃了午饭,赶紧睡了一阵,有些疲劳了。

下午两点乘车,沿环澳洲大陆高速公路前往菲利浦岛,观赏享誉世界的企鹅归巢。沿途风光仍是更精致的丘陵和芳草地,牛羊安然地嚼食其间。畜牧业及其奶制品是这个州的支柱产业,也是澳大利亚重要的出口产业。穿过一条由金松树织成的风景如画的公路走廊,来到一个叫作公牛镇的地方时,我们下车,面向海洋,沐浴着宜人的海风,领略美不胜收的风情。我到商店买了两只蓝白和黑白的玩具企鹅。

在此吃过晚饭,再乘车二十分钟就是菲利浦岛了。天色已暗,沿着架空的木板人行道来到海边,如剧场一样的看台上已经坐满了人,灯光柔和地映照着沙滩,白色的海浪拍岸而来,人们静静地等待着这个岛的主人归巢的时刻。晚七点多,一拨一拨的小企鹅从海里冒了出来,站在沙滩上等其余到齐,然后呈一字形歪歪扭扭地向岛上草丛走去。菲利浦岛作为这种神仙小企鹅的家园,已经得到人类充分的保护。游人被告知不允许闪光和拍照,并且在半山坡上给它们准备了小木屋。我等随着企鹅归巢的脚步尾随而行,它们倒是目中无人、安然坦然、大摇大摆地走着回自己家的路。据称,这种企鹅目前尚存不足七千只,它们往往要花一天以上的时间到外海去寻觅食物,每天归巢的约五百只。为人类所津津乐道的,是它们实行严格的一夫一妻制,在所能存活的七年时间里忠贞不贰;若其中一只不慎夭折,那另一只也即郁郁而终。

九点多返回墨尔本。沿着酒店周围起伏不平的街道绕了一圈。抓紧时间休息了。因为次日凌晨点得起床赶往墨尔本机场。

　　5月17日凌晨在墨尔本机场填写离境卡时，来不及细想，但是要与澳大利亚说再见了。如果再有机会的话，可以开车环澳大利亚海岸高速公路绕上一圈。我们此次只是从悉尼到墨尔本，走马观花其间的片段。

# 澳大利亚　新西兰之旅(下)

　　澳洲时间早晨六点半登机,向东南飞过塔斯曼海,九点也即新西兰时间十一点多,我们来到了奥克兰。

　　甫出机场,刺眼的阳光扑面而来,相比较当地人着夏装,我穿的薄羊毛衫,的确感觉热了。穿过更加开阔、起伏不平的沿海公路,我们抵达了科普特酒店(COPTHORNE HOTEI)。在新西兰期间,基本上都住这家酒店,它是著名的国际连锁店。

　　当日下午,我们乘车前往奥克兰伊顿公园。这里是全城的制高点,巨大的火山坑像眼睛一样直视苍天。沿火山口边缘环绕,可以俯瞰奥克兰市区全貌。这里人口接近两百万,占全国总人口的四分之一还多。大奥克兰地区由七十多个卫星城组成,在管理上平行而且松散,体现出很大的自由度和自主权。从不同的方位,看到奥克兰不同的样子:大海、绿树、红色的屋顶及蜿蜒的道路。用相机镜头把港湾拉过来,林立的游艇及其桅杆如芦苇荡一般。奥克兰被誉为"风帆之都",的确名不虚传;路上的车,时常后面挂个小快艇,看着稀罕。据说,在世界范围内最适合人类居住的城市中,奥克兰位列榜首。

黄昏时分,我们穿过市区来到了专门为市民休憩铺设的人造码头。夜幕下的市容呈现出愈发迷人的异国风情。来自杭州的年轻导游指着海中的一座岛屿说,已故中国诗人顾城当年就隐居在那里。

新西兰主要由南岛和北岛构成,犹如南太平洋和印度洋里的两只帆船。就地理位置、自然地貌甚至物种构成而言,偏居一隅,得天独厚。去观光的人很多,移民于此的人也不少。察看地图,这里距南极也就两三个小时的飞行距离了。

5月18日,仍是一大早起来,五点半到奥克兰机场,六点四十点飞向南岛,目的地是基督城。大约八点我们从机场出来,当地仍下着淅淅沥沥的秋雨。难得并且难忘的、接待我们的杨先生不仅来自太原而且与我等同出大学一门。按惯常的做法,行李由他夫人带回他家,我们则直接开始旅程。雨中,我们先期与这座城市擦肩而过了。

基督城国内称克莱斯特彻奇,位居南岛东海岸,是南岛最大的城市。我们的第一站是著名的旅游胜地皇后镇。南岛地方不大,但接下来几天超过两千公里的汽车之旅,让我这个晕车的人吃尽了苦头。两地相距五百余公里,道路沿东海岸逶迤蛇形,既不取直也不走捷径;此举一方面迎合了游历者的需求,另一方面也不会大规模改动自然的状态。世界各地的人热衷于到此自驾游,大约与此有关。先路过一家台湾人开的商场,这里销售羊毛制品、滋补品、化妆品和种种纪念品,其简洁的外观独立于广袤的草原上。商场后面的牧场里,圈养着像骆驼也像羊的驼羊。之后是一个叫作蒂卡普湖(TEKAPU LAKE)的地方,意为蓝天白云映照下的湖泊。在新西兰,有很多这种以毛利语命名的地方。毛利人是这里的原住民,他们从14世纪即生活于此,四五百年之后白种人才发现这里并且留了下来。湖边玉立的超小型教堂,让这个地方不再孤寂。小教堂号称世界上最小的、最温馨并且最神奇的教堂。据说,来这里成婚的有情人,一辈子都不会分开。其中设施一应俱全,沉静的牧师对每一位到访的客人表示欢迎。透过小窗是纯净的蓝天白云和湖光山色。从那里下来,我们在翠湖轩酒家吃过午饭继续前行。接下来驻足的是水果镇。临街的一爿小店,门上挂着鲜花,墙上插满来自世界各地的名片,以及琳琅满目的各色水果,这童话中的世界,让人止于欣赏何如品尝了。车经过连片的葡萄园,开始在山里颠簸时,杨先生告诉我们,新西兰的红酒不仅举世闻名,而且还是蹦极(BUNGY)的发祥地。峡谷之间、大河之上,两条宽阔的带子临风飘摇。我战战兢兢地拍了几张照片,连跟前也不敢过去。

印象最深的,当是一路随行的"树墙"(WOODTREE)。这种按线条种植松树并且不断修剪的"松树栅栏",用以隔开不同的草地和牧场。看上去密密实实且不断长高的"墙",既美观又环保,是南岛平原上挥之不去的独特风景。

抵达皇后镇(QUEENS TOWN)时已近黄昏。一半明亮一半暗的苍山,呈金色的港湾和轮帆船,小型的国际机场和从天而降的滑翔机翼,天气有些凉了;我们在步行街漫步,目不暇接的别致建筑,令人赏心悦目流连忘返。皇后镇当地居民一万余人,常年居住于此的观光客不止十万。相比较而言,这是一个比较高级的旅游和休闲所在,有点类似富人云集的摩纳哥。

晚餐在文华酒楼,杨先生私人买了条个头颇大的三文鱼款待老乡。当晚住科普特酒店(COPTHORNE HOTEL)。

5月19日,继续沿西南海岸线长途,其间纵贯新西兰最大的峡湾国家公园。这一带被列为世界自然遗产和保护区的地方,经冰川冲刷和雕饰而成,属南阿尔卑斯山系,最高峰为三千多公尺的库克山。道路基本穿森林而行,进入眼帘的雪山、湖泊、冰川遗迹、茂密草甸,构成了典型的冰川季地形和地貌。似乎除了自然界的声音,再无它扰。打起行囊远足,融入大自然的怀抱里,此其理想所在。只是晕车把这一切全都破坏了。

不知道过了多久,总算走到了尽头:峭壁和海水相间的米尔福德峡湾。随人流登上旅游船,沿峡湾绕个大圈再返回。目力所及之处就是印度洋了。午饭在船上吃,人们兴奋地惊叫和拍摄五百多米落差的瀑布和水中的海狮,来不及去想这是此行所到达的地球最南端的地方了。

当晚住在已经忘了名字的小镇,只是雨还在飘着。

5月20日,又坐了三个多小时的车,到了在新西兰和南岛也是比较大的城市达尼丁(DUNEDIN)。路过做巧克力的工厂,在供游人参观的旧火车站看到成群过马路的学生,突然觉得这是一个区别于其他地方、有节奏、有活力的城市。达尼丁有新西兰最大的港口和奥塔哥大学著名的牙科专业,还有一条据说是世界上倾斜度最大的"斜街"。

傍晚时分,驱车至奥马鲁镇(AOMARU),第一次在西餐馆吃西餐,住金斯凯特酒店(KINGSGATE HOTEL)。

5月21日,由奥马鲁镇出发,下午一点回到了基督城。这里是南岛最大的城市有四十多万人,是享誉世界的花园城市,也是杨先生的第二个家乡。进城时看到路边的汽车销售点皆是二手车,才又想到澳、新两国人开的都不是新车。作为一种国家行为,政府提倡买卖二手车,并且不规定报废时限。其好处是廉价、合算,可以驾驶多辆多种品牌的车。

位居市中心的圣公会大教堂,是这座城市的地标,也是其名称的由来。基督城者,基督的教堂是也。雨中的红叶,雨中的塑像和土著图腾,雨中的匆匆行人和街道。外来的人往往会觉得所到之处遥远,对住在这里的人来说,那就是自己日复一日的生活了。由于有了已不再以导游为职业的杨先生,在我们此行已出现旅行疲劳综合征的时候,感受到了生活的味道。他在这座城市扮演着类似"华人草根领袖"的角色。不仅和当地政府的官员多有往来,联络同宗同乡做着力所能及的事情。当晚,他在一家最大的华人餐馆新悦酒楼宴请我们,各色人等来了不少。有唯一的华裔政府官员,还有娶了安徽人的律师麦克。高大清癯的麦克,手扶椅子说汉语,让人忍俊不禁。我用支离破碎的英语跟他比画,他告诉我他很喜欢中国,喜欢住在中国,来年,他想再去中国待上一年。还有一对太原理工大学毕业的年轻夫妇。小伙子阳光帅气，一个劲儿地敬酒，不住地说见到了亲人。异国他乡，把酒言欢，直至夜阑才散。

5月22日，旅程行将结束的日子，我们前往杨家做客。那种四方的平房，四方的草地和院子，坐落在绿树掩映的小区里。杨先生做焖面，我们也都绾起袖子进了厨房。吃饭时，雨过天晴，一伙人算是吃了一顿热热闹闹的团圆饭。

下午三点五十分由基督城登机，约三个小时后抵澳大利亚布里斯班机场。等待五个小时，也就是澳洲时间二十三点零五分，开始了回国的行程。5月23日北京时间六点，安抵香港机场。在狭长的候机大厅里，在什么钱都可以花的免税店里，每一个人都感受到了踏实和从容。虽然雨还在下着，但是北半球的天气热了。

八点五十分由香港乘机，十一点多在上海落地。在黄浦江附近的酒店放松并且好好睡了一夜。5月24日取道北京，回到了太原。

闲
趣

# 当春晚成为习俗

　　不知道从哪一年开始,春节晚会简化成了"春晚"。就像"劳模""博客"等新的、约定俗成的词语一样,除了被广泛运用之外,说不定哪一天就会进入修订版的《现代汉语词典》。经过二十多年的积累和沉淀,"春晚"作为一种新习俗,已经和放鞭炮、贴对联及包饺子等传统习俗相提并论了。

　　二十多年来,我就是这样过年的。除了雷打不动地回老家和父母过年,再有就是一家人边包饺子边看"春晚"熬年了。煮酒话桑麻,围炉说冷暖,这种久远的和曾经的除夕佳话,温馨且融融,温暖又踏实,但它作为一种历史,已经封存在人们的记忆中。打从有了"春晚",相信大多数中国人就在"春晚"中迎接农历的新年了。不是吗? 每当李谷一那首"春晚"曲《难忘今宵》响起,人们就算是完成了冬与春、新与旧的交接,内心里总是免不了滋生出缕缕辞旧迎新的怀念和憧憬。对于"春晚",笔者既没有过高的期盼,也没有过分的要求,更不会异想天开试图想要取消它。这倒不是不在意、不关心、不待见,而是把它当成一个仪式,心存着感激和期待。阳历新年的维也纳新年音乐会,比我们的"春晚"历史长多了,其内容和形式上也未见有什么出新出奇,人家怎么不讨论类似的问题呢?

　　从文化和习俗的层面看,"春晚"作为一个文化符号,作为一种新民俗,是最具平民和百姓意识、传统和时代色彩的载体。它不同于领导慰问,不同于民政部门接济资助,不同于千篇一律、密得只剩下删除的手机短信。它是具有最大覆盖面和影响力的国家电视传媒,在以每个人都能接受和认可的方式,陪全国各族人民过年,向全国各族人民拜年。一年一度,面对数以亿万计的观众,"春晚"能做到此,已算是一个奇迹和记录。在人们感慨年味越来越淡、人情越来越薄的时候,能够品尝到"春晚"这样一道除夕大餐,难道不应当觉得幸福、开心、舒坦并且庆幸吗? 多一些宽容和理解,多一些体谅和认同,多一些对基于民族的、传统的、人文的、时代的,当然也包括市场运作的"春晚"新民俗的尊重和欣赏,这个年,它才过得有味道啊!

二十多年,"春晚"为我们带来了无数令人难忘的时刻,也留下了许多挥之不去的经典,当然也少不了众说纷纭的缺憾和莫衷一是的是是非非。你可以对"春晚"的一些个创意、节目乃至主持人评头论足,也可以对它的内容、形式乃至导向说三道四,好恶优劣,各取所需,人之常情。比方说,曾经是"春晚"点睛之作的陈佩斯、朱时茂组合,莫名其妙地就再也不上"春晚"的舞台。陈朱之后,本来推出并形成了一批体现各种流派、代表不同风格的小品创作表演群体,到后来却只剩下了文化、品位及层次都不怎么具备国家水准的表演团队了。

泛歌舞化,追求的是场面和气氛的热闹和奢华,难免空洞;主题先行,只好因演员而定节目,失去了生活和推陈出新的基础;伪感情因素,只依靠名人和肢体语言去鼓捣折腾,无法真正打动人心。让每一个节目都做到精彩,这本身就不是一个能够完成的任务;但只靠一个或两个精彩节目来支撑整个"春晚",那就有些勉为其难了。其实所谓过年,就是感情的交流,心灵的回归和友谊地久天长式的团聚。如果不在这方面做足功夫,做出发自内心的眼泪和笑容,做到每个人都拿捏得恰到好处,那"春晚"就真的难办了。

李谷一深情款款的歌声唱了二十年,陪伴了我们二十年,也感动了我们二十年。来年"春晚"或许应当考虑给这位艺术生命常青的歌唱家颁个"难忘今宵"特别贡献奖。

愿明年"春晚"更好看。

愿谷一大姐永远年轻。

# 春晚是个"伴儿"

　　春晚自1983年诞生以来已过而立之年,真正步入了成熟与发展的阶段。于春晚自己,他已经由一个孩童成长为健硕并且枝叶茂盛的参天大树;于每年的除夕,春晚作为新民俗已被载入史册并且成为一个公共符号;于看或不看、爱看不爱看的观众,春晚早就是个"伴儿"。

　　按所谓的大数据统计,今年除夕有超过一百个国家和地区同步直播春晚,而国内看春晚的人有六亿多。在笔者看来,这个数字理应再加上六亿才合乎情理、才更接近真实。其中涉及如何看与如何对待春晚的问题:是坐在那里一动不动从头看到尾才算,还是边包饺子边看,抑或放完炮回来再看也算?超过四个小时的春晚,又在除夕那样一个特别的节点上,两个方面都不存在一定之规。且不说到了零点时,鞭炮声吵得想看也看不成了。

经过三十三年,至少三代以上导演及其团队的砥砺耕耘,春晚在时长、构架、风格以及导向诸多方面已经定型,具备了一个成熟的、不宜更改的模样。这不是缺点,而是水到渠成的结果;这不是不能与时俱进,而是尊重传统;这不是单纯的好看与不好看,而是仪式和依赖感,是一个国家和民族的文化、民俗、时代、记忆以及亲和力、凝聚力、向心力之所在。不知何时,在我们突然意识到要留住民俗、记住乡愁的年代,因何忽视新的民俗与乡愁呢。

年年岁岁花相似,岁岁年年人不同。年年春晚都在出新、都在求变的是其内容,而内容是为主题服务的,于春晚来说这就足够了。

猴年春晚也不例外。

首先是指向性更加明确。今年春晚的主题是"你我中国梦,全面建小康"。大到过去一年的成就、"十三五"愿景、"一带一路",小如医院偶遇、网购、父与子等等这些家国情怀,国计民生,说透了去面对,每个人就能体会到感觉到,并且从中发现和找到自己;含蓄着绕着走,反倒是某种不自信不自然。与此前相比,这一点应该是今年春晚的真正突破和亮点,是将正能量、核心价值观明确推到先锋位置的点睛之笔。泱泱大国、民族自信、百姓趋向、如数家珍。其次是视野更加开阔。与此前狭义的开放办春晚不同，今年增设了福建、内蒙古、陕西三个地方舞台，它们与央视中心舞台交相辉映，打破所谓"北方春晚"的壁垒，真正成为全中国的春晚，而且从演播厅到户外，让人感受到了更加广阔的空间。作为一种新的格局，以后应当沿用。此外，象征意义更大的如舞蹈《茉莉花》，一帮在美国长大的、母语非中文的华裔，她们呈现在舞台上的美轮美奂和一丝不苟，是中国元素走出去的最好诠释。第三是不再拘泥于将语言类节目的幽默或搞笑做到所谓的极致。国人对春晚的评价往往是从语言类节目入手衡量的：或演员，或桥段，或经典的对话，其中的误区是满足了一时的感官乐趣，而忽略了事情本身。生活不是小品，生活也不是一锤子买卖，除夕一过就是新年了。就春晚老面孔看，冯巩、郭冬临及潘长江依然拥有良好的观众缘分，而那些年轻的演员需要成长和被认同的时空。

至此，要特别向春晚四天之后辞世的阎肃先生致敬，他不仅是杰出的、德高望重的艺术家，同时也是春晚的幕后功臣。祝愿"没有遗憾"的阎肃先生永远开心快乐。

春晚是国内最高水准的综艺晚会。从策划筹备到演职人员构成，从节目类型到艺术品质，都已做到精益求精，都在追求尽善尽美。每年都会留下挥之不去的经典。如歌曲《父与子》《山水中国美》《多想对你说》,如小品《将军与士兵》,如《华阴老腔一声喊》,细细品味,耐人寻味,妙处难与君说了。

除夕之后,再看春晚。

不一样的感觉:成功啦。

# 龙年春晚：节目好才是硬道理

由于春晚绝无仅有的时间节点，所以春晚的收视率注定是最高的；历经三十年，跨世纪的积累，春晚已然是约定俗成的新民俗。年年大年三十晚上，中国的每一个家庭早早打开电视机，怀着早已习惯和平静的心情，同时忙活着那些过年的事情，陪伴着春晚直到除夕。

确切地说，是春晚陪伴着我们到除夕。春晚时间太长，所以少有人能够一动不动从头看到尾——似乎也没有必要；春晚的观众太过庞杂，所以很难众口一词；春晚被承载太多，所以有太多的做不到和无奈。

套用一句经典：无论看与不看，春晚都在那里。

关于今年春晚的评价，央视新闻联播已经从官方和民意的角度，在舞美、语言、拒绝庸俗及推陈出新等几个方面予以定位。应当说,这种观点代表和体现了正常看待和观看春晚的大多数人。至少于我个人是这样。

一台如春晚这样的晚会,年年非要简单地以"满意""不满意"和"无所谓"来定夺它,本身就是无聊和不负责任的做法。

"回家过大年",是龙年春晚的主题。猜想其初衷一是返璞归真,二是尽可能接近和还原普通人、老百姓的生活。春节是中国人的民族节日,因春节而诞生的春晚原本也应该是个"节日"。

本届春晚的总导演哈文及其团队,奉行"节目好才是硬道理"之原则。深以为然。所以才有了一拨靠实力、靠好节目取胜的生面孔。一代新人换旧人,这是自然更是艺术的规律。观众视觉疲劳了,嫌春晚墨守成规;及至看到新面孔了,又抱怨分量不够不过瘾。

让我们尊重这个过程。

就创新和开创而言,窃以为是2012春晚最具亮点、最下功夫、最有胆识和承前启后之所在。龙年春晚的元素一为家庭和亲情。其中所选是不是典型和有代表性值得商榷,但从这种最基本的单元出发,展开和延长国人过年的情怀是富有生命力的;二为回顾和怀旧。春晚三十年,到此听到了回声;

三十年春晚，于今有了不大不小的隔断。站在舞台上的和坐在观众席里的，难得一次接受国人感激和致敬的场合：比如黄一鹤，比如李谷一。

说2012春晚由此开创今后春晚的新时代抑或新模式，似有些不靠谱。但本届春晚在政治与生活、艺术与现实、内容与形式乃至大腕与非大腕、舞美与电视等等，这些既必须面对同时又不可规避的方面，的确做出了诸多成功的尝试。

至于龙年春晚的冷门或幕后纠结，难道还有必要去说吗？

# 向赵本山致敬

一直以来,对赵本山心存着某种成见或者叫偏见。就是一个文化程度不高、找不到任何出处、常年在山乡僻壤行走的人,怎么就昂然登上了大雅之堂。赵本山作为一种符号及其形成的社会和文化现象,逾二十年而不衰,跨世纪却更盛,达到了一种与时代同步、与百姓相息,甚至对社会风气、人文习俗和语言习惯都产生影响、潜移默化的高度,颇有些舍我其谁、登峰造极的意味。一个很直白的对比:即便是马季、李谷一、姜昆、陈佩斯这样地位和身份的艺术家,要说的也是出席过多少届央视的"春晚",而赵本山却是只有屈指可数的几次没有参加过。

所以他会在中秋的颁奖晚会上,动情地说出这样的话:我会尊重中央电视台,尊重"春晚",尊重(年三十)这个时间;

所以他不经意间流露退意的只言片语,就会引起轩然大波;所以"春晚"的导演年年更换,而只有本山是压轴的、是终结者、是不可替代的。

几乎所有期待"春晚"的海内外观众,其实是期待赵本山;而如果"春晚"缺了赵本山,那么观众就缺少了看点,缺少了点睛之笔。

还没有看到本山的传记。他真应该写一本书,或者有人替他写一本书。如果说二十多年来,"春晚"的历程就是中国和中国人生活变迁的缩影;那么,本山的人生,也就在很大程度上映照出了"春晚"的沧海桑田。

本山因其极度平凡而超脱和了不起,因其独具个性而卓越和不可复制,因其乖戾而另类和众说纷纭,因其天才而刻苦和终成大器。

一个人走到极致,往往具有强烈的两面性。因此也不可高估,尤其不能无限制地将赵本山置于一个不恰当的位置。他先天不足,"二人转"赋予他的除了一些技巧,别无其他;他的受教育程度一直令人怀疑,每每在公开场合看到他说一些词不达意的话,总是让人着急;就像小品不是一种系出名门、世所公认的艺术形式一样,他所引领的表演风格、格调品位、言语腔调大都也只能在特殊的场合及时间偶尔为之。就像坊间流传的,东北话成国语了,顺口溜成国律了,而一些所谓的经典台词被借用无当,用滥了。

宋丹丹说本山是一个喜欢前呼后拥、喜欢当老大的人。也许我们应当看重的,同时也是被我们忽略的,恰恰是赵本山的精神,以及他自己所说的忠于中央电视台、忠于"春晚"、忠于热爱他的观众的内心道白。

从二十多年前他初试"春晚"历尽坎坷,到二十年后他和他的搭档可以在央视享有独立的排练厅,尽显大佬风范,本山靠着常人难以企及的坚韧和毅力,实现了自身艺术和人生的脱胎换骨。而在功成名就之后,在其他的艺人一次次见好就收的来来往往当中,他就像一块磐石一样,做到了岿然不动。就个人而言,这绝不仅仅是一种坚守和观众还没哄我的说辞,而是责任、是大度、是良心、是知恩图报、是冯小刚所说的"我要是不拍贺岁片了,全国人民都看什么呀"的善良和厚道。

相信本山已经不止一次思忖过引退,同样相信2009年的"春晚"是他的告别和收山演出。二十年前他就是一个老头,今天他真的老了、累了,也憔悴了。小品《不差钱》虽然不怎么样,但人们街谈巷议的是那个鲜活的"小沈阳",而不是本山大叔。本山说他感到欣慰的是将他的两个徒弟带到了"春晚"的舞台上,尽管有些酸楚和不忍,但每年一度的"春晚"总算是完成了薪火承传,全国的"春晚"观众也算是有了新的盼头和兴奋点。

本山保重,向你致敬。

# 赵本山,可以休矣

我是春晚坚定的拥趸。其理由,就像我每年都要回老家去过年一样,差不多是看着春晚这样一直走过来的;再者,春晚已经被官方和民间公认为新民俗。既是新民俗,还要喋喋不休地提出和争论春晚办与不办的话题,真不如去"打打酱油"。

关于春晚的好与坏,套用那句流行语:你面前放着两鞭炮,你能说哪一鞭响声大,而哪一鞭响声小?

我始终关注的是赵本山。从前年开始,每年春节后写一段有关赵的文字。2009 年是《向赵本山致敬》,2010 年是《赵本山:奈何说再见》。有博友跟帖,或鼓励"到位",或直陈"敢评价本山还真需要些水平"。见仁见智吧,于我自己,大体上反映了一种阅读和理解的过程。

先是报恩和享受春晚"老大",继而是欲说还休和欲罢不能。到今年,窃以为赵本山可以休矣,真的应该从春晚退休了。

首先,春晚需要推陈出新。再大的腕儿,全国人民再待见,也只能是"各领风骚三五年"。艺术规律如此,观众的视觉感受亦如此。除去仙逝的马季、侯耀文等,宋丹丹、范伟、潘长江一班"东北流"已成春晚的看客;必不可少的相声,也已经走到了何云伟、李菁时代;华丽压轴的歌唱家一拨一拨,"黄山归来不看岳""除却巫山不是云"了。"西单女孩""旭日阳刚"唱跑了调没关系,能触动国人心弦的,是草根、是泪水、是亲情,还有就是命运。赵本山曾经作为草根横空出世,现如今,他什么都是唯独不再草根了。

其次,东北方言不该再一枝独秀。不知道从哪一年春晚开始,以"二人转"为基础的小品,成了春晚的主流。顺口溜、模仿秀、大棉袄、娘娘腔,连京腔京韵的相声及其小品都成了配角。春晚的资深导演娄乃鸣,认为赵本山的作品最符合国情,似乎有些道理;还说"戏剧化"和"大写意",就有些言不由衷了。前者是传承和遵循一定程式,后者追求的是"留白天地宽"。看上去信马由缰直来直去,甚至不讲究品位和格调的"二人转小品",第一是直接逗你乐,第二是将身体语言发挥到极致。当春晚的观众觉得赵本山老了、折腾不动了的时候，真的不是他自身的艺术质量老了，而是这种艺术形式。第三是本山大叔需要体面和尊严。见好就收急流勇退，这是中国人机智和中庸的传统，而不仅仅是小聪明和不负责任。春晚成就了赵本山，而他也因此开创了一片广阔的天地。关于赵本山及其现象的种种歧见和观点，令其一次次在不同场合面对各色人群，做不得不做的声明和表白。其实大可不必：一个农民出身的人，没有必要总是揪住他的身份做文章，只要保留做人的本质和尊严就够了。于春晚也是如此。就像小品《同桌的你》，只能靠"此处略去一万个字"说事；演得费劲、看着别扭，谁说不是呢？

人在创造历史的时候，终将被载入史册；反过来，载入史册的不一定都是历史。

本山歇歇，保重身体。

虽然神马都是浮云，但是有你的日子还是很给力的。

# 春晚的"后赵本山时代"

在连续两年上春晚夭折之后,赵本山终于放弃了,并且表示今后也不再演小品。

于春晚于小品,是否可以说赵本山时代结束了。同样的缘由,还能说"姜昆时代""李谷一时代""蔡明时代"等等。春晚三十年,造就了一代人,并和他们道别。这是自然规律,不可抗拒。

缔造并且引领一个时代不易,甚非常人所能。于国家、于政治、于社会、于军事、于文化、于体育大抵如此。不能说赵本山们把他们的青春年华奉献给了春晚、给了国人年年的除夕,但他们为春晚所做的一切,是应该被铭记并且心存感激的。

就像赞扬一个艺术家生命之树常青,同时还要强调推陈出新一样,它本身就无解。看烦了赵本山就像吃腻了一道菜,不是菜不好吃,而是吃多了。比如相声、比如独唱、比如舞蹈、比如魔术、比如绝活,大体都能做到长江后浪推前浪,甚或后来居上;而小品,呈现在春晚舞台上的应该算是"组团"了吧,可年年观众评选出来的最受欢迎的总是本山。其中的不可替代性,是由民意决定的。

本山之退,应了那句台词,有一种成功叫撤退,有一种失败叫占领。

后赵本山时代,于春晚、于春晚的观众,意味着某种终结和开端。如何布局谋篇,如何继往开来;如何让国人更接受更认可,如何让春晚这个新民俗更具活力,这是"春晚现象"的核心。

平心而论,春晚在变在图新。比如今年的节俭和开放办春晚。问题是它不可回避业已成熟的所谓"规定动作",是不是应该试图推翻它?问题是它欲说还休其实明摆着的一些"市井情结",是不是应该直截了当?此类话题很多、抱怨似乎更多;套用一句俗话儿:大过年的,咱说点开心的事中不中?

"逼宫"也罢,"招安"也罢,"星光不再闪耀"也罢,种种说辞,吵的还是春晚,聚焦的还是春晚;它从另外一个侧面印证了春晚的影响力,以及百姓的期望值。

蛇年春晚:好或者不好!

看了再说。

# 冯小刚的贺岁大片:春晚

请冯小刚办春晚,本身就是最大的亮点。在其电影创作真的走下坡路的当口,央视春晚给他提供了较之电影绝对不小的平台。

一个电影导演、一个看似非主流的电影导演、一个具有平民情怀的非主流的电影导演,担纲央视春晚的总导演。他会给我们带来什么呢?

按照已过而立之年的央视春晚的初衷,一谓开门办春晚;其次是给春晚注入别样的活力,以期让更多的观众接受它。春晚为此在将其麾下的各色编导用了个遍之后,选择了冯小刚。

这样的选择无疑是正确的。一来冯小刚拥有把握拿捏受众心理的天赋,同时历经多年屡试不爽屡战不败。他的电影,从《甲方乙方》到《私人订制》,将看似无法关联的片段组接在一起,谁说和春晚的模式不是不谋而合呢;二来冯小刚自身从未泯灭的平民和草根意识,及其网罗和调遣各方各类专家、高人的睿智,让他不怵央视春晚这块烫手的"大山芋"。尽管事先他会以自己一贯的留后路方式表白:叫我来是解决问题的,别到后来把我给解决了。

一直认为新民俗春晚和贴对联、放爆竹一样,早已经定型为仪式或年俗。而诸多所谓"吐槽"一族总冀望推倒重来抑或耳目一新。站在这个角度看春晚,"吐槽"春晚差不多业已成了过年的又一个"新民俗"。套用一句老话儿:看或者不看,春联都贴在门口;烦或者不烦,炮仗都响彻夜空;好或者不好,春晚都伴您除夕。

无论《想你的365天》,说没说清楚"春晚"是什么;无论嫌少显弱的语言类节目《扰民了你》《扶不扶》《我就这么个人》,不知道《说你什么好》;无论归结为创意的武术《剑心书语》、腹语《空空拜年》、形体秀《魔幻三兄弟》及乐器《野蜂飞舞》,是不是体现了《符号中国》;无论嫌多显堆砌的歌曲种种,是否有硬凑之嫌,但是有一部分如《时间都去哪了》《我的要求不算高》《老阿姨》《天耀中华》及京剧《同光十三绝》等等,或打动人心或流畅悦耳或雍容华美或可口口相传。还有一首歌,留下印象的主要是它的名字,叫作《群发的短信我不回》。

除夕之夜,短信拜年。在那个不长的时间段内,中国人发短信数量之巨大来往之频繁,绝对是世界之最,而且成了春节不可或缺的组成部分。春晚形成民俗已经不新,短信拜年应该是继贴对联、放爆竹、看春晚之后的第四个"新民俗"吧。

和春晚演绎到今天求新求变不同,拜年的短信从一开始就是"舶来品"、就是抄袭。每一个发短信的人,将自己的心愿心情寄托在"枪手"写的文字上,然后群发。而收到短信的人,在理解之余,多半感觉此类"恭贺""祝愿"回还是不回——这的确是个问题。我曾经试着转发过接受的短信,得到的回复是:您受累,先把别人的名字删掉哈。

呵呵,群发的短信我回了。四个字:春节快乐。

喜欢的短信还留着。我的同学成锡锋君:今似是农历甲午年正月初四,其实还处在癸巳年乙丑月癸巳日。明天立春,才是甲午年的开始。而今天正是真正的辞旧迎新日……后面还有很长一段自慰自勉及恭贺的话——读来深情厚谊余味悠长;我的同行吴国荣先生:甲子轮回,筑梦盈年。恰逢甲午,耳顺临冠。整妆捋带,谢幕而还。归途夕照,满目青山……流露的是一种心情,从容不迫娓娓道来;打车认识的出租车司机王师傅：老乡过年好。祝全家幸福安康。欢迎您回孝义来。

年年过年，年年春晚；年年短信，年年祝愿。常新的是时代，不老的是人生。冯小刚称春晚这活儿，好坏他只干一次。谁知道呢。

# 北京欢迎你

　　今天是 8 月 5 日，距离 2008 年 8 月 8 日晚上八点那个时刻，只有三天又四个小时了。央视一套黄金时间一个时期的特别节目：奥运来了。当此时刻，她真的来了。本周五晚上，所有的中国人眼睛盯着电视屏幕，心向北京；所有的外国人的目光聚焦北京，神往中国。

　　中国、北京为奥运会所做的一切，应当说已经告一段落，现在已进入准奥运会时间。

　　打一个不太恰当的比方：北京作为第 29 届夏季奥林匹克运动会的举办地，就像是一个东道主在自己家里请人吃饭：客人们到了饭时如约而至，看到的只是满桌子丰盛的佳肴，而不会去关注主人为此付出了多么大的努力。

　　中国人要面子，中国更要里子。和其他的主办国相比，中国其实是更单纯、更愿意把奥运会办得更好、更出色、更令人挥之不去，而不惜成本不计代价的国家。美国人首先考虑的是盈利和赚钱，希腊人要顾及的是本国市民的承受能力，韩国人认为奥运会的奖牌能够提高自身的国际地位，西班牙人更加突出国家元素和民族风情。综合而论，北京举办奥运会，这些因素都有了，但绝不过分和张扬其中的一种，也绝不将其中的一种当作全部。

现任国际奥委会主席罗格说，北京不会给人留下遗憾；中国人民的老朋友任内力主中国要承办一次奥运会的萨马兰奇先生说，北京是最好的。他在七年前用浓厚的西班牙腔说出的"北京"那两个字，曾经让中国为之动容。

人文、绿色、科技的理念，不仅仅是奥运会的，不仅仅是北京的，也不仅仅是中国的，她的过去、现在和将来属于人类居住的这个星球，属于这个世界。

我们为这个时刻，为这次世界的聚会，承诺了很多、付出了很多、履行了很多，也风霜雪雨苦辣酸甜任重道远了很多。世界永远不会是一个声音，东西方不同社会制度、不同文化背景、不同价值标准的碰撞还将一直持续下去，发达国家和发展中国家的此消彼长终将是这个世界上的主流。快乐、兼容、和平、友好，始终是奥运大家庭里的常态氛围，而对于反其道而行之者,我们是不是可以告诉他:做好了饭,收拾好了屋子请你来做客,挑剔一点可以,不适应不习惯也可以,甚至是成见偏见也无妨,但为什么要怀着敌意呢?

从七年前北京获得承办权的那一刻起,中国就向世界敞开了胸怀。那五个色泽艳丽憨态可掬的"福娃",联名向世界发出了"北京欢迎你"的信息。由此上溯,中国以昂扬的姿态迎来了21世纪的曙光,三十年改革开放让这个古老的国家具备了搏击风雨的能力,奥运之后新中国将迎来她的六十岁华诞,刘长春只身独闯第10届洛杉矶奥运的传奇,已经过去七十多年,而从1908年当时的《天津青年》的那三个"追问"(中国何时能派一人参加奥运会,何时能派一队参加奥运会,何时能承办一次奥运会?)算起,整整一百年了。

百年奥运,百年梦想。

如果说那个时候中国人祈盼奥运,是祈盼国家富强和民族尊严;那么,一百年后的今天,我们怀着一种平静、豁达、成熟而水到渠成的心境,眼看着这个梦想成为现实。无论其中经历了怎样的天灾人祸,无论是冥冥之中有这样那样的玄机和巧合,历史的一种必然是不可违逆的。

同一个世界,同一个梦想。那枚在全世界传递、在地球之巅点燃的火炬叫作"祥云"。中国已经向世界张开了双臂,展示出了一种史无前例的开放和交流的姿态,世界,难道还会如此小家子气吗?

我们在向众多的为奥运会而辛勤工作的人表示敬意的同时,作为国人、作为观众,应该做的事情只有一件:那就是好好享受吧。

# 伦敦不是北京

从 2008 年到 2012 年,奥运会四年一个轮回;从亚洲到欧洲,伦敦不是北京。

从 7 月 26 日开始,在女子手枪夺取本届奥运会第一块金牌之后,中国金牌榜持续领跑。照此趋势,最终金牌独占鳌头,似乎指日可待。

可喜可贺的,伦敦不是北京。

中国男女游泳,在由高潮跌入低谷之后,重新强势反弹。以孙杨、叶诗文为代表,新生一代还会走得更远。男女击剑取得了历史性突破,几位有些贵族气息的运动员,充满了不同以往的魅力。传统项目,如跳水、乒乓球、羽毛球、举重、射击等竞技意外不多,五星红旗一次次高高飘过"伦敦眼"。还有一点,长期以来被动漫化、幽默化的资深体育评论员韩乔生,在伦敦获得了新生。他理应得到应有的尊重。王浩,连续三届十二年站在亚军的位置上,败给不同的冠军;不是传奇也成佳话。他更应当被人尊重并且铭记。

用成绩和尊严说话,伦敦不是北京。

与此同时,外部的、内部的种种不可回避的问题和矛盾,已非说说而已。最具争议的当数羽毛球女子双打之懈怠比赛,或曰为了胜利而先行求败。这种事情既不是李永波声称的对新规则研究不透,也不算是运动员合理利用"并不合理的规则"。竞技项目丧失了取胜、争胜原则,连游戏也算不上。何况场内还坐着数千买了票期待精彩的观众——这回,白岩松的"特立独行"似乎有些哗众取宠——倒是中国奥运代表团官方的态度彰显理智和大气。羽毛球队包揽全部金牌创造了历史,李永波今后的走向耐人寻味。

欲说还休,伦敦不是北京。

还有就是乒乓球女单决赛的现场及其余波。两位"本是同根生,相煎何太急"的队友,不是打球,倒像打架;见面即如同"仇人相见",杀得"分外眼红"。作为职业运动员,肢体语言中找不到些许竞技之美;正值如花的年龄,眼神里看不见丝毫的可爱之光。委屈憋屈也好,斗气志气也罢,丁宁、李晓霞反映出的状态,揭示了很多乒乓球以外的东西。如此说来,林丹在比赛场上体现出的竞技之纯粹及其对对手的尊重,才是成熟和更高的境界。

握手或拒绝握手,伦敦不是北京。

叶诗文和李雪芮的淡定令人钦佩,孙杨、林丹的哽咽令人动容;张秀云、王治郅的告别令人难忘,郎平、姚明的希冀令人憧憬。

赛程过半,伦敦不是北京。

博尔特已经从"伦敦眼"起飞并安全着陆,让我们期待并祈福刘翔。

无论如何,伦敦不是北京。

# 广州亚运会的乐趣

广州亚运会开幕之后，中国军团以"全运会"的姿态豪取金牌。第二名以下，所有参赛国家所得金牌加起来也与中国相去甚远。这种奖牌数字之扶摇直上和一枝独秀，相信已不再是国人之重要乐趣。

自中国参与亚运会以来，已获得九百余金牌。此次何人、哪个项目正好是那个第一千枚，倒令人翘首以待。国标舞幸运入"千"：有趣吧？它既非奥运项目，也不属于大众体育，当是一个空前绝后之机遇。

2008年北京办了奥运会，今年上海的世博会谢幕不久，广州亚运会横空出世。在中国版图上，综合地缘、政治、经济、民生及其在国际上的位置和影响，三大城市当之无愧，并且充分彰显了实力。所在城市因此迅速向前推进十年、二十年,乃至更长的发展进程时下不好说,历史将会证明。

国人感兴趣或者说希冀的,是下一个国际规模和要求的、重量级盛会,会在中国中部、中西部乃至西部的哪个城市举办？承接这种"大活动"的好处是,集全省和全国之力。由此一下子改变那里的基础设施和综合面貌不说,城市的民风、文化和生活习惯,也会得到根本的、潜移默化的影响。

开幕式是综合性大型运动会重要的组成部分及其文化内涵的体现吧？时至今日,它已经耗费了越来越多国家、组织和人士的心思。规模上,广州不能也不会超过北京;那就只能在创意、地方文化和出其不意方面下功夫了。

亚运会的团队做到了,或者说他们满足了广州人的心理需求。融于水中的岭南文化独具魅力,行于水上的"白云之帆"无与伦比,尤其是极富中国特色、由庞杂回归单纯,同时也让绝大多数人没有料到的点燃圣火的方式,得到了国人由衷的认同,激起了百姓无尽的乐趣。谁能想得到呢？中国人放了多少年的炮,这回用来点火？

亚运会很多项目缺少竞争,当事者只是在乎别在自己手里中断了十连冠五连冠的传统。竞技本身,赢是第一位的;但是少了比拼,也就失去了自身的魅力。像武术的金牌,其意义只在于第一枚,激不起任何波澜。

国人津津乐道的,是明星的低迷、射击的哑火、女排能否进决赛、足球还能臭到哪里去,还是亚运会会变成中日韩的"三国演义"吗？如此种种,王治郅说一场一场打吧,那不是外交辞令。困难和不可预知,这才是比赛吧。

广州是古代中国海上丝绸之路的起点,同时也是今天中国和谐发展的典范。背负大陆面朝大海的五羊之城,从来拥有开放、包容、吐故纳新的品质;珠江两岸木棉花红的南国之都,从来不乏浪漫、实惠、脚踏实地的精神。高耸入云的广州塔成为新的地标,人来人往的新驿站弥漫浓浓的人情。

广州久违了,该去看看。

# 中国教练的胜利

法国人佩兰执教和指挥的中国男足在世界杯亚洲区小组赛的客场比赛中输了。这两天，要求换佩兰的呼声甚嚣尘上。说实话，对这场球及其输赢基本没往心里去。一来男足一向以输球居多，说不清从哪天开始，连所谓的惊喜也带不来了；二来是刚刚经历了女排世锦赛和男篮亚洲杯的惊心动魄。

曾经沧海难为水。

从球迷和外行的角度看，足篮排这些关注度高的运动项目，其技术层面也就那点事，没有那么复杂更谈不上高深莫测。一个优秀的教练，或者说能成为郎平、宫鲁鸣那样的教练的条件和标准，更多的是在注重长远、知人善用、临场指挥和凝聚人心方面。从这个方面说，外教和本土教练之优劣立见高下：运动项目的市场化必然带来教练的市场化。试想有哪一个外教会"从娃娃抓起"，会去考虑十年以后的事情？他们的状态通常是，拿大把的钱花大把的钱用现成的人履行完合同了事。

作为本土教练的杰出代表，郎平、宫鲁鸣有太多的相似之处。两位都有作为运动员和教练员的经历和背景，并且取得优异成绩，堪称功成名就；两位都在女排和男篮处于低谷时"千唤万唤始出来"，这是一种担当；两位共同提出的条件都是"说了算"，能够按照自己的思路去执教球队；两位在遇到挫折和困难时，都能够不为所动，坚持自己的所作所为；两位对与自己"差辈"的运动员都有深厚的感情，都有独具的慧眼，良师益友用人不疑；两位都不缺钱、不缺名、不缺身份和地位，只是要做点事；两位的大运动量训练及其严格和严厉名声在外，但都饱含着科学与规律的理念及柔情温情，有谁能不为郎平的眼泪动容呢，又有谁知道宫鲁鸣对周鹏都说了些什么；当然，两位在赛场都颇具大将风度：运筹帷幄、从容不迫。"现象级"也罢，"跌破眼镜"也罢，两位在赛后接受采访时的淡定和心如止水，才更令人心生敬佩。

中国教练应该胜利。

球迷和运动员往往对外教初来乍到时怀着莫名的好奇，

或是其过往的名声或是出人意料的选人用人和排兵布阵,及至光环褪去忽觉恍然大悟随进入口诛笔伐。而外教在意识到自己就那么回事的时候,首先关注的是下一家在哪里。这些问题这些弊端,中国教练都不会有,为什么总是厚此薄彼、早知今日何必当初呢?

女排与俄罗斯与日本的那两场球,男篮与伊朗与菲律宾的那两场球:都是觉得打不过,但是赢了;都是觉得不能输,也赢了。也许对郎平和宫鲁鸣来说,最值得记取和难以释怀的,是女排输给美国,是男篮惊天逆转拿下韩国。作为新人居多的队伍,这是要面对和迈过去的试金石。从那以后的比赛,每一个队员才有了自信才觉得踏实才真正感觉到自己是这支强队里的一分子。

国庆假期,看男篮的比赛。那种专注那种提心吊胆那样狂呼乱叫,真是爽快。

好像许久没有这种感觉了,而这种感觉是中国教练带来的。

# 乒乒乓乓之悖论

中国乒乓球队又一次包揽第51届世锦赛所有冠亚军。这不是新闻,也不是国人和外国人兴趣之所在。伟大的中国乒乓球队不是在创造历史,而是在续写。

在所有球类项目中,乒乓球应该是最小、最轻、最软的一个物件;但中国乒乓球队用它累积起来的大厦,却是最高大、最坚固、最巍峨的。这座具有鲜明中国烙印的大厦存世时间越久,其现实和历史价值越发不可估量。

冠军之外,成了人们关注的焦点。

聂卫平率先"博论",央视直播世乒赛时间过长、频率过繁,不仅收视率不高,对其他运动也不公平。首先就世乒赛的规格来说,央视持续直播不单是"照顾国人情绪",而是适得其所;中国人之于乒乓球,如同西方人对待网球:费德勒莎拉波娃等动辄以"天王""皇后"居,于国人看来就不以为然;反之,中国乒乓球队的超一流选手如马林、王浩、丁宁、李晓霞等,在西方人眼里只是可望而不可即罢了。为什么要如此吝啬地对待自己呢?至于收视率,反正在这个直播周期,我是每晚惦记着不要误了好戏。公平与否,要以成绩论了。

国人戏称,国家队的比赛搬到鹿特丹了。此言不虚。除了打球的、看球的也是华人堆里夹杂了些许洋人。彼此的乐趣也不一样:我们是看第几轮还剩下哪几个洋面孔,到了半决赛就是中国的队内比拼了;他们是关心波尔能扛到什么时候?好玩儿吧,黄彪、刘国梁、施之皓等放着场外指导不当,陆续跑到转播席干起了解说顾问。

也不要认为是乒乓球运动自身失去了吸引力,这是咱们自己的错觉。其速度、协调、爆发力,拧与不拧、转与不转、多回合,还有令人始料不及叹为观止的所谓"高级球",我等外行只能看热闹了。

世界乒坛的新老交替,也许只看中国队。欧洲球员的几杆老枪,强打精神和几代中国球员对抗:不是非他莫属,而是后继乏人。张继科和丁宁这次称王封后,于他们自己是第一次,而对于中国队,只是战胜了各自的对手。曾经的"一姐"张怡宁功成身退之后,中国女乒一个时期以来一直在选定所谓的领军人物,抑或叫"一姐"。我始终不理解为什么要这样做? 我们又不是像欧洲那样只有一个波尔,这种集团或群体"一姐"不是挺靠谱吗? 你方唱罢她登场五岳归来不看山了。

王浩跟张继科决赛的时候,曾经很是纠结不知道该向着谁。一直欣赏王浩,当下要数张继科了。打球时他从不看对手的做派,获胜后撕开球服仰天长啸之狂放,再加上盛传的刘国梁冠之以"藏獒"的称谓,一个新的偶像横空出世吗?

用不着"孤独求败"。一个帝国的兴衰,在历史的漫漫长河中只是瞬间。

## 万荣文化和万荣人

　　写下这个题目，兀自觉得可笑。一来，时下玩文化、作践文化、愚弄文化的东西和事情太多：不论干什么，唯恐别人瞧不起，或者干脆自己瞧不起自己，于是就拖上一条"文化"的尾巴，像彗星一样富丽堂皇地招摇过市。二来，万荣这个地方，名扬三晋的资本好像不是特别的名正言顺：人们一说到万荣和万荣人，总脱不开一些让人哭笑不得、有悖常规常理的事情。一如"你上坡为什么不捏闸"式的狡黠，一如"中共中央国务院，山西运城万荣县，乡镇企业水泥厂，支部书记兼厂长"那张子虚乌有的著名名片，一如"汽车配牛"等等一系列、大量的、荤的素的所谓万荣故事和万荣笑话，及其所代表的那种万荣精神："zeng"的精神。

　　对于这种万荣故事的起因、沿革，乃至发扬光大，蔚然成风气的前前后后,笔者没有做过深入的调查。但它来自民间、流传于民间,应该没有什么问题。问题是这些万荣故事有多少是万荣人做了以后才流行开的,有多少是万荣人自己创造出来的。最终导致它由故事演变成笑话进而上升为幽默的关键即在于此。如果这些故事都是真实的,而不仅仅是逼真,那么可笑的就不是故事本身,而是万荣这个地方的人。如果这些故事都是万荣人编的,他们善意地冠以自己的头衔讲给别人听,那么,我们就不得不承认万荣人的这份幽默天才。

事实是大部分万荣故事都不是万荣人干的,而大部分所谓的万荣故事都是其他地方的人编出来假冒万荣人讲的。只此一点就能说明,万荣人的幽默感已经具备了一定的凝聚力和辐射力,而所有对幽默有兴趣的人对这种幽默的接受和认同已使得万荣故事具有了相当广泛的社会意义。因此可以这样说,万荣故事就是一种中国式的幽默,而幽默就是文化,并且是高智商、高品位的文化结晶和折射。

万荣幽默的精髓就在于好玩有意思。一般情况下,它不以讽刺、直截了当和蛮不讲理为主要手段,而是基于一定的文化底蕴、乡土民风、方言俗语,以及乍听起来特别是那么回事的异想天开和“急转弯”。从这个角度讲,这也正是万荣文化的魅力。万荣幽默由南而北辐射大半个山西，但到了太原也就基本上画了句号，在雁北、吕梁等地知之道之甚少。这一方面与山西地域闭塞，交通不便，难以交流有关；另一方面是不是也可以说与一个地方居民的文化传统和生活情趣也有关系。文化传统深厚，生活情趣多样，才能产生幽默赖以生存的土壤。当然，一个地方有一个地方独特的地域文化，而地域文化是以排它为前提的；当然，万荣幽默始终也没有登上大雅之堂，没有什么级别、什么权威机构给它发个什么证书之类，甚至连光明正大的搜集、整理也没有。它源于自生，流于自长，但肯定不会走向自灭。毕竟每次去晋南开会或晋南人去外面大家聚在一起，都会不约而同地抓住一个运城人或者干脆就是万荣人让他"来一段"。哈哈大笑之余，痛快淋漓之后，一字一句记在心里以便回去讲给别人听。无形之中，万荣幽默成了一种财富，成了活跃气氛打消局促的添加剂和纽带。一个满肚子盛着万荣故事的人走到哪里都受欢迎。

万荣幽默的流传有点类似港台歌曲，其境遇酸甜苦辣一言难尽。后者自当初国门洞开便汩汩流入最终"汇流成河"几乎"把根留住"。大陆说的听的看的唱的各种媒体都在袭用演绎发挥港台歌曲的内容和形式：我怎么哭啦，因为梦着你的梦,何不潇洒走一回,冬季到台北来看雨小河弯弯向南流……回过头来却不愿面对现实承认人家,甚至强词夺理不伦不类。万荣故事讲了一年又一年,笑了一遍又一遍,可就是没人拿它当回事。自己编出个什么段子觉得挺有趣,可在讲给别人听了之后,却偏偏还要补上一句,你瞧,这个万荣人:万荣人听不见自然拉倒,万一不幸听见了,不和你计较就算是福气。

万荣在山西南部,位居黄河由北而南经陕西潼关浩荡东去的大臂弯里,自古就是一块物华天宝、人杰地灵的皇天后土。用来祭祀土地的后土祠几千年来端坐在黄河河塬之上,历朝历代的君王"登泰山以祭皇天,临汾阴以祭后土"。祠内的秋风楼更因汉武帝刘彻河东巡幸,河上泛舟,长歌"秋风起兮白云飞"(《秋风辞》)而尽显皇家气派。据说晚清派往大英帝国的第一任外交特使也是万荣人。多年来的高考状元运城山西第一,万荣执运城各县牛耳。生活在这样一种历史氛围、文化传统之下的万荣人养成了淳朴敦厚、恬淡风趣、识文重学的、多侧面、多层次的民风。

万荣人很善良,执着于一件事情时下定决心不怕牺牲排除万难去争取胜利。万荣人极富想象力,天大的事情在他们看来都无所谓,而日常生活中一些琐碎的、细小的事情他们却能从中找到乐趣。虽说位卑未敢忘忧国,但每天琢磨大事情活着也太累。万荣人很聪颖,心里装着老主意,来来往往不吃亏。别的地方的人多半是在人家干了什么事以后才开始跟上学,而万荣人却常常要做第一个吃螃蟹者。万荣人也很大度,不过多在枝节末梢上计较;无伤大雅的事情任你说任你褒任你贬,横竖不往心里去。我们见过的万荣人,大都具有一种先入为主、见面就熟,于谈笑声中达到自己目的的本事。居里夫人说,一种亲切的请求是不会得罪任何人的;万荣人不论对错先打自己的嘴巴,难道别人还会觉得不舒坦吗?

简单地把万荣幽默归纳为几条,或给它下个什么定义没有多大意义。因为文化本身没有定义而只有类型。但是把它和西方幽默和我国的相声小品放在一起,却好有一比。

西方人一向认为中国人缺乏幽默感。这其中有对幽默的不同理解。有文化背景、生活习俗乃至语言差异的不同影响:一段用英语写成的幽默故事,在欧美许多国家都可以引起共鸣,翻译成汉语就未必如此。很长时间以来我们中国人对幽默的狭隘认识,比方说,幽默即等于讽刺,以及由此产生的一系列概念化、简单化、雷同化的东西等等。有中西文化交流上的逆差,进来的多出去的少。拥有广泛读者的《读者》

每期所选刊的幽默与漫画大部分是舶来品。推荐中国幽默的读者少肯定是一个原因,但是《读者》的编辑认为中国幽默不纯粹、不地道、不够味、不上档次恐怕是更重要的原因。那么,不妨登上几条万荣幽默试试看效果如何？或者把它们翻译成洋文,让老外们也见识见识开开眼界,比比看究竟孰优孰劣。实际上,西方幽默所共有的一些东西如机智俏皮、言谈风趣、妙语机警以及"我怎么没想到"式的恍然大悟等,万荣幽默里都有;而万荣幽默所特有的大俗大雅、酣畅淋漓、巧妙铺排、急转直下、偷换概念、自我嘲弄,以及朗朗上口特别易于口头流传等特性,在西方幽默里就未必都能找到。西方幽默不错,万荣幽默也挺有水平,不过是欧洲人懂得欣赏自己的幽默,而我们尚不太了解万荣幽默罢了。

现存不少说相声的人都不说相声了,因为他们自己都觉得没意思。仰仗着以前说相声时奠定的名气另作他图。牛群迷上了摄影,冯巩涉足影视圈,马季只在广告里展露愁容。更多的相声演员则纷纷投奔那个插科打诨不庄不谐嬉笑怒骂非驴非马的被叫作小品的大杂烩。中央电视台曲苑杂坛栏目,万般无奈之下翻陈年旧账老瓶装新酒,将流行于港台的MTV移植过来弄出个"译制片"相声"TV"。看着电视屏幕里的男女为了对上口形那么别扭地折腾,听着侯宝林先生当年富有魅力的嗓音，真替今天的相声感到悲哀。其实，无论相声还是小品，真正的问题并不是这种艺术形式，而在于它的内涵。相声的主要传播载体是嘴，靠嘴去说。既然没什么可说的，那就只能拿自己的老婆孩子左邻右舍做靶子调笑搅闹一番了事。再者，幽默能够愉悦身心，多数情况下要能做到不温不火有所回味才是上乘。任何投机取巧断章取义急功近利式的做法，充其量只能算作是小聪明，难成气候。从这点考虑，也就不难理解为什么今天的相声只有名家去说才显得有趣也才有笑声才有人鼓掌。至于人们究竟是笑相声还是笑姜昆和冯巩却谁也说不清楚。小品实际上是相声走入低谷的"替代产品"，君子动口不灵了，那就只有动手动脚，依赖身体语言。就好像一个初学外语的人非得连比带画，否则说不清楚听不明白。笔者的一位朋友曾经就万荣幽默讲给两位著名的相声演员听过，对方很吃惊什么地方还有这么好的"包袱"和笑料。但也仅吃惊而已，回去事过境迁钻进象牙塔里早就把深入生活这档事丢进抽水马桶里了。这一方面说明眼下一些相声演员圃于文化功底和视野范围导致其鉴别能力和发掘能力有限外，与山西人或者说万荣人自己不能正确认识万荣幽默的价值也有很大的关系：东北、四川、陕西等地的方言小品不是照样风行全国吗？我们为什么不能创造和培养出一个万荣的赵本山或者是郭达呢？

诗人艾青曾经说过,只要是诗的,无论怎么写都是诗;只要不是诗的,无论怎么写都不是诗。这种界定言简意赅,寓意深刻。拿来洞察当前的一些伪文化俗文化现象,可谓切中时弊。中国传统文化源远流长博大精深,本来应当允许多种文化现象的产生和存在,从某些方面讲,至少这也是一种文明和进步的标志。但是如果玩过了头或者从一开始就只是打着文化的幌子过上一把瘾,那就另当别论了。这样做的结果只能是导致真的文化人再也耻于奢谈什么文化,到头来弄得公众莫衷一是无所适从;不知道是该教孩子古典诗词好还是该教外语好,不知道是该学琵琶好还是该学钢琴好。就如同街上跑来跑去的小汽车分不清哪些是走私的,那些是组装的,弄不明白进口占百分之多少国产占几个百分点。当然。这也从一个侧面说明,我们自己对于民族文化所应承担的责任还没有真正尽到,一味地只是人云亦云推波助澜厚此薄彼。比如说万荣幽默,无论怎么说怎么写,它都不失为一种传统文化的集成和积淀,可有谁这么认为呢？大而论之,很多与幽默有关的文化现象,从深层次来看无不令人汗颜。

世纪之末人类的心态有如一年中的最后几天。无数的圣诞年卡寄来,只看到祝福的话写在上面。失落大于成就,丢弃多过弘扬,继承仍需努力,发展尽在不言中。文化是否有市场尚在讨论当中,市场文化却早已搞得沸沸扬扬、轰轰烈烈。什么时候万荣幽默及其所闪烁的万荣文化的光芒,才能真正融为一体成为风范呢?

# 准万荣人

听过来讲过去,万荣故事"领去风骚三五年,至今已觉不新鲜"。不管它曾被多高级别的人讲过,不管它曾怎样的广为流传,眼前的状况是,它有些时过境迁了。一方面,来自万荣老家的真正属于原版的幽默故事越来越少,一些富有幽默感或喜欢讲笑话的人杜撰出来的伪万荣故事越来越多,虽然从大众认可的程度来看,这不能不认为是一件好事情,但正宗与旁门终归相去甚远,这就像购买汽车一样,还是原装来得踏实。另一方面,万荣人对这笔财富及其价值和影响,远不如外面的人看得重要来得认真。要搜集整理编辑出版一本有关此方面的书,不知道说了多少年,至今人们尚未看到。

伪万荣故事大行其道的直接后果,是造就和熏陶出一批个性鲜明与众不同的准万荣人。这就像时下颇为流行的人们都把万荣所在的运城地区各县市都称作万荣郊区一样，一个人做出有悖常规的事情来，说出莫名其妙的俏皮话来，都被加上一句这个万荣人了事。

应该说，准万荣人的出现和形成是社会发展的客观使然。越来越快的生活节奏，越来越淡的世故人情，越来越简单的家庭结构，越来越复杂的高新技术，要求人们重新找到一种彼此交流往来的途径和契机。搁置对错或者是否合乎伦理道德不说，我们共同面临的一个社会现象就是：朋友们之间的情谊有时候超过了同姓宗亲；儿女们对父辈所承担的责任和义务越来越少并且越来越合乎情理；夫妻之间的感情空间日渐开阔日益宽松；年轻人对新事物海派风气所表现出的兴趣甚浓，受传统和习俗的约束不断缩小等等。相信这种现象在经过一个时期的说不清道不明今是而昨非之后会蔚然成为一种风气成为一种约定俗成。因为它的内在原因是更加文明更加宽泛更加合乎谁也不欠谁的理念。只是回过头来想一想，这种新型的人际关系不以一种轻松、幽默和彼此都不难堪的方式开场，难道还会有其他更好的礼遇吗？

相比较而言，能够被称作"准万荣人"的人，首先应该是一个对幽默有深刻理解的人，经年累月造就出一种"有意思""好玩"的幽默素质。万荣故事讲到今天听到今天，已经在向更高层次、更宽范围、更富机智的层面发展。能够编出万荣故事来讲的人,一定是一位很聪明的人。而听过万荣故事之后,能够大笑、能够品味、能够欣赏、能够引起共鸣,却也不是人人都能够做得到的。一个人对幽默的感悟,与其说是天性,还不如认为是修养。

其次应该是一个对生活有深厚感情的人,乐观向上专注于生活的方方面面而不是随心所欲,积极进取倾心于生活的酸甜苦辣而不是超然物外。一个人对生活的感情投入,其实就是把钱零存到银行里日后整取,结局固然令人振奋,但过程似乎更有意趣。虽然不能说一个幽默的人就一定是个热爱生活的人,但一个人若不热爱生活肯定也不会有什么幽默感。人们常说万荣人和其他地方的人不一样,时间长了,也就成了一种共同的向往,潜移默化自觉不自觉地就把自己当成一个准万荣人去生活了。最后应该是一个很有个性的人。玉树临风,于平易随和中彰显出众;旷世独立,于高岸危崖间俯瞰大同。无疑,我们所处的时代正是一个允许并且造就个性的时代,因为个性不仅在某些程度上体现了一个人的本色,同时也意味着一种创造和远离平庸。一个有个性的人可以是一个好人,而一个好人就不一定有个性,两相比较,社会更乐于接受哪一种呢?万荣人或准万荣人多半给人留下深刻印象,万荣故事也是口口相传,过耳铭心,皆其个性然也。就在人们仍在为"中共中央国务院,山西运城万荣县,乡镇企业水泥厂,支部书记兼厂长"那张广为流传的名片只听人说不见其迹而遗憾时,殊不知它的换代产品已然隆重上市,不过其专利应归准万荣人而非万荣人了。请允许我把它抄在下面。版权所有,翻印必究。

山西运城绿洲生物技术实业公司总经理(兼)

志华新技术开发研究所副所长(主持工作)

行政公署挂职干部(还上班)

中国社会科学院研究生(正在读书)

在外人眼里,山西很厚重也很古老:高山大河黄天后土,是一块熟透了的土地;山西人很正统也很耐劳,是一群知天命的老百姓。多少年来,我们执着于我们的执着,满足于我们的满足,表里山河挡住了我们的视线,而视线又封闭了我们的心扉。即便有的时候坐在家里谈一谈娘子关外面的事情,但我们自己却从来也没有想到要成为外界关注的焦点。历史出现的机遇只在一瞬间,把握住了你就成为时代舞台上的主角,反之就只配跑跑龙套。生活带来的欢乐却是天天都有,享受得好同样会成为独唱明星,否则就只能是一个合唱演员。如此说来,当那条划时代的太旧高速公路穿越太行山的千沟万壑与外界接轨的时候,当从那座极富象征意义的武宿机场起飞的波音747昂然天外的时候,积压在几代山西人心里的一本正经的瘀块也就该化为乌有了。一般的看法是:广东人活得忙碌,上海人活得精明,北京人活得从容,而山西人活得太累。难道不是吗?试着万荣一回,轻松一点,潇洒一些,偷笑一下,谁又会认为你是玩世不恭?谁又会指责你是离经叛道呢?从更宽泛的意义上讲,准万荣人的行为意识和影响不仅拓展了万荣人不甘寂寞不畏人言的原有精神,而且是摒弃了旧我寻求开放的另一种表现形式。山西人惯常的思维惰性是对自己固有的东西驾轻就熟,而对一些新事物就常常表现出一种漠然和熟视无睹。从文化的范畴来考虑,准万荣人的修养学识和感悟程度,自然地体现了传统文化与时代生活的交流与磨合,不留痕迹地以一种大家都乐于接受的自嘲方式令人在笑过之后捕捉准确的信息做出深层次的思考;鲜活生动又不失轻俏,恰如其分地表现了一种厚积薄发水到渠成的文化积淀。它在生活中的益处是提供和营造了一个人们都感兴趣的话题和氛围:说得热闹,听着开心,和衷共济,其乐融融。有时候满足了人们出众和张扬的共同心理,有时候掩饰了有求于人的尴尬处境。这种淡化了身份地位和文化层次的"世界语言"轻易找不到学会不容易运用起来更困难,即好像走进一家高贵典雅一尘不染的酒店,那里的礼宾恰到好处地感谢您的光临,您还好意思随地吐痰吗?

随着旧的万荣故事逐渐被人淡忘,新的大都尚需要依靠万荣故事这个著名品牌,行销天下的幽默正在逐渐形成。两相比较,后者所涉猎的范畴更加宽泛,所依靠的背景更加丰富,所联系的地域更加多样,所展现的层次更加有致,似乎已经成了大多数山西人乐于认可和接受的调侃方式和精神享受,并且还在通过各种各样的渠道和途径向外界伸出了触角。从某种意义上说,这种轻松有趣的风尚正在中和山西人一贯的凝重厚实和不苟言笑,人们在笑过之后肯定要回味和把玩一番山西人这种潜移默化的变故,肯定会以一种新的眼光和方位打量今天的山西人。毫无疑问,即便是走马观花也要比坐着看窗外一成不变的风景线的效果好得多。

准万荣人的业绩是和他们的故事联系在一起的。一般来说,在思维方式上是这样:某公在饭店里吃完了面向人家要面汤喝,答曰没有,他会当回事地深究:没有面汤,面是从哪里来的? 乘车出门去,一人说这车有些飘,他很不客气:怎么,你还怕它起飞了? 在行为方式上是这样:某公周日安一门铃,好不容易盼得有人来访,及至听见敲门声却有些不悦,随起身将门拉开一条缝,用手向上指指门铃,复又将门闭上,听得客人摁响门铃才敞开门请人家进来。在说话方式上是这样:席间一人谓喜食辣椒,他会自然接住:嘿,这点随我。人们啧啧称赞健伍音响可同时放入十张碟,他会很诚恳地提醒:即便能放三十张,也得一张一张地听。凡此种种不一而足,或大智若愚,或投机取巧,或拐弯抹角,或急转直下,乘你不注意的时候沾一点无伤大雅的便宜,以一种出人意料的方式道出再明白不过的道理,若即若离时其实离你很近,打成一片时真的跟人客气。如同一幅油画,亮丽的色彩统一于协调,如同一张卡通,夸张的线条安排得很妥当合适,如同街上来来往往的人群消失了还会再出现,如同生活中起起落落的波浪变化着终究归于永恒……说不说吧,说了也就说了,说过来说过去的,这也就是准万荣人了。

# 平遥的城墙

  说到山西，人们总喜欢把她和黄土高原联系在一起。其实，这种毫无生命力的黄色，一点美感也没有，更不能给人带来些许的享受。何况在更宽泛的意义上，黄河水黄土地，是属于我们这个古老的黄色民族的。说得多了形成一种定势，容易在人们的思维方式、行为方式和心理承受能力上造成一种模糊和懈怠，造成一种古已有之爱谁是谁的约定俗成和顺理成章。这种仿佛与生俱来的依附和承袭，大部分时候让人滋生出一种无端的自豪和傲慢，自己挺当回事，如数家珍津津乐道，在别人看来却没有多少实际意义。

  事实上，一种更具体更写实更具形象化的"图腾"或曰标志，人们反倒更乐于认可和接受。就像商标之于产品，不仅意味着后者的生存和价值，更是一种感觉和凝聚。就像一幅画、一首诗,看懂了也才能说出个优劣是非,否则看看也就算了,最终只能由画家和诗人自我陶醉孤芳自赏。从这个意义上说,在晋中平原上卓然独立存世六百余年安然无恙的平遥古城,反倒凸显出它的独特和不同凡响。至少在晋中地区理应如此。如果拿文物和旅游的价值来衡量,它在全国和世界范围内也绝非无足轻重。尽管现如今住在这座老城里的平遥人没有谁会刻意去端详它揣摩它,或者登高远望掩目遐思;尽管光顾平遥城的观光客寥寥无几,城墙上仅剩下历史的风尘依然如故;尽管上海的余秋雨先生在抱愧山西之后,要给相当级别的领导提一个建议把平遥城腾出来。这种颇有历史深沉感的善意,可谓用心良苦,笔者深表赞同。只是余先生忽略了,腾空偌大一座城池,钱从哪儿来?百姓搬家毕竟不是部队换防,靠一道命令就可以令行禁止的。

晋中,在山西以山高、谷深、少雨、干旱、闭塞、难行为主体的自然生存环境中,算是一块好地方,良田万顷大道通衢风调雨顺延年有余,老百姓既无忍饥腹空之虞,尽可以移作它想,闲情逸致,生活得从容不迫。尤其祁县、平遥、太谷、介休相连四县,历史上就是出大户的一块风水宝地。人们都熟悉,平遥城里的西大街上,一个世纪前云集了商界的一批精英,他们南贩丝绸、茶、糖,北运骆驼、牛、羊,无处不及,无所不在。及至雷履泰于1824年创办了我国第一家汇兑钱款的票号日升昌,更将晋商善于理财的名声推上了极致。如今住在平遥城内城墙角下那独特的三进院落的深门大宅里的后裔们,依旧享受着祖先们的荫庇。有识之士对祁县城内渠家大院的抢救行动比城外乔家堡村的乔家大院晚了几十年,要想恢复原状恐怕勉为其难了。就在到过乔家大院的人在对乔氏家族的财力宅第及事业的辉煌唏嘘不已时,却不知道渠本翘当年的家业远在乔贵发、乔致庸之上。还有太谷的曹家和现在为山西农业大学校址的孔祥熙庄园,还有榆次的常占春常氏,还有介休等一些大户巨商不再罗列了。旁征他们的意思是要谈另外一个话题。姑且放下,还是允许我从平遥的城墙说起吧。

平遥城的建筑史细说起来要上溯到两千年前的西周。当时的大将尹吉甫被派来山西抗击匈奴大将俨狁。其大本营就在今天的平遥旧城一带。为御强敌,尹将军命令士兵用高高厚厚的土堆把自己的营盘围起来,这便是最早的平遥古城的雏形了,以后历朝历代都有扩建和充修,但规模不大。只是到了明代,一方面在朱元璋"深挖洞、高筑墙、缓称王"这个立国之本的思想指导下,各地县级以下都忙着构筑自己的城墙;另一方面,平遥一带农业、金融、经济的高速发展与全面发达,当地的统治者为了保护自己的既得利益,也使重新修筑平遥城墙有了雄厚的实力和充分的必要性。历代的城墙以土质为主,砖包城墙是明代的一大特色。不过,明代城池修造得如此完美,在建筑学方面如此有价值,而且延续至今保存完好,不能不说在很大程度上得益于当地经济的发展与人民生活的安康。把一块好地方保护起来留给后人,这是历史上很多明君惯常的做法,就像拿破仑当年走出埃及,行军时让知识分子走在中间。

"子在川上曰,逝者如斯夫"。哲人对历史的感慨有如那条奔涌在山西人心中的古老黄河:挥之不去,割舍不了,欲说还休。平遥城墙里墙外最辉煌的那段岁月,山西商人一个世纪的繁荣,现如今已是人去楼空物是人非遍地英雄下夕烟了。远望平遥城,真的就是一头龟静静地蛰伏在晋中平原上。讲解员平淡如水地为偶尔光顾的客人复述这城墙上的三千垛口和七十二座堞楼,分别象征着孔夫子的三千弟子和七十二贤人的传说。城墙脚下的古玩商店里,狡黠的商人一面煞有介事地讨价还价,一面微妙地把玩着古董与文物之间的距离。日升昌旧址如今是一个公家单位的办公场所,走进去深宅独院屋檐低,天井青石古槐树,倒是让人暂时忘却了西大街上的浮躁与喧嚣。只是屋子里可以资证当年日升昌

"轻重权衡千金日利,中西汇兑一纸风行"的东西几乎荡然无存了。挂在每一扇吱呀作响的旧门上的现代招牌,看起来如此的不协调不合适。新建的古陶市场里的商人和沿街而设的小贩,似乎仍然让人觉得平遥还是一座商业城市,平遥人差不多都在做买卖。可是和他们的先辈比起来,今天的平遥人太没有出息了,一窝蜂似的扎堆在平遥旧城里,把一些零敲碎打来的商品卖给和自己境况差不多的同乡,既发不了大财,也饿不着肚子,这种商业哲学上的小气心理比市场还有市场。只是投机取巧以次充好以假乱真占小便宜不担风险的坏毛病反倒愈见凸显。

然而,不论山西曾经是"海内首富"也好,不论山西商人作为国内最大的商帮曾被冠之以晋商的美名也罢,其实经商的山西人也就是集中在平遥、祁县、太谷这么几个地方。我们可以说平遥喻指着山西悠久历史的某种延续,只是那里的城墙却再也不是山西商人雄视天下的台阶了。今天的当地人对那些并不算太遥远的过去是否有一个更高层次、更新角度、更全方位的了解和把握乃至承传,谁也说不清楚似乎也看不出来。嗟乎!连最有资格经商的人都不知道它是怎么回事了,还遑论什么晋商。其实对今天山西人经商和理财的能力与水准,多数人不敢恭维;就像南方人喜欢到北方捞钱一样,外省的人大都觉得山西人的钱好挣。

　　这就要重新提到前面的大户了。平遥城里是不是有,有多少笔者不清楚,但晋中还是有的。比方说介休义安镇的李安民。他的山西安泰国际企业(集团)股份有限公司,下属二十八个企业,职员超过了四千人,仅1995年的产值就达四个亿。十年光景,白手起家,从无到有,由小到大。李安民可以说是创造了一个奇迹。在事业上、在精神上,他像他的前辈一样,将营销的网络和眼光遍布天下放之四海,既造福了一方民众又没有落得个兔子也吃窝边草的骂名。比较起来,李安民还有更胜一筹的地方,那就是他没有为自己和家族营造一座既能光宗耀祖又颇显示身份的大宅子,然后整天进进出出前呼后拥神气活现地在一方乡亲邻里面前当个乡村豪门玩儿。他是全国政协委员,他的视野和境界早已越过了隔离五大洲的蔚蓝色海洋。但他骨子里仍然是一个农民,一个典型的中国农民。因为工作的关系,笔者曾与他共进午餐。只见这位李老板的食相全无见多识广的大家风范,既不抽烟也不喝酒,坐下来要上一碗面,就近的菜夹上几筷子,一顿饭也就算吃完了。但我从心里还是尊重他,尊重他的业绩,尊重他这个人。无论如何,对李氏的出现与成功,人们不应该觉得奇怪与不可理解。因为这不是在撒哈拉沙漠里长出了海带,也不是黄河水倒流。这是晋中这块土地自然而然孕育的果实,这是晋中那段历史缓缓轮回之后重现的必然。

人们说,要了解中国,先要了解中国的农民。同样的,你要数清楚平遥城墙上有多少块砖,也得先知道那里的农民是怎么回事。作为下乡工作队成员,笔者曾在平遥洪善村工作一年,与那里的农民吃住在一起,并最终成为很好的朋友,说起来还有了一个或几个乡下的亲戚。感慨颇多,难以忘怀。

洪善村村名的由来,据说和洪水有关系。大水过处,冲积形成了如今的千亩良田。洪水有情,善莫大焉。于是也就有了洪善。若论人口,两千余人它是大村;若论土地,近四千亩它为大地。南同蒲铁路、大运公路和东厦公路像一张大网中的主干将远近乡镇县市的交通联系起来。可以说,洪善除了地下资源较为匮乏以外,具备了发展大多数与农业加工,与养殖业,与交通运输业等有关的商业活动的条件。然而很遗憾,这里什么也没有。除了小麦、棉花和大秋作物以外,村子里的人也和城里的离退休老人一样,在自家很大的院子里种上几畦菜够全家人一夏天吃也就行了。

就像人们常说的,在平遥城里拾到一片瓦说不定就是一件极有价值的文物一样,洪善村的百姓古风遗韵,温文儒雅,知书达理,很有纵深感,很是容易交往。比方说,他们管家不叫家,跟人客气,只道一声进居室坐坐,就让人感到了雅到极致的情致和韵味。老三届的曹村主任在跟我聊起洪善的过去时,开场白便是:洪善几户大姓"先有刘郝李,后有陈曹冀",如此道来,娓娓动听,由不得你不感兴趣,由不得你不产生遐想。

应该说,这是一个不能算作贫穷的村子,尽管它一点也不富裕。各家各户的摆设穿戴,吃的用的大体上差不多。家里没人,闭上门就行了。柴门虚掩,铁锁锈迹斑斑。经常能在村里看到身强力壮的年轻人在闲逛,女人们坐在街门里织毛衣嗑瓜子的乡下风景。这种情形在晋中平原地区农村很有典型性。究其原因,还是那位曹村主任说得明白:咱村的人都比较懒。好个"懒"字。怎一个"懒"字说得清楚!这种不上不下、不前不后、不深不浅的中庸之道,既让人感到悲哀也让人觉得无奈。夕阳西下,暮色苍茫的时刻,我站在村外凝视着古堡般矗立的农庄忽发奇想:如果把盖房子的砖拆下来,说不定又能建造一座十二华里周长的城墙,这种外在的"造化"容易因袭,但骨子里朴实无华男人绝对不做家务的洪善乡亲,对他们前辈曾经胸怀的大志向曾经显现的大气魄曾经铸就的大事业曾经流传的大风范,恐怕就只是天方夜谭了。

住在城里的人想出去,城外的人想进来,钱锺书先生的围城之谜,就像哈姆雷特的"是死是活这是个问题"一样,让人百思不得其解不识个中三昧。而今天的平遥人的心态应当是:住在城里的人不想出去,城外的人也无所谓进来或者不进来。也许有一天,保护国宝的人成了国宝,研究文物的人也成了文物,到那个时候,平遥的城墙就有了新的含义。

# 你把青春献给谁

　　一直很喜欢冯小刚和他的电影。令人庆幸的是这种喜欢不是追星族或拥趸们热捧的那种爱屋及乌式的丧失了理智的疯狂,而是正相反:即因为偏爱某一个偶像而去看他或她出演的影片,同时在大部分时间里无暇顾及这部影片说了些什么究竟是怎么回事。现在,差不多有些迫不及待地看到冯小刚的新书《我把青春献给你》,除了享受到那种并非仅仅是猎奇的所谓名人著作的阅读快乐之外,让笔者对他这个人也有了更进一步更全面深刻而且是有趣生动的了解。逝者如斯的"青春往事,有蹉跎岁月,也有鲤鱼跳龙门;有对生活的坦白,更有对朋友的怀念。"尽管他自谦"这本书不能被称为真正意义上的写作,只不过是一些支离破碎的闪回";尽管他知道这本书"未必能够满足读者的好奇心,毕竟自己还没有勇气光着屁股行走在人间";尽管"写这本书的初衷是为了给无聊的冬天解闷儿",只是一不留神"写完了才蓦然发现,我已将青春献给了你"。

现如今,具有浓郁地域色彩和特征的北京文化及其表现形式,由于涌现出了一批出类拔萃的人物和脍炙人口的作品而日益彰显其个性和魅力。用我们的目光蜻蜓点水挂一漏万地扫掠过去,在文学界有"码字"的王朔。按照同样也是写小说的刘震云的一家之言:王朔在其小说中"对中国话语习惯的颠覆,一点不亚于鲁迅"。拍电视剧的代表人物是英达。这位出身于书香门第曾经在海外留学的洋派人士,其扛鼎之作却是闪烁着东方幽默和智慧的《我爱我家》及其一脉相承的室内剧系列。英年早逝的梁左在编剧、相声、小品等多个领域显示出了卓越的才华;而说到电影,那就非冯小刚莫属了。

冯氏电影的精华或者说是标志,就是其一年一部的岁末甜点——贺岁片。这种既非大片,也不涉及重大题材,更不是拍给外国人看的电影,有点像国人在隆重过完春节之后过十五,接近于西方人用正餐之前的开胃酒:随意但很自在,舒坦却不张扬,祥和中荡漾着辞旧迎新的情韵,平凡里充满了浓浓的人情味。《甲方乙方》《不见不散》也好,《大腕》《没完没了》也罢,都是通过一些个小人物及其生活中酸甜苦辣、悲欢离合的故事,告诉人们:"经历的不必都记起,过去的不会都忘记。有些往事,有些回忆,成全了我也就陶冶了你。相知相爱,不再犹豫,让真诚常驻在我们的心里。"

过去人们爱说文如其人,现在又流行性格决定命运。其实说白了就是什么样的人走什么样的路做什么样的事过什么样的生活,而在现实中能将这两者自然有机地融合起来并尽量做到相得益彰,那就达到了一种境界。看冯小刚的电影,读冯小刚的书,你会觉得银幕上下、书里书外作者本人都是一个样子,总是那副德行。他电影里的主角大都像这样:长得不怎么样但不难看,人不坏却说不上高尚,为了达到自己的目的总爱耍一些善意的小聪明,虽然处处碰壁可从不轻易放弃做人的尊严。他电影里的故事始终发生在他生活的那座城市北京,因为皇城根儿里的一切他不只熟悉并且浸身其中;当然,他首选的男一号回回都是葛优。此公不光在平常和冯导心有灵犀,在银幕上活脱脱就是他的代言人。用冯小刚的话说,就是换导演也不能换"葛爷"。

冯小刚的电影可归类为轻喜剧,他的书同样秉承了这种风格。善良的冯小刚看似罗列了一大堆有头有脸的人和事,其实他还是经过了悉心的取舍同时向着与人为善的角度倾斜;至于那些真正难登大雅之堂让人恶心的东西,他归咎于自己的记忆出了问题。幽默的冯小刚于不经意间笑料百出妙语连珠甚至装傻充愣,但大部分时候他都是把自己摆在一个被损毁被糟践被愚弄的受害者的位置;有时候话虽然糙了点,但一张嘴一句"我容易么我",还是让人备感释然坦然。聪明的冯小刚永远都称比自己强的人为老师而且"张着比别人大的嘴"无限拔高。这样做的好处是老师不仅愿意教学生,而且心甘情愿地毫无保留和盘托出。王朔怎么样,刘震云怎么样,虽然个个"都不是省油的灯",不都得在"冯小刚工作室"窝着。真诚的冯小刚说自己其实是一个爱哭的男人,只是常常将这种真诚隐藏在嬉皮笑脸乃至玩世不恭下面。书中一张照片是他已故去的母亲的头像,文字说明这样写着:"儿子,你会顺顺利利的。所有的苦难都让妈妈一个人替你尝尽了。"母子情深,血脉相连;古今中外,莫过于此。

从一开始抱着一种玩的心态去从事某一项工作,玩着玩着玩出了名堂,同时也就有了使命感和责任感。不少北京的所谓"玩主",大都经历了这样一个历练的过程:从当孙子开始,慢慢地好不容易熬成大爷了,回头一看还是一副孙子样儿。冯小刚在书中对他理想的贵族情结有一段描述,虽然看起来滑稽可笑,实际上戳破了一些圈内人士的伪装和画皮。

事实是,冯小刚以一个另类导演的身份拍出了贴近生活、贴近时代、贴近观众、贴近市场的贺岁电影,而他也可以据此底气十足地夸下我要不拍了,全国人民过年都看什么呀这样的海口;而一些自诩的正宗和学院派导演,却躲在孤芳自赏崇洋媚外乖僻生涩不着边际的象牙塔里,远离了他们的上帝和衣食父母:对不起,你不要不喜欢也不要抱怨,那是因为你层次太低太没有品位你看不懂。

不太因循传统、不怎么尊重权威看上去也不是很守规矩,常常是自己给自己或者是给约定俗成的几个人定个标准,然后彼此相互攀比:吹起来吹破天,贬下去贬成灰;外人听了贻笑大方,哥几个乐得自在。比如刘震云赞冯小刚是以一个非凡的导演著称于世的,这是"他和孔子、鲁迅的区别"。比如王朔捧刘震云是这样:"刘老师仁义,还给作家们让出了一个题材可以写,就两个字:绝望",等等诸如此类。如果在当今社会一个人无法做到天马行空独往独来、出淤泥而不染的话,那就不妨在淤泥中滚它个痛快淋漓,然后跑到澡堂子淋浴一冲也就完事了。如此说来,冯小刚把纷繁复杂的社会生活人际关系简化为只要处理好身边的七八个人就可以了,这也是很有道理的。

冯小刚的电影获奖很少,但是喜欢看的人很多;他的书里正经话不多,但喜欢听的人不少。其中包括了"周旋于是非的智慧,平衡于上下的韬略",以及"提防明枪暗箭的辛苦,承受浅薄误解的委屈";闪烁出大智若愚举重若轻深入浅出鞭辟入里的聪明和才智;流淌着永远作为一个普通人和老百姓的人间真情,这些无疑是十分可贵而难得的,这些也应该是徐帆"左躲右躲""一朵鲜花最终还是插在了牛粪上"的真正缘由。《我把青春献给你》一书最后有一篇由"冯徐氏"撰写的文章,题目叫作《嫁狗随狗》。

# 大幕拉开　说唱道白

　　先说标题。燕升君让人捎来他的新作，书名叫作《大幕拉开》。说和唱，按照燕升在他书里的陈述，说是他的职业，唱为爱好。至于道白，一为本意，二来是道燕升，因为他姓白。

　　与燕升君相识是因为工作的缘故。那一年，山西举办了一台晋剧名家演唱会。由"晋剧皇后"王爱爱领衔，栗桂莲、史佳华、谢涛、孙昌等中年一代担纲，还有若干后起之秀，阵容堪称鼎盛。服装和舞美的创意和设计来自南派，那种集传统元素和时尚审美为一体的全新理念。看上去富丽堂皇但不失庄重、雍容华贵却又分外典雅，成就了一场甚是经典的晋剧名家演唱会。为之锦上添花乃至不可或缺的是同样为名家的主持人白燕升。那是我头一次在现场关注和欣赏他的主持：对戏剧大势的透彻了解，对山西地方的清晰把握，对晋剧艺术的纵横捭阖，对登台演员的中肯评介。加上他从容大气、不卑不亢，以及与观众互动交流的风格和气场，让主持与演唱、台上与台下水乳交融般成为一体，攀上了一次又一次高潮。

扯的有些远了。2013年，燕升的人生轨迹发生了变迁，他离开了供职二十年的中央电视台，并在今年加盟山西电视台一档戏曲节目。"离开央视"是《大幕拉开》的一个章节，是他往日上班下班的一个空档期，没有问过是不是也是他写作这本书的背景和初衷。

从"乡关何处""我的大学"到"涉足电视"，从"北漂时光""风雨兼程""边走边唱"到"爱有了着落"，从"离开央视""做回自己"到他心仪的那些个"角儿"，这是一部属于个人的自传或准自传体的著述，同时燕升作为一名公众人物，这本书也是对社会和关注他的人的一个交代和回报。

因为"他的性格里有英雄般的骨气，又有赤子般的真情"，他说人话、说真话；因为"他是一位真正的内行，一位够资格的剧评家"，他很专业；因为他渴望"早悟兰因"、信奉"功不唐捐"，他满怀着爱心和包容；因为他良好的高等教育背景和广泛涉猎，让他的书具备了内在、教益、思考和文辞流畅清新的怡人魅力。其中既有"四十五年半世人生喜忧参半"的怅然若失和如释重负,也有"为了忘却的记忆,请原谅我的不宽容"的真实宣泄和尽量克制;既有"就这点本事,既然选择,就得坚持"的豪气和脚踏实地,也有"又到了再见时刻,好像还有千言万语"的重新归零和轻装上路。

燕升君不是一个幸运儿,是爱、执着和坚持成就了他。如他书中所叙:接到大学录取通知书,他的母亲——那位"最疼爱他的人却永远走了";新婚不久,他本人也成了中央电视台的人,他的父亲却查出"肝癌晚期";即便是偶然摔倒,他的妻子"严重的股骨颈骨折",就在他需要天天照顾只能卧床的妻子的时候,"回到河北老家,父亲的丧事已办完"。这一系列的不幸和挫折,在一个不算长的时间段里集中落到一个人身上,需要承担多大压力,付出几多艰辛,可想而知。由此看来,青年时期的磨砺锻造了燕升坚强不屈、不向命运低头、相信爱能创造奇迹的性格及人生价值取向。这为他其后的生活工作奠定了坚实的基础。或卓然独立,"因为内心深处还有良知和情怀以及对真善美的渴望";或举重若轻,"我简单感性,家人和朋友,能理解我减法生活的直截了当";或乐此不疲,"活着,就要活得好。不仅自己活得好,还要给周围的人带来好,给更远的人带来好"。多彩的人生,多样的收获,多重的性格，一个既简单又率真、既平易又孤傲、"既自卑又自负的人"，他是白燕升。

　　不想当主持人的剧评家不是好的社会活动家。"不想当厨子的司机不是好裁缝"，这是网上曾经广为流传的莫名其妙的"名句"，拿来套用。它至少点明了白燕升认领的或者说是承担的三个职务和身份：一为主持人。这是他的职业和本行，燕升依此立足，还将靠它远行。按照赵忠祥的说法，什么节目都能主持，但他偏偏选择了戏剧，这已经不能简单归结为兴趣使然。在我看来，白燕升选择并认定戏剧，把戏剧融入自己的"血脉中骨髓里"，当是戏剧之幸。一个热爱它钻研它专业水平甚高，并为它不遗余力当成自己分内之事的主持人，十分罕见。在时下"凸显"主持人的时代，一个主持人能够不露怯地拿下其所主持的节目就算完成任务，他们热衷的是在各个电视台、各个栏目间跳来跳去，鲜有人"深入生活，扎根人民"。其二是剧评家。对白燕升与戏剧之关系的定位，非一个"剧评家"能够囊括，那应该只是对他"懂戏"的褒奖之一吧。作为一个主持人，他为了戏剧做得太多涉猎甚广深入浅出发扬光大。他遍访各个剧种的"角儿"，如张火丁、裴艳玲、马兰、王君安、谢涛、马金凤等等，不止对她们及其所代表的剧种做出准确到位的评价，很多还是他的莫逆之交；

他主持上海的白玉兰戏剧表演奖,连续九年不曾间断;他还是具有专业水准的"票友",京剧、豫剧、黄梅戏及河北梆子,各出一张专辑;他的"燕歌行"公益个唱全国巡演燕咏中华,歌行天下,影响广泛;他的"艺术讲座校园行",向大学生展示和弘扬传统戏曲文化,林林总总,不一而足;如此看来,再冠以社会活动家的头衔,燕升当之无愧。

文学中有"比较文学"的学问研究。燕升对戏剧门类的特点、短长、发展及其代表人物和地域分布,于有意无意中已多有了解和把握。在书中,他的一些具有学理性和专业性的见解、论述,大抵属于"比较戏剧学"的研究范畴。白燕升是有资格、具备条件做这件事情的人。

白燕升是一位有宗教信仰的人吗? 在他的书里,屡屡出现"布道""顿悟""悟兰因""真经就在你心里,而佛不过就是你自己"这样的禅语,让人感觉他是否常常在宗教的世界里,找到内心的依赖和寂静。一个满怀着爱心的人,终归会把爱担在自己肩上并当成义不容辞的责任。在"爱有了着落"章节,燕升对他妻子的悉心呵护不离不弃令人动容,对他女儿的爱心柔软无限憧憬引人共鸣。以宗教的教义为标尺修炼身心升华境界,这是高不可攀的目标;作为朋友,我并不完全赞成他如此去做。

"来了兴致，就立马包饺子蒸包子，这是我这个老河北的最爱。"什么时候再请吃货，叫上我哈。

# 东张西望张敬民

　　与敬民君相识久矣。在他年轻的时候,在我更年轻的时候,常常被他的才情、激情和深情感染着,一直到今天。一个拥有如此禀赋和状态的人,总是会给人带来惊喜,总是会让人击节赞叹,当然也就不断地会有收获。

　　2015年的秋天,敬民君送我他的新书。一为他情有独钟的、有关走西口及其民歌的心得之作《凡音之起》,另一本曰《东张西望》。书不厚,内含三个篇章,分别是"旅欧断想""土耳其并不遥远"以及"美国往事"。仅从编辑体例上讲,将此三部分内容搁在一起稍显牵强,彼此不光时空遥远,而且创作年代亦大相径庭。然而从敬民君"睁开眼睛观望外界,又以他国之位回望国家,从中找寻文化经纬上的交叉点,以及互联所带来的裂变、交融、落差、思辨等等"来看,这又是一部完整的著述。其内在的沟通和关联是历史的血脉,文化的肌理,开放的心态,以及人格的魅力。当然更难得的,不妨一篇一篇去读,篇篇堪称典范。

才情横溢,所以从容不迫。读《东张西望》,我是断断续续的:不是看不下去也不是没有时间,而是常常被掩卷却不能释怀的情致所打断。敬民君在他的异域旅行中所投放的视角,所流露的情怀,所展现的雍容,所深入的浅出,尤其是他对于异国他乡的历史、文化、风情、民俗等的了解和把握,以及由此生发出的对于建筑、雕塑、字画、古玩以及信仰、人文、世情等细节的、具有专业水准的鉴别和运用,再加上他先后做过广播、电视的职业背景和对于文字表达的得心应手,令《东张西望》充满了迷人的魅力,彰显出融会贯通耐人寻味、"有感而发又不得不发的心绪衷肠"。比较而言,更喜欢"它不仅透视着家的温馨,还向世人敞开心灵的镜子"之《花之窗》,"行走在小巷里自觉不自觉地就要放轻脚步,生怕弄出声响来惊扰了四方的宁静"之《走出奥登塞》,"一个注定这辈子跟中国打交道的土耳其人"之《青春伴游郎》,"人们不难感受到闪烁着来自那个时代的昔日辉煌"之《褶皱的夕照》,以及"面对相伴苦乐的纽约依然牵情百结"之《美国不好玩》。由此看来,敬民君是行者、使者、学者和达人、鉴赏家,抑或他什么也不是；但他是把这些融合在一起并且不着痕迹的那个人。

激情满怀，所以大开大阖。在敬民君的书里，字里行间奔涌着澎湃着强烈的审视、反思和批判意识。他由欧洲的教堂指点"中华大地的现代建筑没有传世精品"；他在"怀恋四月雨中比萨的清凉"时，扼腕叹息怎一个"拆呐"了得；他试想，"一个连民族文明的历史遗存与记忆都守不住的国度会是多么尴尬与羞愧"，并且直言"这个饱受凌辱和浩劫的年代并不遥远"；他在欣赏伊斯坦布尔人"友善、从容、松弛而平和"的生活状态时，将被誉为"欧亚大陆桥"的土耳其的古老、缤纷与包容，及其国民的自得其乐自享其尊呈现的如此令人神往。当然，他对美国的感觉符合美国的性格：因为美国就是那个样子。不是简单地认为别人好而我们什么都不是，也不是表面化地崇洋媚外或嗤之以鼻，敬民君全方位多角度纵深化地拿历史、人文和责任"说事"，这种力量堪称强大、久远，并且是具有说服力、穿透力和信服力的。

深情不移，所以一片赤诚。家国挚爱，民族情怀，这种情愫尤其当一个人身处异域他乡时，才能更显著地体会和感受到。在《东张西望》里，张敬民或者说是一个中国人对自己国家的深情厚谊、赤子之心，脚踏实地矢志不渝；对自己民族历

259

史文化和时代短长的传承与弘扬、兼收与并蓄,满怀着痛定思痛的尊重,忠言逆耳的良知和"国家好、民族好、人民才会好"的担当。如此说来,张敬民就不单单是一个个体,而是一种符号和软实力:它所沉淀的密码传播的信息留下的回响,不止在这个老外离开之后,也不仅仅谓敬民君"已是在土耳其出了名的中国人",更在乎未来,在乎今日之中国以什么样的姿态矗立于世界优秀民族之林。一本不算大部头的书"前前后后写了二十年",二十载世界之更替,二十载中国之翻天覆地的巨变,此文此人此情此理与之同步。于作者甚幸,于读者又何尝不是呢? 敬民君是天分颇高的人,又够勤奋,再加上从未放弃独立的、有卓见的思考,如此回报水到渠成啊。

　　不知不觉间,2015 年就要过去了,尽管这一年的最后几天一直雾霾不散。然而,"这样的环境与氛围也许正是走进童话世界的曼妙佳缘,人必须让心安静下来才能听到来自幽邃自然和纯净灵魂的声音"。

# 守望者

## ——《一方水土》读后

守望者首先要宁静淡泊,同时还要努力做到持之以恒。诚如本书的主编同时也是山西电视台《一方水土》栏目制片人的李少平先生在这本书的"编者序语"中所言:我们是这一方水土忠实的歌者,是她滚滚麦浪边上固执的守望者。

严格地说,这本装帧古朴典雅、设计匠心独运,一千两百页上下两册完成的"巨著",其实是《一方水土》自1998年开播五年来所播出专题片解说词的汇总和集成,是《一方水土》的一班兄弟姐妹们送给自己也是送给那些始终追随和喜爱这档节目的所有观众和读者的生日礼物。

书很厚重,感觉也很厚重;阅读起来同样是厚重,同时充满了绵远悠长的韵味。加上差不多每一页都配发的不止一幅大小不一的图片,使本书更加适合当代人的阅读和收藏品味。因为大部分编导都比较熟悉的缘故,令笔者不禁生出几许敬意,同时还萌生了近乎崇高和需要仰视的感觉。平时看起来嘻嘻哈哈天马行空的一帮人,其实在共同的理想、神圣的责任以及执着的理念支配下,从事着一件既关乎山西另一个层面上社会、历史尤其是文化的片段乃至细枝末节的整理挖掘工程,同时又以十分独特的视角、中肯的态度和浓厚的感情色彩,为此做出了美的艺术的注解。

按照"一方水土"的播出顺序,本书亦采用了编年体的编辑体例。在《一方水土》之"生命如歌"篇章里,有一百四十四位我省的人物跃然纸上。虽说还不能笼统地将他们纳入文化人或艺术家的范畴,但这些人的确在各自的领域或就他们感兴趣的行当乃至玩意方面取得了卓越的成就。国画大师董寿平已经成为具有世界影响和历史价值的一代宗师;考古学家张颔在侯马成就了他的生命之盟;诗人牛汉的灵与肉化作了一首首引人入胜的长诗;版画家力群用他的木刻刀记录了中国版画发展的历程;还有种地写小说两头忙的作家李海清,用电线编"线人"的郝建安,演了一辈子皮影的梁金民,左右开弓的书法奇人刘治平,以及在葫芦上作画、通过针孔摄影等等,这些看似有悖常理异于常人的人及其异想天开稀奇古怪的"活儿"。他们有的在平凡中寻求奇涩,有的在失落中找到慰藉,有的在忽发奇想之后成就了终生的事业,有的在薪火传承的使命中担当起了义不容辞的责任。当然,这一切都无一例外地使他们的生命拥有了鲜艳的光泽。

在《一方水土》之"文化背影"篇章中,我们获得了大量"对山西独特的人文景观、风物遗迹、人物传说及历史沿革等方面以新颖的观点,从历史的角度进行介绍"的史料、典故和信息。我们可以登《绵山怀古》,听《黄河谣》远去,沐《清风古意话历山》赴《雁塞拾荒》成《绝响》,我们不妨重拾以往《农耕旧事》,从《家园》眺望《北方院落》里那些《失传的游戏》,感慨《千秋家国梦》,我们好奇那些《柳林盘子》,迷失在《枣乡记忆》,谒过《碑牌坊往事》,凝神于《文化的背影》之后,又闻《黄河岸边事》。就像这些诗意隽永的题目一样,《一方水土》的编导们选择了通常被认为是最困难也最费力而不讨好的方式来进行他们的创作:即把电视片当作散文去拍,当作散文去写。画面在文字的声音中变成了语言,而将这些文字单独成册,同样能欣赏到感觉到画面所要展现的内容和形象。历史到了一定时候,其实就只剩下了真实和虚伪两个方面,而文化的天空却始终是湛蓝的。

在《一方水土》之"艺术风景"中,我们在宽泛的或大的艺术概念底下,对其所属的艺术门类、风尚、现象乃至爱好进行了涉猎和扫描。从《奇石》《火花》《纸缘》到《藏书票》,从《丁村木雕》《平遥漆器》到《三晋烟标》,从《朴拙传神的山西民间剪纸》《隽永的俄罗斯绘画艺术》到《新颖别致的铅笔屑贴画》,阳春白雪下里巴人,鸿篇巨制雕虫小技,一扇艺术的窗口由此洞开,一道美丽的风景映入人们的眼帘。

我们很容易对那些名声在外耳熟能详的人事和文化及其载体无动于衷,我们也常常对许多未经雕琢的璞玉表现得一知半解熟视无睹,甚至任其自生自灭。从这个角度看,《一方水土》选择和定位于那些既具有历史和文化价值,同时又藏在深山不为人识,既具有鉴赏和把玩情趣,同时又能引人入胜的世外高人、亚人文景观、陈年旧事、典故传说,以及占很大篇幅的不说也许人们永远也无法知晓的宝藏和财富方面,不只是对山西庞大历史文化格局的有益扩充和弥补,同时也在无意中构建起了山西次文化或者说边缘文化的系统。桃李无言下自成蹊,《一方水土》的编导者们用心、用智慧、用学养、用他们穿越历史的执着目光,在电视媒体这个平台上,为所有生活并且眷恋着故土的山西人准备了一份丰盛的文化套餐,为我们的过去和未来留下了一份具有收藏价值的珍贵礼物,为山西灿烂的历史文化平添了几许耐人寻味的人文景观,为一些原本纯粹的个人爱好和行为在更为宽阔的背景下找到了新的归宿和航程。其作用和影响,也许只有更多的人在看过了本书之后才能用心感悟;其意义和价值,也许只有经过时间的检验和沉淀才能显现出来。

《一方水土》的编导们用他们的目光,引领我们去纵览了一方水土和一方水土间的人和事;同时,他们也走进了一方水土养育的一方人。

# 季羡林：大师谢幕

2009年7月11日，九十八岁的季羡林先生辞世。古语说，人生不满百，常怀千岁忧。机缘巧合，印证了季先生生前的论断：每个人都争取一个完满的人生。然而，自古及今，海内海外，一个百分之百完满的人生是没有的。所以我说，不完满才是人生。同样是机缘巧合，另一位同属凤毛麟角的学界泰斗任继愈，也在同一天向这个世界道别。两位长者谢幕的时间，相距不足五个小时。

有论者称，他们带走了一个时代。此言不虚。自20世纪初五四新文化运动以来，一代国学基础厚实，大都具有留洋背景、大都在其所属领域广有建树、大都度尽劫波寿命长的学界巨子如数归隐。在完成了他们承前启后、波澜壮阔堪称卓越的历史使命之后，质本洁来还洁去，遍地英雄下夕烟了。

季羡林先生仁者寿。因而对于他的离去没有太多的错愕和悲伤；季羡林先生智者寿。所以对于他的长辞留下绵润的感慨和启迪；季羡林先生溢者均。因而对于他的离去没有太多的长叹和缺憾；季羡林先生贯者通。所以对于他的长辞需要仰视，并致以崇高的敬意。

人言要站在巨人的肩头才能够成为伟人。季老终其一生，脚踏实地，同样是一个伟大的人。他是一个天才，用功就会取得成就；他是一个一生都在用功的人，所以他终生都有所成。季先生钻研的领域和学问，高深冷涩却博大精深。比如直接运用原始佛典研究佛学，比如对早已失传印欧语种吐火罗语的识别与使用，比如翻译印度古典史诗《罗摩衍那》，比如担任《四库全书存目丛书》及《传世藏书》两部当代巨型丛书的总编纂等等，不一而足，集之大成。他所涉猎的林林总总的中国传统文化，被归类为东方文化，也就是时下所谓的国学，通过季先生大力倡导的中外文化交流和比较，在世界文化的格局中占据了应有的地位。

尊崇并且仰慕季羡林先生，是通过他的散文。20世纪末，在《人民日报》文学副刊等读到季先生的文章，那种深入浅出、游刃有余，大家写小文章的不凡功力和别具一格跃然纸上，令人耳目一新。季老少年即染指散文，年岁愈长，愈发精到。私以为老人家八十岁以后的散文创作，浮华散尽，吹尽黄沙始到金，进入了一种信手拈来浑然天成的境界。这种境界，是走出了世事繁杂人际纷扰之后的心如止水，是融会了古今中外触类旁通之间的厚积薄发，是把握了举重若轻水到渠成之外的从容淡定，是参透了一曰存真二曰能忍之中的返璞归真。他写他的猫，说尿在文稿上从来都不会去打它们；他写他从印度带回的古莲子，现如今已在北大的未名湖里根深叶茂；他写他们家的保姆，忘年之交，其乐融融。文如其人，文即人生，文为羡林罢。

尊崇并且仰慕季羡林先生，是通过他的轶事，轶事即为人。在他出任北大副校长的那年，新生入学时节。老人家一袭白布汗衫，乐滋滋地在校门口张望。几名学子跟他"客气"，大爷，我们要去打个电话，您能帮着看看行李么。季副校长欣然应允，盯着一地物什目不转睛。当然，最著名的还是他公开辞去的，强加给他且令他"惴惴不安"的所谓三个头衔：一为国学大师、一为学界泰斗、一为国宝。先生差不多是以一种调侃的措辞，推掉了压在他身上的这"三座大山"，轻松之情绪溢于言表：三顶桂冠一摘，还了我一个自由自在身。身上的泡沫洗掉了，露出了真面目，皆大欢喜。季先生认为做人要"骨头硬、心肠软"，他一生都在身体力行，无论身处逆境,还是在世事流转之后对曾经伤害过他的人的宽容和不计较;季老自己对"好人""坏人"的界定,更像是一个赤子:利他人多利自己少为好人,反之则为不好的人;一个只利己的人,是为坏人。人生如季羡林等所能达到之境界,正如同可以送别人钱但拒绝借钱予人的钱锺书先生一样,成为很纯粹的人了。

季羡林先生身边的人描述,他的生活很规律也很特别,每天晚上九点书房的灯就灭了,凌晨三点灯又亮了,然后一直工作到早上八点。从此之后,北大少了一盏灯,未名湖畔少了一位带着猫的长者。令人欣慰的是,中国和东方矗立起了一座丰碑,世界留下了弥足珍贵的遗产。

来时不约而同,去时殊途同归。我们在送巨匠季羡林先生走好的时候,也要向他和他所代表的那个时代致敬。

# 怀念马季先生

　　年终岁尾,又到了告别的时候。很不幸,今年这个季节与我们告别的是马季先生。

　　获悉马季先生辞世的消息,先是一声惊叹继而一声叹息,旋即想到时下流行的、为人们所接受,同时又颇能打动人心的对逝者的一种说法:我最疼最爱最想念的那个人,去了。对马季而言,至少是人们最喜爱的一位相声表演艺术大师,去了。

　　20世纪60年代出生的人,都与马季有一种仿佛与生俱来的缘分。那个时候,从收音机或者是单位的大喇叭里收听马季的相声,差不多给人们带来了枯燥生活里一多半的笑声,仅有的几个段子至今耳熟能详。如今回想起来,当年拿相声并不当相声,而是游戏;拿马季也不当马季,而是快乐。虽然在方式上不存在今天的"粉丝"们所拥有的狂热和排场,但在内容方面却要深刻得多。不是一定要定义为马季的相声影响了一代人,但它肯定是生活的一部分。

进入80年代,相声步入了一个令人欣喜的并且应当谓之正本清源的复兴时期,马季义无反顾地担当起了承上启下的责任。他深入到生活当中,以更加宽泛的领域和视野,让相声不再仅仅是北京人的玩意;他创作并且亲自表演的相声,推陈出新,切中时弊,成为相声发展史上的经典;他冲破门户之俗规,不遗余力提携后人,造就了以马氏弟子为代表的新一代相声艺术的中坚力量。严格意义上讲,马季是真正以相声为终生职业,并且始终热爱这门艺术的人。

马季淡出之后相声就误入了歧途。最近郭德纲厚积薄发,异军突起,以北京的德云社为基地,已呈席卷全国之势。郭新拜侯耀文为师,马季亲自为德云社题写了匾额。作为一种传承和肯定,马季用心良苦,得失寸心知。

在笔者的印象中,进入晚年之后的马季先生雍容大度、从容不迫、淡定自如,更优雅、更可爱、更具人格魅力。他以各种身份,在不同场合对林林总总的是是非非表现出的态度,表达的见解,也让他获得了更多的尊重。作为一个行业的泰斗,他可以说自己想说的话;作为一个桃李满天下的师长,他心满志得地享受其乐融融的天伦之乐;作为一个传播欢乐的使者,他的眉宇间永远挂着不倦的笑意;作为一代宗师,他其实是一个永不言退的人。

对于马季的离去,大多数人并不止于悲伤,还有一种送君远行、望穿秋水的惆怅;回首马季这一辈子,大多数人也不会止于欣赏,更有一番才下眉头、却上心头的滋味。于人于己,这已经足够了。

马季走好。天堂里少不了你的相声。

# 欲哭无泪

## ——怀念李水合先生

说走就走了,也不打个招呼。

惊悉水合先生辞世,一时茫然。大抵一个月前在太原看望他,精神不错,对新的治疗满怀着信心。更早时候是在北京,闻听他罹患肺癌,见面时原先想着拥抱他的初衷没有去做,连想说的话也无从说起,反倒被他一贯的乐观所左右。

与水合先生相识并成为朋友已逾二十载。那个年代,他风华正茂马不停蹄坚忍不拔,为人生之理想、为他钟爱的电影事业上下求索,成绩斐然,干得风生水起。印象最深的就是他做电影《暖春》的前前后后。他与初出茅庐的导演兼编剧乌兰塔娜合作,以最低的投入拍出了"小投入、大回报"电影,收获了当时堪称高收入的票房,被国家电影局举荐为除了"大片""贺岁片"之外的第三个模式。水合先生在《暖春》的拍摄发行及宣传过程中所独具的慧眼，所展现的睿智，所付出的心血，所流露的人情，令人感佩。我从工作的角度配合他支持他，同时也在个人的层面，认定他这个朋友。

大体来看，水合先生是个温和的人，从来把自己摆在一个较低的位置，说说笑笑嘻嘻哈哈，基本不往心里去；水合先生是个执着的人，看准的事情矢志不渝，苦口婆心三番五次，不达目的不罢休；水合先生是个勤奋的人，节奏频率之快捷非常人可比；水合先生也是念旧的人，他对别人的理解包容不计较，以及他对我个人的启发和帮助，除却留下良好的口碑，令人难忘。

斯人已去，2015年的秋天平添一份悲凉。那个个子不高的人，那个不知疲倦的人，那个不改本色的人，那个行色匆匆的人，那个从不得罪他人的人，那个在业内被广泛认可的人，那个老骥伏枥的人，那个基本不敢乘飞机的人，那个烟瘾很大的人，永远地停下了自己的脚步。

电影演完了，该散场了。

水合辞世，欲哭无泪。

# 走近赵越

赵越，山西歌舞剧院专业作家，国家一级编剧。中国音乐家协会会员，山西省音乐家协会副主席，政协山西省委员会常委。1979年开始从事歌词创作，迄今已发表作品近五百首。出版诗集《故乡雨》、歌词集《欢乐篝火》。其创作与合作的作品先后获省级奖及国家奖达四十余次。

对于赵越，我始终怀着一种尊崇。这种尊崇，一开始是对他的作品，后来是对他这个人。

远远看去，赵越是一个谜。及至近前，他就很具体了。

就像赵越走到今天，是经历了一个漫长的过程，我对他的洞察和了解，也有一个过程。

我想说，赵越代表着某种极具活动力和丰厚底蕴的力量。在一定意义上，他即便不是一个方向，也应该是一座路标。

著名词作家凯传说：我是写歌词的，我特别欣赏赵越。

凯传的这番话，是今年三月，观摩了山西省歌舞剧院编创的大型舞蹈诗剧《黄河水长流》之后说的。《黄河水长流》，再加上前几年的《黄河一方土》和《黄河儿女情》，并称黄河三部曲。是继《丝路花雨》之后，中国民族歌舞的又一个新的里程碑。赵越作为主创作人员，不仅获得了国内舞台艺术的政府最高奖——文华奖；而且也把自己的歌词创作定格在一个很高的艺术基准线上。如果说黄河三部曲的每一次成功，都是由对前一部的超越开始的，那么赵越也就同时超越了自己。从《走西口》《天下黄河九十九道弯》到《苦苦菜》，赵越在不断地汲取山西民歌营养的同时，也在不断地改造、润泽和升华它们，对成于民间流于民间的"下里巴人"，赋予新的文化底蕴和深刻内涵，使之登上了大雅之堂。赵越所代表的创作走向和歌词风格，不只是给我们留下了一首一首经典的传世之作，同时也是对时下歌坛为流行而流行、从感观到感观的短视行为的一种校正。对此，著名散文家梁衡如是说：赵越的歌词自带着一份不可亵渎的清纯，给舞台的台风带来了可喜的回归。

赵越，是山西艺术界为数不多的真正具有全国影响的人物。几年来,他立足于山西这块黄土地,触角延伸到中国的东西南北。说起《看秧歌》和《杨柳青》,歌迷们也许觉得陌生,但说起1995年中央电视台的春节晚会上,蔡国庆演唱的那首《回家》和它的词作者赵越,你就不能不被赵越打动:"多重多重的心事,今天都放下;多远多远的路程,今天都赶着回家"。这是极为普通的一种情愫,但它又是如此的深刻和耐人寻味。黄一鹤,这位中央电视台的大导演和春节晚会的创始人,在听过了赵越的《瞧这群婆姨们》之后,专门跑到太原来,和赵越恳谈一个下午,力邀他赴大连共同为第三届大连国际服装节策划和撰写歌词。赵越在那座美丽的海滨城市写下了脍炙人口的《大连之夏》和迄今为止仅见的描写模特儿的《无尽的爱》。更早一些,1990年,赵越是亚运会开幕前一百天大型歌舞晚会《北京之夏》的策划和撰稿人。1989年,他还南下深圳,为蛇口工业区十年区庆创作了歌词脚本《大潮》。类似的大型晚会,赵越参与创作的有三十多台。他的创作之源、生命之根深植于此,须臾不能离开。

著名散文家梁衡说:我的心灵先是被震撼,接着被深深地陶醉了!

这是梁衡在倾听赵越的《走西口》时所产生的感动。往深处说,其实他是被《走西口》所凝聚的历史和挚爱感动了。

每一位听赵越作品的人,都会被他打动,这也许是凌驾于一切形式之上的奖励和承认,也许是穿越了南北时空的交流和贯通。

认识赵越很久之后,我才知道他原本不是山西人。

他出生在鱼米之乡的湖南,从小就是一个很活泼的人,满身的艺术细胞,不乏向多方面发展的潜力和可塑性。他的热情,他的才华,他的信念,他的追求,随着年龄的增加,时代的变迁,地域的迁移,逐渐冷却凝聚,逐渐沉淀升华,最终定位在黄土高原的传说里,最终体现在黄河边上的民风中。

他到现在也说不好或者干脆就不会说山西话。但他在他的民歌中,对山西方言的把握,对俚语俗句的运用,如"枣花花香啊沙果果甜",如"十五十六不大大",凡此种种,信手拈来,贴切自如,不仅达到了很高的艺术境界,听起来真是比山西人还更有山西味儿。

艺术一如人生,找到一个最佳的结合点就等于找到了一个最佳的过程,就等于找到了一个最佳的结局。如果说赵越早年从湖南到山西,多少还带有一些年轻人的盲从和冲动,那么,他将他的创作与黄河文化结合,并通过电视音乐艺术这种形式表达出来,就应该被看作是一种有意识的行为。从1987年开始,他参与创作并撰写歌词的《山区日记》《太阳之子》《黄河一方土》《歌从黄河来》及《路的记忆》等五部电视音乐片,连续五次获得全国电视文艺"星光奖"。这在同行中是一个难以超越的巨大成就。在赵越的创作中,电视音乐艺术是他又拓展的一个更宽泛更具影响力的领域。翻看他1989年结集出版的歌词集《欢乐篝火》,其中的几十首各具风采的主题歌和插曲,让我们读到另外一个赵越,让我们领略到赵越的又一种情怀。

赵越:实实在在做人,自自在在写作。

实实在在做人,这是已过知天命之年的赵越对自己人生体验的一种总结。他把写作看成是成就他生命的一种行为,天性乐观却不懈怠,豁达宽容而不随波逐流,"无论是甜是苦,往事不再回顾;远方正在召唤,我们匆匆上路"。这是赵越写在路上的记忆,何尝不是他的心声呢?

自自在在写作,我想这应该是赵越所达到的一种艺术境界了。赵越对民歌的贡献,绝不仅仅局限于整理和提炼,而是一种发展和创造。读者看到的赵越的那些"自自在在"的歌词,只是他奉献出来的可口的精神食粮,其字里行间的苦涩,含英咀华的艰辛,只有赵越自己品尝过。赵越深知写小歌词要下大功夫,越写越觉得难写,但他依旧很执着。你听赵越的新词《苦苦菜》:

苦苦菜,苦苦菜,苦苦的甘甜,苦苦的爱;苦苦地守着这方水土,黄黄的小花,默默地开⋯⋯

写作,其实就是写自己。赵越如是说。

# 见与不见：仓央嘉措的生活

　　很有些被动、迟钝甚至是孤陋寡闻的，好像昨天才看到《见与不见》这首诗，好像昨天才知道仓央嘉措这个人。

　　而昨天，已经是三百多年前的往事了。

　　就像距苍穹最近的雪域高原，永远都披着一件神秘的面纱。仓央嘉措似乎在不经意间向世人打开了一扇布达拉宫的盲窗：窗口不大，但却光线充足，空气清新，让千百年来远在人们的视野之外、深奥莫测、不可企及的藏传佛教，充满了迷人的魅力、隽永的诗意和人性的光芒。

　　这扇窗，就是仓央嘉措的诗歌，或可称作情诗。

　　"见与不见，不悲不喜；念与不念，不来不去；爱与不爱，不增不减；跟与不跟，不舍不弃；让我住进你的心里，默然相知，寂静欢喜"。全诗不长，只五节，前四节三行，最后一节为五行。通篇简洁明快,平白朴实,朗朗上口,让人过目成忆。因为看不到也不懂藏文,窃以为如果汉译忠实了原文的话,那么,这首诗在句式、语气和韵律等现代新诗的基本要素方面,具备了很高的水准;同样,如果不存在歧义和误解,《见与不见》在内涵、意境方面可以理解为情诗。前提是,这首情诗的作者非同常人,他是一位名曰仓央嘉措的活佛。另一方面,有史料说仓央嘉措有青梅竹马的意中人,但在他遁入佛门之后,这些所谓凡尘间的人之常情,也就成了一种愿望和幻想,成了可望而不可即的终身遗憾。从佛教的教义上说,不仅仅要六根清净、断绝尘缘,而仓央嘉措达赖喇嘛更承担着普度众生、舍身成仁的神圣职责。所谓花非花、雾非雾,他原本就不能或已经就不是他自己。如此说来,仓央嘉措情诗中的对象或主体,一定是经历了一个由特指到泛化的过程;这个过程,虽不似当时的西藏"第巴"向康熙皇帝禀报的、仓央嘉措不是真正的"转世灵童"并请"废立",但于仓央嘉措自己却是经过了由凡人而活佛、由诗人而预言家的历练和升华。《见与不见》流露的是万般无奈,实则是参透人世冷暖、"入定观修"之外的豁达和空灵。他在另一首诗中写道:恰似东山山上月,轻轻走出最高峰。难道不能理解为"情"与"佛"在殊途同归之后的水乳交融吗? 放在当时的社会、政治背景下，独立特行、颠沛流离，甚至不知所终的仓央嘉措能够拥有多大权威、能够行使多少权利、能够在多么宽泛的层面上为众信徒所折服并仰慕。等等这些，都值得质疑。由这一点上返其道而证之，是不是曾经有过的情愫，会成为仓央嘉措的精神寄托呢？佛为人，佛即人，活佛也有他自己的背影罢。

仓央嘉措是六世达赖喇嘛，同时也是一位卓有成就的诗人；仓央嘉措是转世的活佛，同时也是一位行走于市井的歌者；如果在现实的层面上考虑，宗教也是一种生活的话，那么，仓央嘉措"闭目在经殿香雾中，蓦然听见伊人颂经中的箴言"，就应该被认为是天人合而为一的化境了。

《见与不见》是一首优美的情诗，赞颂了人类永恒抑或无疾而终的爱情；《见与不见》是一句谶语，一如莎士比亚的名言：生存还是毁灭，这是个问题（To be, not to be, That is a question），"见与不见"也是一个现实，佛界凡间有一样多的天不随人愿的事情啊。

著名的新西兰登山家希拉里在问到他为什么要登山时，曾经说过一句不朽的话：因为山在那里。

# 想要有个家

　　"想要有个家,一个不需要太大的地方,在我受惊吓的时候,我会想到它。"看着电影《暖春》的时候,我突然想到这首流行歌,突然忍不住要潸然泪下,心灵突然间在震撼中获得了一种安宁,感情突然间在诗意里拥有了一份久违的慰藉。山西电影制片厂悉心拍摄的电影《暖春》,以其天然去雕饰的朴实与无华,以其于无声处的诗情与画意,以其宽厚绵长的人间真情,以其耐人寻味的乡间记事,为我们送来了一个春意融融的暖春。

　　青山绿水,白杨临风,厚实的土坯房承载着日复一日的生活,疏落的木栅栏敞开着醇厚朴实的民风。就在这样一个远离尘世、地偏天远的小山村,一位饱经沧桑、年逾古稀的老人,以及他又收养的一个小孤女,共同撑起了两个人的一片天空,由爱别人到被别人爱,共同营造出了一个温馨感人的世界。《暖春》既没有复杂的故事情节,也不具备宏大的社会背景;既不靠所谓的引领潮流取胜,也不是在旁门左道上投机取巧。它所讲述的故事对中国人来说源远流长、耳熟能详,它所抒发的情感对人类社会不仅具有普遍意义,而且更加宽泛。

我们可以将《暖春》当作一篇散文去品味,因为它很优美;我们可以将《暖春》当作一首诗去诵读,因为它极具韵律;我们可以将《暖春》当作一幅风俗画去欣赏,因为它充满了生活气息;我们可以将《暖春》当作发生在邻家的一个真实的故事去评说,因为它真的能唤起、警醒、斧正和肯定我们许许多多的恩怨是非、理短情长。

《暖春》的编剧和导演是从内蒙古大草原上成长起来的乌兰塔娜。她用一个单纯而且简单的故事,通过贯穿始终的浓淡相宜而且挥之不去的情感元素,让观众在艺术的享受中自然而然地感受到真善美的力量,揭示一个深刻的道理,这是编导创作此片的初衷,同时也是《暖春》的精髓。所以,本片的主创人员刻意将《暖春》拍得很美,着力去营造一个悠然心会、妙处难与君说的氛围,尽量地运用电影语言而珍惜对话,机巧地于平实流畅中留下一些悬念,让观众在一个个精心设计的细节中各自找到共同、共通、共鸣的落脚点和动情处。

在中国有多少这样的家庭:所谓上有老下有小,中间儿女一肩挑。三代人或宽松或紧密或远或近的生活,衍生出了多少人间悲喜剧。

《暖春》将其生活场景放在这样一个极具普遍意义的框架之内,再加上其特殊的人员构成和家事,比如孤儿小花,比如同样是被收养的儿子宝柱及其不能生育的媳妇等等。应当说是从一个并不引人关注的侧面,多角度地为我们展示一个20世纪80年代我国农村家庭的生活历程、矛盾冲突以及情感交织。这种题材的影片,能够拍好已属不易;能够拍得酣畅淋漓、耐人寻味就更难。

想要有个家,有了家之后,还要找到想回家的感觉,这才是一种幸福生活的境界。因为那里是一个港湾,能让人体验到世间冷暖,因为那里是一份温馨,能让人感受到踏实和安宁。

# 期待《喜耕田的故事2》

　　2008年10月22日一大早,一场秋雨之后的艳阳天。电视连续剧《喜耕田的故事2》最后一场大戏上演。喜家庄的村民敲锣打鼓成群结队,将两个足有一间房之巨的大红灯笼挂在了县委县政府门前,以自己的方式庆祝党的十七届三中全会的召开,以喜悦的心情表达中央关注关心关怀农民的感恩之心。

　　以寿阳县高家坡村作为主外景地,剧组在这里整整拍摄了六十天。开机仪式那天,以及拍摄过程中"喜耕田"们所引起的轰动所受到的推崇,让我这个制片人心里涌起了阵阵的感动。

　　三十年,中国社会变迁最大的莫过于农村。

　　三十年,中国观众最爱看的依旧是农村题材的电视剧。

导演牛建荣不折不扣地说,我就是个农民,说农民写农民导农民,这是我艺术生涯的立身之本。

现如今,已"正名"并且"立腕"的林永健真情道白,是"喜耕田"让他首次成为主演,成为一个能演好人的好演员。

端庄大气的王亚军,其实自身的气质很优雅。两部"喜耕田"下来,她成了地道的山西农家媳妇。

饰演村主任的褚栓忠话不多,句句都在点上。二虎村主任得到了真正村主任的认可,不温不火,拿捏得恰到好处。

剧组没有按照惯例举办关机仪式。七八十号人在寿阳热热闹闹地吃了顿团圆饭,就像一个月前过中秋时一样。

作为山西土生土长的编剧和导演,牛建荣及其团队,是生于斯长于斯,从这块土地上汲取营养、并且真正具有品牌价值和原创意义的一拨人,尽管他们大部分人看起来并不是很像那么回事。无论如何,裤子绾起半截、脚踩在泥土里,总是让人很踏实。

扮演青山青梅兄妹的田亮和郝文婷,一位本色一位稚嫩。但他们都由此提升和开拓了自己的演艺事业。特别是田亮,在续集里戏份大大加重,让人们充满了期待。其他的老中青几代山西籍演员,即便此生也不会大红大紫,但都有幸参与到了本剧的创作集体当中。我毫不怀疑,《喜耕田的故事》及其姊妹篇,将在中国的电视剧发展史上乃至中国农业农村农民的演进过程中,留下自己的足迹。

拍电视剧,是一件很劳神很费心,甚至是出力不讨好的差事。即便是看起来再差再烂再不靠谱的作品,在创作中都是费尽了心机。何况要真正拍出能在中央电视台一套黄金时段播出、拥有很高的收视率,甚至能够形成品牌、载入史册的作品。

山西具有深厚的农村文艺创作的传统和土壤。成为经典的都不是高深莫测的所谓阳春白雪,而是与老百姓平起平坐的"下里巴人"。《喜耕田的故事2》很好地沿袭并且弘扬了这个优良的品质。诚如林永健有板有眼地套用一位老干部说过的话,所以它受到了"二老"、也就是老领导老百姓的欢迎。当然,它也受到了市场的欢迎。

是否能够把《喜耕田的故事》定位于一部好看的乡村喜剧? 导演在没有喝酒的前提下承诺:《喜耕田的故事2》比第一部好。

我们期待着。

# 《远方的家——边疆行》观后

国庆长假，除了看直播的中网——李娜又是首轮出局。盛名之下，其实难符，总感觉她是个昙花一现的人物。剩下的，很偶然、很重复、很被吸引、饶有兴致地看了央视的一档节目，叫作《远方的家——边疆行》。

那一刻，或者说那个长假，我的心情得到了踏实和安宁。谁说不能纸上谈兵呢，让心随着"边疆行"飞翔，赴"远方的家"做客，真是一件很惬意、令人神往的事情啊。

只从节目的片头得到这样的信息：100集系列特别节目，4500分钟，涉及9个省、自治区和14个接壤国家，行程28000千米以上，环中国边疆画了一个多线条的轮廓。

只看了一部分，感觉这个系列节目很大；无法去罗列其中的林林总总，因其许多闻所未闻；说不出心中的所悟所想，只是感慨对于大部分国人而言,大部分"远方的家",恐怕今生都难得去上一次。

山西电视台的一位行里人,对此的定位是"生动"。深以为然。生动之出发点和落脚点,只在乎大多数人感兴趣和轻松愉悦的情境和人物,而不是端正周到地大而全或引经据典;生动之浮光掠影和走马观花,是那些别具一格和魅力无穷的自然景观和人文风情。尤其是观众因此应当熟悉的几位属于80后的出镜记者——此系列片不称主持人,而叫记者,真是栉风沐雨、洗尽铅华,适得其所——窝在演播室里的珠光宝气、浮夸浮华者,才叫主持人吗?他们很年轻、极具时代特色,但他们都能够静下心来、耐得寂寞;读该读的书,行要行的路。能看出他们都具有足够的学历和相应的知识背景。

因为是以记者的眼光和纪实风格,所以"边疆行"不是那种足够分量的所谓经典。它也许是一条河,是一块界碑;也许是大漠深处的胡杨林,是亚热带的芭蕉叶;也许是在画面里唱歌自己却听不到的边民村姑,是美轮美奂的兄弟民族服饰。等等,不一而足。阳光般行走的记者那情不自禁地振臂而呼和哽咽泪水,相信会打动每一个人。

端详中国版图,胸怀神州大地。"边疆行"的创作者——

他们也是一群年轻人嘛——就这样为我们带来了一部好看动人难忘的作品,犹如一缕清风掠过,沁人心脾。

站得高,同时脚踏实地,可行万里路;经风雨,不怕潮落潮起,方知世界殊。

"乌苏里的朝霞染透天宇,帕米尔的落日燃烧如炬;呼伦贝尔的传说充满情义,界碑那边还有好多世代邻居"。这是"边疆行"主题曲的歌词:磅礴大气,弥漫着边疆的遥远旋律,如同永远飘扬的五星红旗。

# 顶顶纪录片

中央电视台自开办纪录片频道之后,于一频道十点半新设的《魅力纪录》栏目也渐成气候。据说收视率较原先提高了不少。这是一个信号,是看纪录片的时候了。

一般来说,哪个国家也不像我们有这么多的电视台甚或栏目。台多了栏目多了,如何办好如何生存一定是个问题。业内人士在绞尽脑汁的时候,让人看或者所谓吸引眼球就成了首先考虑的事情。电视剧不能说不好,让一批观众跟着喜怒哀乐;访谈节目不能说不好,让一批观众好奇探究隐私;达人草根PK不能说不好,让一批观众跃跃欲试;征婚展示不能说不好,让一批观众忍不住非诚勿扰。林林总总不一而足,彼此各取所需各施所爱各过各的生活。

总的感觉是,静不下来,多了一些浮躁。

不是说纪录片可以弥补这些缺失,但它是写实的直观的用不着矫揉造作;不是说纪录片无所不包,但它可以带我们去好多地方,尤其是那些常人去不了的地方;不是说纪录片就一定有文化含量,但它从文化出发,似乎归宿也在这里;不是说纪录片就一定充满了情趣,但优秀的纪录片怡情怡性娓娓道来,内敛着迷人的魅力;何况社会发展到一定阶段,人们的生活提升到某个层面,精神和文化方面的需求和享受就更纯粹了。

如同富足与幸福之间的辩证关系,富足了就能幸福,但幸福不仅仅意味着富足。

之前在央视看过一些难忘的纪录片。比如《森林之歌》。从一棵云杉的发芽生根、一只羚羊的呱呱坠地拍起,以树为第一人称,拟人化、情景化,或宏观或见微,再加上融知识情趣于一体的、令人向往的解说,真是让人想一口气看完它。初看的时候,直觉是国外拍的。一种崭新的、区别于国内纪录片的样式和风格,美不胜收。比如《断刀》。它是再现抗美援朝的,刀光剑影中让人回到了新中国才刚建立、中国和多国联军、毛泽东和杜鲁门、彭德怀和艾森豪威尔,以及百万赴朝将士等共同缔造的传奇和史诗中。

还有那部盛传的《舌尖上的中国》。除了让看它的人垂涎欲滴以外,衍生出了一系列所谓"舌尖上"的种种。还有一些纪实的专题片,似乎也可归到纪录片门类里边,或称"准纪录片"。当下最有影响的,就是洋洋大观的《边疆行》《沿海行》及《北纬30度中国行》系列作品了。

据说纪录片在国外很有市场颇受欢迎。纪录片在中国也理应这样,其中的原因是一样的吧。即如同中国自古就是诗歌的国度,而很长时期以来它已经被大大边缘化一般。让我们期待这种回归。

静下心来,看纪录片。

# 《又见平遥》首演日

之前,在杭州看过《印象西湖》,在海口看过《印象海南岛》。作为一种"印象",如同走马观花浮光掠影一座城市:看了也就看了,看过了也就看过了。

倏忽之间,十年过去。所谓"印象系列"已出品七部,在中国大地,确切地说是在中国南方沐浴着春风秋雨,形成了气候,成为所在城市之"新一景",游人所到之"又一处"。

平遥古城有些落寞地在晋中平原上伫立了近千年之后,于21世纪初被激活。它的引擎就是如今已具有国际影响和地位的平遥国际摄影大展。巧合的是,PIP也正好走过了十二年,差不多与"印象系列"同步。

平遥是否等待着再度被激活呢?它的机缘又在哪里?

社会和时代发展总有某种偶然当中的必然。"印象系列"

在历经十年历练之后华丽转身,与山西、晋中和平遥方面不谋而合。以卓越的创新和突破意识,以高度的责任和宏观意识,以高度的市场和平民意识,大型情景体验剧《又见平遥》应运而生,开"印象系列"在我国北方之先河。

2013年2月19日,农历正月初十,《又见平遥》首演日。

冥冥之中,一场小雪不期而遇。城墙脚下,青瓦黄土为主色调,如波浪般起伏的专用剧场弥漫着梦幻、迷离的魅力。来自社会各界的观众鱼贯而入,甚至感觉到了拥挤。

按照总导演、总策划王潮歌的陈述,剧场里分割的空间繁复而奇特,没有前厅、主入场口,以及传统的舞台和观众席。在九十分钟的时间里,步行穿过几个不同形态的主题空间,表演者就在观众中间,观众或已成为剧情的一个部分。

《又见平遥》在它的实景中讲述了一个真实,并且带有传奇色彩的故事。一百年前,平遥票号东家赵氏带领同兴公镖局二百三十二名镖师,远赴俄罗斯保回了分号王掌柜的一条血脉。七年过去,赵东家及所有镖师尽卒他乡,只有王家后人独自回归故里。

观众在剧场里的体验由此展开:镖师出发净身时的壮士情怀,南城门城墙上忽隐忽现的不灭魂灵,街道上平遥味道浓郁的市井百态,王氏后人选亲时妙龄女子的曼妙身姿,以及赵家大院里对他们的前辈的缅怀。最后,当观众感觉走累了的时候,可以在一座单面的看台上坐下来,欣赏关于"我是谁""我从哪里来",以及编排精巧的主题为"面"的舞蹈。

因为是首演日,王潮歌最后登场。她发自肺腑地说了很多想说的话,她情不自禁地抒发了很多由衷的情。现场一次一次自发的掌声,是对她本人及其团队的最好回报,是对"印象系列"为平遥为山西留下的又一个经典的真诚祝愿。

与"印象系列"最大的区别,不是在北方在室内,而是《又见平遥》演绎了令人回肠荡气的故事和挥之不去的内涵。

平遥,又见平遥。

生命,生生不息。

# 有趣的高考作文

除了高考报名人数继续下降和录取率不断升高之外，2012的高考话题，就是莫衷一是的作文了。

试着"戏说"这些作文题目。

《梯子不用时请横着放》(安徽)：这是一个传统道理的时尚表达。横倒倚墙而放，既安全又可脱开责任承担，利人利己；《心灵闪过的微光》(上海)：那一瞬间的闪念，会有无数的答案。如最美教师、最美司机等等之"最美"系列，引人向善吧；《别想你没拥有什么》(江西)：这是国人寻求心理平衡之古训。问题是，时下的孩子根本不去这么想，抑或只想他还缺啥；《你想生活的时代》(广东)：肯定是当代。现在的孩子不了解过去，对未来很茫然。"穿越"是闹着玩的；《手握一滴水》(四川)：水是握不住的，捧着还行；《放下顾虑》(全国)：放下顾虑,勇往直前;放下顾虑,一身轻松。让孩童担起成人之责,我们的时代早熟了;《船主与油漆工》(新课标):古老的寓言、善良的愿望、永恒的道理,善有善报吗?《火车巡逻员的故事》(北京):应该叫巡道工吧。他们是社会当中最为孤独的人群之一,中学生做何理解;《忧与爱》(江苏):大而无当的题目。如果大多数考生词不达意,只能怪出题者;《我辈既已担当中国改革发展为己任》(山东):名人名言之断章取义。中学生有如此豪情吗;《把握方向》(河北):面对现实,脚踏实地,一步一步往前走。切中时弊;《站在路边鼓掌的人》(浙江):通常的理解是,事不关己袖手旁观乃至幸灾乐祸,俗称看笑话。写出对英雄的敬仰者为佳作;《人生中的赛跑》(福建):不能输在起跑线上,呵呵。现在高考不再是唯一的成才之路了。更何况915万考生,录取率超过了75%;《清水还是浊水》(天津):又是一个不知所云的题目。如果没有针对性,真不知从何处着手;《一只伸出的手》(湖南):作文的题目多得不计其数。从让考生更好发挥的角度出发,缘何如此费劲?《大隐隐于乐》(辽宁):伪命题。首先是语句不通,其次不符合逻辑。从来大隐隐于市,何来隐于乐的?《拯救冷库工人》(重庆):配一段文字,考生据此写出所要求的。也许这样才能比出彼此的水平。常说的,作文题目本无优劣之分,能看出好坏的是作文本身;《科技的利与弊》(湖北):这是专业性很强的论文题目。它应该是最差的高考作文题了吧。

不管怎么说,这些题目体现了与时俱进的共同特点。社会问题、未成年人问题:不识庐山真面,只缘身在此山中。不管怎么说,这些题目反映了当代中学生多元化的共性。生存环境、价值取向、兴趣爱好,不一而足。不管怎么说,这些题目代表了出题者的集体智慧。深入浅出、独辟蹊径、灵机一动,用心良苦。

回归作文本身,一为叙事二为议论,这是基本功。如果大多数中学生大多数更乐见和易于接受所谓的网络语言、微博体、短信体等等,那真是和博大精深的汉语开了惊天动地的玩笑。即如同汉字之简化,打从有了电脑,谁还记得提起这件事情呢。

旧梦依稀咒逝川,高考三十二年前。三十二年前我参加高考,今年我的孩子大学毕业。

日子过得真快。

祝福天下学子和他们的父母。

# 听不到相声了

　　说相声演小品的大山,恐怕是除了白求恩之外,中国人最熟悉的一个加拿大人了。虽说和前者相比,大山基本上是一个"君子动口不动手"的人,但他能够在相对于西方人来说十分困难的领域,语言这个方面有所突破,并且得到业内专家和绝大部分观众的认可,除了刚开始他作为一个外国人敢于在中国最传统的行当里出"洋相"以外,执着和热爱无疑是他大获成功的重要砝码。

　　京剧是国粹,京剧不景气;相声也是国粹,相声也不景气,这是我们不得不面对的一个现实。从侯宝林、马三立到马季、唐杰忠,从牛群、冯巩再到更年轻的一代,队伍越来越小,人数越来越少,水平越来越次,品位越来越低,作为一个艺术门类,相声就这样在经意与不经意之间、在乎与不在乎的当口,差不多快要退出历史舞台了。

作为一个受教育程度不高的艺术大师,侯宝林先生把相声从下里巴人提高到了雅俗共赏的高度,应该说这是一个历史性的贡献。当年毛泽东等老一辈领导人在中南海听相声、话桑麻的佳话,其乐融融的笑声,至今令人难忘。

作为侯先生的传人,马季在"大革文化命"的阴暗年代直至80年代初相声短暂的繁荣时期,起到了关键的传承作用。他所习惯并且喜欢的深入生活、潜心创作、贴近时代、针砭时弊的相声生产流程,使不少作品作为脍炙人口的经典,长久地留在了人们的记忆当中。

后来呢?

大部分相声演员靠学相声给他们打下的底子,靠说相声给他们带来的声望,在大部分他们认为更有市场、更多机会、更快发展、更具个性的领域找到了所谓大展拳脚的天地。这种义无反顾、一哄而上的胜利大逃亡,颇有些早知今日何必当初的痛快淋漓,很有些四面出击舍我其谁的横行霸道。好像突然之间,人们大彻大悟地发现听相声是逗你玩是没文化是无聊是瞎耽误工夫,说相声是小儿科是花絮是点缀是一道大菜里的调料,而相声艺术也就成了醉汉手里的手电筒射出的光柱,成了被困在电梯里的"姜昆"。

小品作为相声的换代产品,一个时期拥有十分广泛的观众,在内容和形式上两者也更容易沟通。相声演员驾轻就熟偶尔来此客串一下,扬长避短,相得益彰,倒也无可厚非。只是如此避重就轻、乐不思蜀,把事情做过了头,那就另当别论了。这就像时下社会上一些职业或准职业人们趋之若鹜,不择手段往里钻;反之,则苟延残喘,极少有人问津。这种选择上的理智或者叫作识时务,在一定程度上反映出人心的世俗和无奈。而这种心理在相声界四处弥漫,则是相声的悲哀。

　　应该说,相声真是成就了一批人。让他们有了名望有了地位有了影响,特别是有了钱。该有的都有了之后,原本要好好务一务正业,真正去推动相声事业的发展了。令人遗憾,事实并非如此。这方面的代表人物至少有两个:一为牛群,一为姜昆。牛群先是举起了照相机,用他的"牛眼"不折不扣地将其所能罗列的名人"看"了个够之后,最后索性改行,跳槽到一家出版社当上了名正言顺的副总编。他最近的新闻是:和国内新出的一种类似"伟哥"的壮阳药联姻。不过这回不是名人广告,而是本人的身家性命,牛群的昵称和形象变成了商标,这种新药叫"牛哥"。

　　按理说,相声进入后马季时代,姜昆是最有条件和资格担当起重振相声大业的人,他有天赋、有基础、有威信、有人缘,师出名门,顺理成章。初始,姜昆也曾创作和演出过一些影响很大、令人拍案叫绝的名篇;他和梁左两个聪明人之间的强强合作,也曾给相声界吹来互惠互利双赢双收的清风;回过头来看,也许姜昆对相声的最大贡献,就是带出了那个叫大山的外国徒弟。相声是否由此走出国门不好说,大山倒是成了地道的北京女婿,在中国扎了根。现如今,姜昆创办的"锟鹏网站"声誉日隆,市值已逾千万。艺术家的姜昆变成了实业家的姜昆,站着说话的艺人变成了坐着谈判的商人。什么时候他忙里偷闲再为厚爱他的观众说上一段相声,恐怕会是十分难得的事情了。

不可否认,由于文化和娱乐方式的多元,相对于观众来说,相声也从原来的买方市场变成了卖方市场。在这方面,一些流行歌手和综艺类节目的编创人员走在了前面。他们在主动出击中求得创新,他们在迎合观众时不遗余力;虽然其自身还有很多需要反思和修正的问题和倾向,但就在这种为自己的前途和品牌而奋力拼搏的过程中,他们确立和成就了一些艺术形式的今天和未来,并且使之在一定的时间段和相对宽泛的领域内得到了长足的发展。这种互动的结果是双赢,这种认可的过程是皆大欢喜。说白了,耕耘就会有收获,交流才能得知音。一些相声界人士望风而逃,不战而屈人之兵的所谓明智之举,除了一事当前,先替自己打算以外,似乎再找不出更有说服力的理由。

艺术的生命是创新,传统的相声尤其如此。只是这么多年过去,我们都听到、看到了什么。马三立自嘲,论辈分我是爷爷,论收入我是孙子;马季坦言,我太喜欢相声这门艺术,我太讨厌相声这支队伍;姜昆怒斥个别相声大奖赛中的低级和媚俗。牛群、冯巩以下,还有年轻的更具潜质更招人喜爱的搭档吗?

我们有幸生活在一个允许个性充分发挥和张扬的时代,尽量不去埋没人才;我们的艺术家也从来没有像今天这样获得了如此广阔的空间和舞台。人民需要艺术,生活需要笑声,作为艺术家的良心和责任,作为一个说相声的人的使命和义务,举重若轻,责无旁贷。让我们期盼这种回归吧。

# 其实你不懂我的心

　　一直想对流行歌说点什么。这种好像一夜之间哄然而起的事物,在经过了这么多年的跌宕起伏轰轰烈烈莫衷一是之后,已然进入一个舒缓平静的流行期。不管人们在意与否关注与否甚或无奈也罢,它作为一种极具时代特色的文化现象,已经进入人们的日常生活当中。谁家里没有几盒流行音乐带呢? 又有谁不会信口唱几句流行歌? 不然各种档次的"发烧"音响何以畅销,不然遍地都是的卡拉OK歌厅又向谁人开放?

　　中国人对新东西向来怀着一种戒心,多半是以审视的心理开始承认和接纳的。就好像家里突然进来一位陌生人,非得自上而下打量一遍,从里到外寻问一回才放心,尽管人家只是问问对门这家人去了哪里。流行歌初始的命运也是如此。记得十年前,也许还要早一点,邓丽君以其特有的阴柔和愁情,迷离地吟着《香港之夜》《小村之恋》和《月亮代表我的心》走进了我们中间。她的歌所抒发的情感,对我们来说因为新鲜而令人感动。现在想来,当时的父母怕孩子们听了这些靡靡之音而学坏的担心实在是多虑。现如今时过境迁今非昔比,人们的见识所经历的世面已然丰富了许多,想必不会再对已故的邓丽君评头论足口诛笔伐,毕竟她只是一位歌手。后来,刘文政弹着一把吉他,穿起那条发白的牛仔裤,从"童年"穿上"爸爸的草鞋""走在乡间的小路上"直到"外婆的澎湖湾",台湾校园歌曲就这样不修饰、不矫情、不嘶喊、不凄诉,大大方方、平平实实地从大学的校园里唱到了社会市井当中。与邓丽君相比,校园歌曲曲调明快平和,歌词雅致有趣,更适合那些少年不识愁滋味的年轻人有事没事地唱着憧憬怀想,也更容易被那些管人的人所接受。与当今一些靠走极端闯荡天下的流行歌手和歌曲相比,尤其对一些三十岁上下的人来说,那真是一个经典和杰作辈出的年代:唱唱歌什么也别说,就这样回忆起"也是黄昏的沙滩上,留着脚印两对半"的岁月,的确令人难忘。再后来,奚秀兰带着她的"阿里山姑娘",张明敏穿中山装捧着一颗搏动的"我的中国心"昂然走上了中央电视台春节晚会的舞台。尽管来的歌手及其所唱的歌曲都是经过再三权衡的,但如果把港台地区作为大陆一个时期流行歌的策源地,如果把中央电视台作为官方认可流行歌的象征,那么此举应当被认为是流行歌"从地方到中央,再从中央到地方"直至满世界"明明白白我的心"的发端。以后中央电视台每年一届的"五洲杯"流行歌手大奖赛以及愈演愈烈的MTV大致上与此一脉相承。这期间还有一位歌手作为一种现象令人回味,那就是费翔和他的歌。费翔本人作为中西合璧的杰作,再加上他那首颇为传奇的"冬天里的一把火",以及作为海外游子深情无限的"故乡的云",一时间倾倒了无数人尤其是女性。由对歌的迷恋直至对人的崇拜,这也成了日后的追星族们津津乐道的一个话题。像香港的张学友、谭咏麟、郭富城以及大陆的蔡国庆、杨钰莹、红豆、井冈山等等,大抵都属此列。他们被当作偶像的缘故,倒不一定是因为多么有个性有魅力,而仅仅是看起来完美无缺。事实上,若以实力而论,梅艳芳、赵传及那英、田震、张伟进等更令人称道,但是将他们作为偶像的人肯定不如前者多。这也从另一个角度为大陆的音乐人寻找他们所要包装的对象以及歌手为自己寻找包装提供了注解。就像时下盛行的寻求所谓的评论家为即将面世的小说或影视作品炒作哄抬故弄玄虚一样,就像现在推销产品的人不再王二卖瓜而是花钱请上帝说它如何如何好一样,包装成了歌手走红的一种不可或缺的外在形式。从这个意义上说,歌手一如商品而歌曲只是这种商品的流通形式。

流行歌曲的成长历程,大体上即是它作为一种文化由现象而本质的历程。尽管参差不齐,尽管精华与糟粕杂陈,尽管有一些还说不清楚。但它不属于哪类有百害而无一利早知今日何必当初的事情。比如说抽烟,谁都知道有害健康;可就是有那么多人乐此不疲,过上三十年瘾而不废。全球范围内的戒烟运动到现在演变成了节日;到了人们仍无法断定抽烟这种行为有什么不对,而只能忠告那些瘾君子吸烟对身体不好。流行歌最贴近人们感情生活的地方,也就是说普通人想要说的大实话。言为心声,歌如其情:"牵挂你的人是我,你知道我在等你吗,其实不想走其实我想留你在他乡还好吗,常常地想现在的你就在我身边露出笑脸,那时候天总是很蓝,日子总过得太慢,为了你已付出我所有……"且不说这一类的歌词就像古典的诗词曲赋一样已被人们广泛引用习以为常,且不说各种年龄、各种层次、各种场合、各种身份的人都能在电视里找到要点播的歌曲,仅仅一句"淡淡相思都写在脸上,沉沉离别背在肩上,回头看看你,想说的话还是没有说出口",就令人体味到了人生的无限崇高和苍凉。谁人没有过这种难以启齿的时候,谁人没有过这种不知道该说什么好的感受,谁人不惦记他乡的亲朋故知,谁人不怀念昔日的流金岁月? 那么好吧,"我会把这瞬间用音乐来送给你",一切尽在流行歌曲里。

有人戏言,时下写诗的比看诗的人多。大家见面彼此恭维:此公乃诗人很著名的,颇让人觉得滑稽。很无奈的我们不得不说我们生活在一个没有诗歌的年代,尽管长期以来我们生活在一个诗歌的国度里。一些写诗的人互相指认对方为诗人在极其狭小的圈子里鸟宿池边树僧敲月下门。悲哀之余,让我们略感欣慰的倒是流行歌歌词的大行其道。虽说不可否认是流行的旋律为它插上了流行的翅膀,但歌词在创作方面所取得的成就、所达到的水准、所形成的影响都不啻为诗歌进入严冬之后的一束报春花。表达各种内容、抒发各种情绪、缅怀各种人生、企盼各种归宿的歌词,如同夏日大街上的流行色:或艳丽华美或端庄隽永或婉约深沉或平淡如水。它从古典诗词中汲取营养,把其中的意境幻化成好看的MTV,同时巧妙地对韵律和格式进行删减和添加,使之更适合谱曲演唱;它从港台音乐人那里获得经验,将流行音乐的全部过程从创意到投放市场整个移植过来,使之更适合大陆的国情;它借鉴京剧等姊妹艺术的精华,让传统和现代二胡和打击乐美妙地融合在一起,使之更适合这一辈人和上一辈人的口味。虽说流行歌同样也面临着一个提高和完善的问题,同样也存在着模仿过多而原创不力的问题,同样也矛盾着为市场多而为艺术少的问题,但如果认为它只是下里巴人,应该朝阳春白雪的方向发展,那就彻底错了。事实上这也是长期以来人们对流行歌的看法的一个误区,即不深不厚不够高雅。要知道流行歌所以能流行,正是因为它能够最大限度地被最多的人群所接受,而不是像舒伯特的小夜曲和帕瓦罗蒂的我的太阳只能由一部分人欣赏。严格说来,并非所有被称作流行歌的歌曲都配这个称谓,因其不"流"而不"行"而不是。从这个意义上说,人们似乎没必要为一些高雅的艺术不能引起轰动而杞人忧天,因为它本身实在不是个非得让人趋之若鹜否则不能证明它价值的东西。

流行歌因其自身的文化内涵而被社会所接受,逐渐成为点缀和修饰人们日常生活的一种约定俗成。但也仅此而已。唱歌的人如果因此而觉得自己不含糊,渐渐远离生活走进孤芳自赏的象牙塔里,无度地享受流行市场为其带来的贵族生活,那么他的歌星生涯也就该告一段落了;听歌的人如果对流行歌其人其事什么都当真坚信你就是我的唯一,忘记了外面的世界很精彩,那么这就不仅仅只是他本人的悲哀。

歌星们那一张张表情生动的脸及其所演唱的那一首首耳熟能详的歌,你可以说是因为看得多了、听得多了才生出一些媚俗,但事实上它也正是流行歌与生俱来的并最终置之死地的无端情结。相声由俗而起终又归结为俗,已然失去了对公众的吸引力。用马季的话说,此乃不懂文化的人在搞文化,不讲卫生的人在搞卫生。实力派歌手刘欢也称流行歌曲难免走入死胡同,以他的演唱实力和文化底蕴,不知是否与马季心存着同样的忧虑?照理说,这些流行音乐的弄潮儿在经过了初始阶段的"走四方""样样红""什么事都难不倒"之后,已经具备了"好好爱我好好珍惜"的条件,本应当营造出一个"风景这边独好"的更加高尚的境界。然而我们不能不遗憾地说,留在枫桥边上的那段真情还是"涛声依旧",这一张旧船票却已经无法登上你的客船;李春波没有着落的"一封家书",让天下的爸爸妈妈空欢喜一场,虽说早知道平平淡淡从从容容才是真,毕竟多少年来中国人的家书就都是这样写的。就个人而言,笔者最不欣赏那些所谓的纯港台歌曲及其在大陆的模仿者,其辞其律其演唱风格,听着让人麻烦。听众的品位提高了,歌却依然如故。徐沛东在无奈"星星也还是那颗星星,月亮也还是那个月亮"时,不知道那些流行的音乐人想过没有,你自己还缺点儿什么?悲乎?惜乎?非不为也,乃不能也。

就像张艺谋的电影总是在国外获奖之后国人才看重一样,"黄孩子"朱哲琴带着她的"阿姐鼓"在震动欧洲大陆之后,才开始在国内听到了有些悠远的回声。我的一位对音乐很在行的朋友托人从深圳捎回来两张碟然后交给我这个不懂音乐的人听。就像第一次登上神秘莫测的西藏高原,我被深深地打动了、震撼了、升华了,流下了久违的泪水。有关这两张CD,无论如何都应该成为玩音乐的人们所关注的焦点,成为流行歌坛的主流。然而同样令人遗憾的是,很多人尚不知道它是怎么回事。我不知道那些一开始就试图在海外求发展的人,是否考虑到国内市场虽然庞大,但档次不高这样一个客观存在。

流行歌是通俗的,这一点人们不可否认;流行歌是文化,这一点人们未置可否;流行歌向何处去,这一点人们拭目以待。好在我们已经从"阿姐鼓"那激越的鼓声里听到了空旷高远的回声,从"黄孩子"那神秘的风情里看到了摒弃流俗的清韵。采风自西藏的"阿姐鼓"一下子把流行音乐的海拔从沿海的平原提高到了四千公尺的高原。登高极目,海阔天高,即如同它的词曲作者何训友、何训田兄弟所言,旨在推动当今音乐的发展进程,在欣赏角度达到雅俗共赏,雅可立于专家案头,俗可进入寻常人家;即如同它的演唱者朱哲琴所说:一直以来总以为该有一个独特的、即跨越已定的所谓通俗、严肃、民间、技巧和非技巧规范的声音,回荡在芸芸声像之林,而这声音是人们久违或是渴望已久的音响。你听:

大海走了

留下了什么

黄沙来了

带来了什么

谁知道这一切

何时开始

谁知道这一切

何时结束


沿着这不老的岁月

穿过神秘的风情

找到一颗晶莹的贝壳

它会告诉我……

——《黄孩子》

这是十多年前写的关于流行歌的文章。斗转星移，现如今早已不是这个样子了。只是作为一种回忆和思考，呈现给我的同龄人。

笺

事

# 致女儿和夏的信

致和夏：

亲爱的女儿，在你依旧早出晚归上课下课的时候，爸爸抽出时间要给你写一封信，要和你说一说心里的话。进入6月，赤日炎炎的盛夏就算开始了。这几天比天气还要热的是所有将要参加高考的学生的父母的心（这句话有些啰嗦了）。

从小你就在爸妈的悉心呵护下成长，到今天，眼看着你一天天长高，差不多快和老爸一般齐的时候，作为你的父母，作为我们在这个世界上最为珍贵的礼物，那是一件多么令人感到骄傲和欣慰的事情啊。

童年应该是人一生当中最美好和幸福的时光。由于国家现行的教育体制以及所有家长望子成龙的约束和趋势，你们这一代虽然物质条件及生活、环境等等各个方面都比你们的父母和爷爷奶奶不知道好了多少,但你们压力太大、承载过重,唯独缺少了少年儿童(现在叫未成年人了)所应有的快乐和无忧无虑。你们的轨迹其实就是家里学校两点一线,你们的生活其实就是上学放学来而复往。再加上我们住的地方偏僻而且交通不便,你比别的孩子还要付出更多的时间和精力。这些,爸妈都是看在眼里记在心里,都是很焦急甚至有些无奈的。因此,我会时不时地降低或者放松对你的要求,会将一些应当跟你说的话重又咽回肚子里。

你的性格不是那种争强好胜特别外向的,同时又有很强的自尊心。这一方面使你更像个女孩儿样,另一方面却也让你在大部分时候委屈和克制自己随遇而安。其实,大部分时候你在想些什么、你的学校生活是什么样的,我这个当爹的并不是十分了解,至少了解得不是很全面。常常只是把你的考试成绩作为晴雨表:你考得好了,我就会觉得轻松;否则,心里就不舒服。我们和所有家长一样,忽视或者说不在意的是你的身心健康和全面发展。一般来说,一个人心理的强健比身体的强健更重要。特别是在遇到困难和挫折的时候,才能够以更加坚定的信心、勇敢的姿态、乐观的情绪去面对、去克服、去抗争。这些是你所缺乏的。

眼看着就要进入初三——这是一个有些沉重的甚至是令

人生厌的话题,就像到了高三面临高考一样,家长常常流露出来的焦急和恨铁不成钢的情绪,差不多都让他们的孩子产生了内在的逆反——这是题外的话。就你而言,有这样几个方面是需要引起注意的。一是要正确而理智地对待你的实力以及在学校和班里所处的位置。要定下一个目标,往前往上努力,并在剩下一年的时间里去实现它。二要以积极的心态参与激烈的竞争。竞争这个概念和意识是社会和时代的潮流,所谓逆水行舟、不进则退。特别在学习上,你要多跟自己较劲,多跟自己较真,不要得过且过。三要发挥优势克服不足。就像足球比赛,占有优势的目的是为了赢球;对于一些对你来说是弱势的课程,不要畏惧,要下更大的工夫。学习的过程,本身就是克服困难的过程,只有如此,才能够增强自信心,才能够有成就感,才能够产生动力带来乐趣,才能够取得真正的、实质性的进步。

好了,短短的几行字,差不多写了一个月。我很忙,你也很忙。好在考试已经结束,暑假就要来了。

让我们共同努力,不断取得更好的成绩吧。

此致

2006年6月29日

# 心有千千结

由于每一位父母都会遇到的难题：托儿所送不去，孩子没人看，单位里又忙。所以，我们的女儿由她爷爷带回老家去了。动身的头天夜里，妻把女儿柜里所有的东西都翻出来，一件一件仔细地挑拣同时不住地叮嘱着：这件衣服套在那件的外面，那条有小猫图案的裤子穿在这条的里面；这双鞋厚外出时穿，那双薄些在家里穿。我对女儿说，明天跟爷爷一起坐大汽车，你看好不好？女儿高兴地点点头。是啊，两岁的孩子懂得什么叫别离呢，这种境况对她意味着什么？是到了下班时间还不见爸妈回来，还是夜里醒来妈妈不在身边？

几天来，我们时时刻刻事事处处感觉到女儿离开家后留下的空虚。女儿用的小床暂时收了起来，她的杂七杂八的玩具也装入小篮子里塞到床下,杯子里冲好了茶水,习惯性地往灶台里边推,想想已属多余,才摇摇头觉得好笑。说起来,真正完整的家庭就是有孩子的家庭,我们所有的爱心关心耐心担心都是与孩子一同诞生的。及至爱心变成思念,关心失去了对象,耐心不再是教诲,担心成了心病,那家也就失去了温馨与活力。我们也曾是父母的孩子,现在长大了为人父母,才第一次真正体会到爱之伟大与崇高。这其中的原委深奥又简单复杂而单纯,正所谓"悠然心会,妙处难与君说"。反过来,想到我们是在怎样对待我们的父母,却偏偏演绎出一幕又一幕一出又一出的悲喜剧来,这的确耐人寻味。

# 四十不惑

　　人到中年,该对自己说想跟同龄人说的话似已不多。一方面四十岁的人了,该经历的事多半已经历过,该明白的理说起来也都明了;理智的成分开始增多,情感的因素逐渐减少,虽然时不时还会将喜怒哀乐写在脸上,但内心里却懂得了有意识地提醒自己要做到宠辱不惊。另一方面,就人生的过程而言,四十岁已经走过了其中的大半,如太阳过午行将西去,似大河奔流已至中游。斯时人们的心理如三十往四十奔四十朝五十走,一奔一走,快慢之间,内里的感觉是截然不同的。如此思来想去琢磨再三天高云淡,就只剩下了被一代又一代的圣贤哲人凡夫俗子颠来倒去耳提面命把玩品味的那一句箴言了:不用说您也想得到,叫作四十而不惑。

　　细细想来,四十岁真是一个多姿多彩、从容不迫、雍容大度、承前启后充满了迷人魅力的时段。一个中年人,拥有了一定的人生阅历,获得了相应的社会地位,确立了理论和实践相结合的价值取向,完成了由三十而立到四十不惑的隆重交接。瞻前顾后,过去的一切尚未褪去鲜活的色彩,未来的日子依然饱含着浓浓的向往;左右逢源,群居可以不倚,独立能够不惧;位卑而不易操守,达贵却不患得失。负担和压力虽存,但却伴随着机遇;坎坷与挫折同生,但却历练出精神。有人说在十六七岁的时候,每个人都是诗人,那是因为少年不识愁滋味,为赋新词强说愁;而我却想,四十岁的人,是不是可以算作散文家呢? 相比较而言,诗人过于感性过于敏感过于弱不禁风过于风花雪月,而诗歌的容量也显狭小,同时在体裁上也有太多局限;就境界而言,散文家能够做到深入浅出举重若轻峰回路转留白天地宽,所谓蝉噪林愈静,鸟鸣山更幽,真正是却道天凉好个秋了。

中外有很多为人而设因人而异的节日,如父亲节、母亲节、重阳节乃至情人节、愚人节等等。虽说当今时代人们越来越看重并且日益把这些节日当成一回事,也从另一个侧面折射出传统亲情的逐渐远去,以及人心不古的世态炎凉,但这种经年累月的约定俗成还是给人们带来了不少的慰藉甚至感动。于此笔者突发奇想,可否为天下四十岁的人也设一个什么节呢？不需要特定在哪一天，就是每个人自己的生日，只肖比往常更隆重更热闹一些，再多说上一句：四十了不惑了唏嘘感慨山高水长一番就可以了。不然弱冠少年有成年仪式，耄耋老人可以享受九九重阳，唯独中年人什么也没有，实在是有失公允。就像人们常说的尊老爱幼父母膝下儿女当前，虽说从年龄和生理上看，两者都属于应该也必须是被关心呵护与扶助的群体，但这个任务听起来似乎就是专门为所有的中年人布置的，而且也只能由中年人来承担和完成。

如果说中年人是社会的主流，是每一个家庭的支柱，是上有老下有小的中继站，是肩负着无法推卸的责任和义务奋然前行的拓荒牛；那么，他们的孩子就是浪花就是掌上明珠就是始发站就是小猫小狗小宠物；他们的父母就是河床就是尊者就是港湾就是沉默寡言的老花镜。我们宠爱孩子，是因为孩子还小；我们孝敬父母，是因为有一天我们也会老。想得太多做得太多顾得也太多，间或哪一天哪一件事哪一个人有所懈怠有所疏忽有所疏漏，就会铸成大错；静得太少理得太少梦得也太少，始终在人生的漫漫征途上不遗余力地忙碌操劳。不管怎么看，事实上中年人不被允许出错和失误，也缺少相应的理解。因为中年之错之误之谬不可弥补、无法挽回,也不能够被原谅。当人们看到一个中年人仰天长叹扼腕叹息的时候,当人们听到一个中年人欲哭无泪声嘶力竭的时候,其情其景,其声其色,真正是一个令人不得不为之动容的时刻。

记得小时候看的那部电影《人到中年》。潘虹扮演的那位女大夫在身心俱疲的时候,对她的丈夫说过一句话:生活啊。事隔多年以后,当我和我的同龄人从翩翩少年步入中年,才开始敢说对这三个字有了些许真正的理解。那是一种洗尽铅华的朴素与踏实,那是一种曾经沧海的谦和与宽容,那是一种百折不挠的坚韧与挺拔,那是一种无可奈何的忍耐与苍凉啊。四十岁以前,年轻的时候,你可以去做你想做甚至是一些异想天开的事情:因为即便荒唐,也可以被人看作是在"玩"呢。何况人在那个年龄,梦想如夜晚的繁星一样数都数不过来,机会也像媒体上的广告一样令人眼花缭乱,再加上旺盛的精力,充沛的激情,尤其是不知道失败和挫折是何味道,如果不去狂放一番折腾几回闹它个鸡飞狗跳筋疲力尽,那才是一件令人日后回想起来真正遗憾和懊悔的事情。因为年轻人毕竟是在付出和代价中成长起来的。

就在某一天,当你突然发现两鬓的青丝已掺杂了不少白发,当你突然看到眼角的鱼尾纹已乐开了花,当你开始为渐粗渐凸的啤酒肚犯愁,当你开始意识到熬个通宵是一件十分痛苦的事情。那么,这一切都昭示着你业已是个中年人了。这种生理上的渐变即便不是十分明显也能够清晰地感觉到,只是心理上的调整和适应,却需要一个不长不短潜移默化的过程。一个人的心理年龄大多时候并不与其生理年龄同行同步,有的超前有的置后,当然也不乏鹤发童颜的老顽童,以及乳臭未干的小大人。但就大部分人来说,人过四十,中年以后,心理状态行为方式乃至起居饮食就都发生了变化。在事业上你会或主动或被动地认可和确定、接受和顺应某种说不上喜欢还是不喜欢、热爱还是不热爱的职业,在生活中你得习惯和坚持、重复和应对那些无所谓情愿还是不情愿、甘心还是不甘心的日子。自己的家越来越成了一个遮风挡雨休养生息的安全岛,父母的家越来越成了一个魂牵梦绕情系故里的符号。那首在大年夜唱彻大江南北的歌《常回家看看》,不知道让多少人流出了热泪,其中最多的怕还是深有感触无发自拔的中年人吧。

常听我的同龄人说忙道累叹辛苦,常见我的同龄人栉风沐雨唱大风;常想我的同龄人雄关漫道真如铁,常念我的同龄人冷暖自知多珍重。从少不更事到年富力强,虽说肩上的担子越来越重眼里的光芒越来越沉,但人到中年的确是步入了人生的黄金阶段。当此其时,你所设想的一切虽不再如诗如画,但却具备了各项切实可行的条件;可供你做出的选择虽然日益减少,但面前已有一条路能够牵引着你脚踏实地地走下去。你可能不满足可能心有旁骛可能得陇望蜀甚或还不很服气甘心,但你同时也忍不住暗自庆幸踌躇满志乐在其中比上不足比下有余了。人常说任何事情只要成了职业,也就失去了乐趣。由此来看,所谓四十不惑,应是人在江湖、身不由己的胶着,而并非看破红尘、超然世外的大彻大悟了。

有一首流行歌曲唱道:"不是我不明白,这世界变化快"。如果一个人的思想和意识已经成型,大部分时候以自己的眼光去看待世界,那么,就会被认为是固执甚至是僵化和落伍。我的一位朋友在他表示不知道张信哲何许人也的时候,被他的女儿斥为"弱智";而很多家长也抱怨,自己读了半辈子的书,当兴冲冲地推荐给他们的孩子时,却发现对方根本不感兴趣。其实,观念和情操上的传承,吐故与纳新方面的转变,在中年人这里往往表现为一种有节制的弃旧扬新和谨慎的欲擒故纵。因为他们既要顾及父母那一辈是否能够接受,同时还不能让自己的孩子过早地把什么事情都看透。中年是一座山的阴阳两面,中年也是一柄双刃剑:它在阳光普照的时候汲取足够的营养,润泽属于自己的土地;它在月光如水的夏夜吹来阵阵清凉,装点欲说还休的梦想;它在严厉中饱含着柔情,它在割舍中编织着纽带;它在时代的浪潮中充当弄潮儿,它在历史的长河中扮演匆匆过客。按理说,即便三十而不能立,四十也该不惑了;然而,大部分的中年人依旧惑着,或者仍在惑与不惑之间生活着。

# 给生活留点空间

　　生活,有时候让人无可奈何。日复一日,年复一年,家里户外,忙忙碌碌的,很少有清闲的时候。难得朋友们聚在一起,总是脱不开一个"忙"字。忙什么,为什么忙? 却谁也说不清道不明。如同一件熟悉而具体的东西,及至用时却又"只在此山中,云深不知处"了。

　　古人写字作画有所谓"留白天地宽"的讲究。说的是要留出足够的空间,花中叶外,字里行间,给欣赏的人留出想象和回味的余地。由此我想到,为何不予生活也留出它应有的空间呢?

　　其实生活的空间本来就有的。大厦虽高,比天何足? 人流漫溢,比路何长。生活对于我们每个人来说,既有现实具体的忙碌和苦涩,也有朦胧隽永的诗情画意。关键在于你如何去安排它、驾驭它、体味它,最终成为生活的主人。常有这样的牢骚:你看我们离得这么近,乘车只有三站地,骑车不用十分钟,可我们却咫尺天涯,半年见不上一次面。我想,好朋友总不会轻易忘记。只是一方面,我们大家的确忙,忙工作、忙事业,忙家务、忙孩子,特别是人到中年,正是承上启下的时候,事业功名,柴米油盐,统统得操心费神。另一方面,即使有空想去拜访,却又担心会不会给对方添麻烦。既如此,为什么不试试写封信寄过去问问长短呢?再不然,寄上一份简单却又寓意深长的小礼物,让对方觉察到老朋友仍记着过去的好时光。要么干脆打个电话也成,就说能听得出我是谁吗?让对方有一个出乎意料的惊喜。

生活的内涵是极其丰富的,我们只有理解生活,才能热爱生活。尽管有时很忙很累,但会忙得其时,累得其所。

# 放假了，就休息

春暖花开的时节，又是五一小长假了。

2014年的上半年，这个世界动荡不安。国际国内发生的、接连不断的大事件，让每一位有关或无关的人感到不安，抑或无形的压力。马来西亚的MH370就那样从天空消失了，接近两个月了居然无影无踪，不知道它去了哪里。机上一百五十四名中国乘客日日牵动着中国人的神经；韩国的"岁月"号就那样在海上颠覆了，搜寻的结果，只是得到死亡的数字。船上豆蔻年华的中学生令人唏嘘不已；还有乌克兰、克里米亚，以及由此而纠缠不清的俄罗斯与美国与欧洲、黑海、波罗的海与太平洋等等牵一发而动全身的阵营博弈；当然还有我们中国在东海、南海与一些国家就主权问题的不可妥协与斗智斗勇。

海天之间,风云际会。国际社会不是这里出事,就会在别处掀起波澜。就国家而言,我们即便可以泰然处之,但却无法超然世外。时代发展、世事变化要求我们必须面对,发出自己的声音,做出有效的行动。即如同外交部发言人针对奥巴马此次亚洲之行的回答,来,或者不来,我们都在这里。

放假了,就休息。

对个人而言,忙碌依旧。公事私事具体事,好像总也没个完似的,生活的状态和喜怒哀乐尽在其中。我不知道我在哪儿,我不知道我该干啥,做了一堆事怎么感觉跟啥也没做似的,忙乱的人如是自嘲;我闲得只剩时间了,我穷得只有钱了什么,也没做怎么感觉跟做了许多似的,不忙的人如是抱怨。不是说忙就好,也不是不忙就不好,两种态度两种生活两相情愿吧。其实人人渴望和追求的,是张弛有道从容不迫,是被社会需要同时拥有自己支配的时间和生活。

四季轮回,春华秋实。现实生活不是在这里收获,就会在别处失去。年迈的父母生病令人揪心,儿女的婚恋令人期待;城市的环线和立交放松心情,阳台上的盆栽生机勃勃天天向上。悲情的诗人海子的经典,春暖花开,面朝大海。

放假了,就休息哈。

# 雪之魅

　　这个冬天的前一场雪还没有完全消融，现在又是雪花飘飞了。从窗户里望出去，白色的天地之间，白色的屋顶，分明的线条。除了迎泽大街上匀速驶过的车流，一切似乎归于静止和静默。

　　雪还在下着，而且越来越大。

　　看上次留在博客里的时间，已是两个月之前。光阴如雪，无声无息，倏忽之间，2012年又来到了她的尾声。

　　结束意味着什么，每个人感慨不同；来年做何想，每个人憧憬也不一样。即如同不知道哪一片雪花会落到自己身上，而落在身上的每一片雪花都不是一样的。

　　雪就那样飘着，而且越来越乱。

　　曾经的青春年少风花雪月，已成雪之素色；年近半百时，才明显感觉到要适应和摈弃许多东西。即如同说不清哪一片雪花最先融化,而最后消失的总是承受了经年的风霜。

时间向晚,天色愈暗。稍远处,雾蒙蒙雪茫茫,一片混沌都不见;灯光下,烟升腾茶满溢,故人踏雪说从前。

古语说,一冬无雪天藏玉。而于我,总觉得多雪的冬天才更圆满。

院子里矗立着一尊硕大无朋的巨石,雪落在它的肩头,愈显挺拔。

# 东方神韵

从电视屏幕上看到神舟九号腾空而起、昂首天外的时候，看到蛟龙深潜、鱼翔浅底的时候，油然想到这四个字：东方神韵。

韵者，天籁之音也。东方古国从来将韵之哲学、韵之意境、韵之行为规范融入日常生活中：人人修行，世代不绝；渐次形成了从容不迫、气定神闲、外柔内刚、胸有成竹的民族精神和人文魅力。静如深山隐居，或仙风道骨，或超然世外；动若兵戎相见，或金戈铁马，或大王城头，无不透露着韵之律动及其掌握。

"可上九天揽月，可下五洋捉鳖"。诗人和政治家毛泽东挥毫而就的诗词，被后人诠释成了偈语和预言。如此来看，今天的中国动作和中国行为就不再是某种巧合，而是刻意的安排;不再是"冷眼向洋看世界""我自岿然不动",而是不鸣则已有备而来。

从改革开放以经济建设为中心开始,中国韬光养晦三十多年之后,世界来到了多事之秋,我们也到了无法回避必须面对的时候。

世界地缘政治的兴衰更迭、合久必分分久必合,现实地将和平崛起的中国推到了前沿。历史沉淀的争端和纠结,在21世纪的第二个十年开始显现。自古我们就是以陆地为主为归宿的国度,而在时下,才如此强烈地意识到我们的海疆。海天一色、波涛汹涌,辽阔无垠。多少年来,走出去与世界接轨的开放意识的淡漠以及被忽略,不是因为华夏国土太过辽阔,而是缺少了对海洋的认识、开发、掌控和运用。

美国人重返东亚,以中国为地标在海上布局。以我等之见识,无法揣测这种布局的目的及其下一步意欲何为;但它无疑会阻滞依旧在高速发展,并且在综合层面已经达到一定水准的、继续前行的中国步伐。

菲律宾于我黄岩岛对峙,日本在我钓鱼岛滋事,越南不仅立法而且公然派战斗机巡视南海。如此种种,这些看似孤立的事件,其实有内在的逻辑和深刻的背景。单打独斗不行,于是趁势群起而攻之,逼中国就范。加之由美国主导的二十二个国家参与的、历时五十余天的环太平洋军演,来势汹汹,战鼓声斥耳。亚洲成了军火商的乐园。

也许世界到了需要重新布排的时代,也许所谓的孤独求败将被新的均衡所取代;也许世人看我我看世人的角度已经扭转,也许新的价值观需要重新来过?

这是一个需要大智慧的年代。在这方面,中国人自古当仁不让。长袖善舞、纵横捭阖、举重若轻、东方神韵。一个人,如果能够披荆斩棘,就会登上辉煌的顶点;一艘船,如果能够劈波斩浪,就会抵达理想的彼岸。

景海鹏、刘旺——同时登上太空的两位山西人,恐怕也不易复制吧,刘洋——她是现实版的嫦娥吗;在天宫一号失重的状态下,优雅地飘移,美轮美奂,韵律无限;蛟龙号于大洋深处从容探底、如期升起,于无声处听惊雷。

天海之间有多远,

我们梦了上千年;

千年梦想,

瞬间呈现眼前。


中国韵,宽天下。

# 我欲乘风归去

从 10 月 24 日"嫦娥"一号探月卫星发射成功到今天,她已经完成了从地球到月球的漫长旅程,开始了绕月飞行。差不多两个星期以来,每一颗为她跳动的中国人的心应该已经平静了下来。

作为在发射现场亲历这个伟大的历史时刻的人员之一,在经历了期盼、凝神、振奋和长出一口气的释怀之后,我的确有很多话想说。及至坐到电脑前,似乎只想起标题上的那七个字。

作为当今时代体现一个国家综合实力和科技发展水平的航天工程,其涉及领域之众多、技术和材料要求之尖端,工程项目之繁复,不是我等局外人可以理解的。姑且作为 21 世纪的一个新神话,藏在心里不与外人道吧。

这颗被命名为"嫦娥"的卫星,让中国人自古以来流传不息的神话变成了现实。也许我们应当为我们的祖先的想象力而折服:即便月球不是人类设想的那个样子,但她是可以到达可以触摸的。

西昌卫星发射中心,深藏在西昌市六十公里以外的崇山峻岭当中。不为人知而神秘,不可企及而天各一方。24日下午,发射前的几个小时,当前去观摩的人可以像旅游一样在规定的、距离发射架最近的区域转一转看一看照照相时,感觉真是妙不可言。

观看发射的地方,在距离中心两公里以外的一个彝族人居住的小村子里。山乡人家,袅袅炊烟,一幅稻花香里说丰年的田园风光。当时针指向十八的时候,看台上的人骚动起来,齐声倒数五、四、三、二、一。近前闭路电视里显示着嫦娥的一举一动,都让每一个人屏住呼吸,睁大了双眼。

在巨大的震动和轰鸣声中,我用相机拍下了四张"嫦娥"升空的镜头。在我看来,这也许是最珍贵的影像。一来是我自己拍的,再者,她不可复制。

不足十秒的时间,瞬间就过去了。五十吨水化成了蘑菇云状的蒸汽悬在空中。"嫦娥"隐入云层,天边出现了绚丽的晚霞。

# 我的地盘之周杰伦

　　这个题目有点别扭,好像一粘上周杰伦就得这样。前不久,在十一月的瑟瑟寒夜中,因为要陪女儿,我打起精神到体育场看了一场演唱会。演唱会没有主题,有个名称叫"动感地带"。三万人的体育场里几近座无虚席,让人不得不叹服这种行销已久的商业运作机制的成熟。此前,我的手机也接收到这样的短信:预存两百元话费,再扣除两百个积分,就可以获得由周杰伦领衔的"动感地带"明星演唱会门票一张。周杰伦是这个"地带"的形象代言人,由他策划并主演的广告基本上属于"恶搞",但可爱且能给人留下深刻印象。票是不公开出售的,其实也用不着,只有特定的用户才有资格分享。当然这种享受你得付出相应的代价。剩下的无疑也是最要紧的,就要看所谓明星的号召力和抗寒能力了。这样的季节,这样的夜晚,坐在星光满天的体育场里,毕竟不是纳凉和聊天。

那个晚上的记忆让我相信,周杰伦他们有这个能力。在我不经意间流露出有些冷的感觉时,我女儿甚至主动地将她的手放在我的膝盖上;当我随着周杰伦有一句没一句地唱他的《东风破》时,我女儿很吃惊地只看她爸而不看周杰伦。前后左右趔摸一遍,我笑问我女儿,老爸是不是这里年龄最大的观众之一。她说不会吧。

那是一个属于年轻、青春和充满活力的地方,是一个磁力强大的"场"。三万人的心基本上挽在一起发出的声音,具有冲破一切阻碍的穿透力;那是一个不在乎细节、背景并且彼此都一样的所在,是一个沟通交流的"门"。三万人属于自己的表情传递的快乐,让每一个人的脸看上去如此生动;那是一个星光、荧光还有目光交织的童话世界,当在场的每一个人都把自己的手机举过头顶,荧光闪烁,疑似银河落人间,刹那间的美轮美奂,令人叹为观止。

也是在那个晚上,周杰伦让我改变了对他及其所代表的某种现象和时尚的看法。是否也可看作是一个中年人对年轻人的看法。一直以来,我对于周杰伦和他的艺术活动都是建立在道听途说和一知半解的基础上,基于对他的外在及其表现形式的另类和反叛而产生的不屑乃至逆反心理。印象深刻的是若干位知名的主持人公开的言论：我不明白，一个口齿不清的人怎么可以当歌星？

综观当今的流行歌坛，被冠以天王、巨星、大腕的不在少数，大多是一些空洞的噱头和炒作，歌星本人也未必当真。否则每天煞有介事、从此不食人间烟火，那名声和绯闻又从哪里来。在有资格能够进入"腕"的行列里的人当中，周杰伦无疑又是另当别论的。因为很难将他规范到或者划入一个什么类别，比如实力派、情歌王子、摇滚等等，甚至在他身上都找不出些许师承或因袭的元素，仿佛横空出世的这么一个人，硬是打拼出了一方属于自己的天地。除了承认、正视并且接受他，难道还有更好的方式吗？

周杰伦不是一个接受过正规教育的人，所以他不愿意走"寻常路"；在他的性格里，掺杂着忧郁、狂放、压抑、特立独行、离群索居等自相矛盾的东西，他努力地将这些组合为一种符号并构成自己的形象，一种让人说不清道不明但能记得住的形象，即时下盛行的甚至已成为一种标准的所谓"酷"的形象。这种事情听起来很玄，其实很平常，扬长避短持之以恒就可以了。仔细想想，有谁在公开场合见周杰伦笑过呢。周的嗓子很一般，基本上属于业余水平，但他唱起歌来却很有味道。《双节棍》热闹,《千里之外》《东风破》舒缓深厚,超越了他的年龄和阅历所应表现出的成熟。就舞台风格而言,他应当属于守规矩的那类,至少是做到了收放有度,能够站得住脚、压得住阵,显示出相当的自信。相对于很多歌手而言,周杰伦将对歌曲的阅读和理解升华为对生活对人生的演绎,这使他看上去更立体更丰满更有内涵。当然,这还不包括他自己填词谱曲玩玩策划之类。

周杰伦同时还是一个率真的歌手,按时尚的说法叫大男孩,尽管他一点也不阳光。原本他自由自在地在他的动感地带里游荡,在并不妨碍别人的情况下,享受着我的地盘我做主的快乐,一不留神跑来成千上万的年轻人愿意与他共同分享,于是周杰伦就成了偶像,就成了双节棍,就成了一个吐字不清的家伙。我们是不是应当以这样的心态和大家风范去对待他:周杰伦其实就是一个孩子王,领着一帮不如他或比他强但信服他的童子军,在他们的地盘上撒丫子玩呢。

在那晚的演唱会上,他是这样没大没小地吩咐他的"部下"的,下面的这首歌,你们可能不喜欢,但你们的爸爸妈妈爱听,因为它太经典了。告诉我,是什么?

三万人齐声高呼:《东风破》。

# 你的样子

## ——听罗大佑上音乐课

　　"我听到传来的谁的声音,像那梦里呜咽中的小河;我看到远去的谁的步伐,遮住告别时哀伤的眼神;不明白的是为何你情愿,让风尘刻画你的样子——"《你的样子》,罗大佑的歌和歌词。典型的"大佑式"风格,句子很长,文字很美,读起来就流散出歌的韵律。

　　11月17日,北方的冬天。按照罗大佑的话说——这边比较干燥——罗大佑个人巡回演唱会在太原举行。

　　山西大剧院,山西最好的剧场。灯光亮起来之后,罗大佑款款地轻飘飘地抱着吉他出来了,崭新的皮鞋,如同踩在棉花上。他的背后是不超过十个人的、来自香港的电声乐队,头顶是炫丽的灯光。没有主持人,没有助演,舞台上其实只是他自己。

　　总不忘崔永元若干年前说的事儿:听说您在上海办个人演唱会,只要起个头就行了,下面全是合唱。我也是很主动地要去看看他,听听罗大佑的现场演唱。作为他的同时代人,这是一种回归,是一份惦念,是一个情结,而我女儿表现出的同样的兴趣和热情,让我感慨罗大佑的魅力及其传承。

　　罗大佑在他的脚下摆了不少去掉商标的矿泉水。他挥舞着胳膊把水喝进嘴里,同时说今晚这个动作会很多。他由一首观众并不是十分熟悉的《往事2000》开始,算是界定他要演唱歌曲的时段:"别了往事2000,明天我孤单的双唇,今日刻上了你的吻;""不管成不成,总归要相依为命;""不论能不能,谁想要孤苦伶仃。"然后是重复的"怎样""怎样",不断地问别人问自己。

　　就唱歌来说,罗大佑肯定不是最好的——我感觉别人唱他的歌都比他自己唱得好;就作词谱曲而言,他算是最好的之一。然而能将这几方面运用到极致形成鲜明的风格奠定稳固的地位并且长盛不衰者,罗大佑堪称仅见。他早就被冠以台湾流行音乐的教父、时代的歌者,同时他也是一位不折不扣特立独行的人。看看他在舞台上的样子——其实是"没样子"。更为难能可贵的,是喜欢或者不喜欢他的人都能善意并且快乐地接受他认可他并且欣赏他。

罗大佑歌曲的经典程度，取决于观众合唱音量的大小。一些记录年代的歌，诸如《之乎者也》《爱人同志》《皇后大道》等等，让他接近了中世纪的行吟诗人。如他所说，在音响效果这么好的剧场里，为什么还要在两边打出字幕呢，是因为写歌的年代太过久远，留着那个时代的印记——呵呵，我还以为他会说是口齿不清呢。

几首歌唱过，他说让我们回归到零点：《童年》，这是大合唱的时刻。听着这首耳熟能详的歌曲，每个人情不自禁地伴着罗大佑的吉他齐声歌唱。那一刻，每个人的心里"盼望着假期，盼望着明天，盼望长大的童年"；每个人的眼里"阳光下蜻蜓飞过来，一片片绿油油的稻田，水彩蜡笔画不出天边那一道彩虹"了。

很多人喜欢罗大佑的歌，首先是被他的歌词吸引。比如《童年》《东方之珠》和《光阴的故事》。我自己最欣赏《光阴的故事》："春天的花开秋天的风以及冬天的落阳"，"年轻时为你写的歌恐怕你早已忘了吧"，"流水它带走光阴的故事改变了两个人"。如泣如诉，流露出淡淡的忧伤，那是"少年不识愁滋味"的过往；娓娓道来，闪烁着隐隐的波光，那是"历经了多少路程"的成长。歌如斯，再配上只有他自己才能谱写吟唱出的旋律,怎一句流行了得啊。一般说今天的罗大佑最为中年人所接受,对生活的理解对爱情的憧憬对曾经的怀旧,大约是共鸣的心声吧。

他又在喝水。介绍他的乐队时他一直在跳着看上去怪异的舞蹈。他说我们今晚的歌声会嵌进剧院的墙壁里,能传到两个世纪以后。他说我们抱怨一件事情,是没有把它拉开了去看。他说观众的座位演员是不能坐的,这是应有的尊重。他还奉劝每一个人:人,应该和人接触,而不只是手机。他是不是"很雷",但他很友善、很中肯、很愿意去理解别人。

九十分钟,他以《野百合也有春天》来结束,然后他从舞台上消失了。这个时候,所有人站起来,击掌并且呼喊罗大佑和《光阴的故事》。于是他又回来,不断地鞠躬、伸出吉他问候,台上台下一起唱"就在那多愁善感而初次回忆的青春"。

我们都走到了最后一排的出口,罗大佑还在那里和他的"学生"说着什么。

受到欢迎的老师,总是下不了课啊。

罗大佑的样子,音乐的样子。

生活的样子——

你的样子。

# 美丽的张宁

北京奥运会赛程过半的时候,渐入佳境。许是"鸟巢"、许是"水立方"吸纳了天地之灵气,融会了人间之精华,奇迹方才一次次诞生,传奇才会一遍遍书写。牙买加的那个大个子博尔特只绷紧跑了八十米,就展开双臂迎来了9'69这个挑战人类极限的百米纪录。一切都来得太快太过突然,倏忽之间,目瞪口呆,好像还没有开始就结束了。人们都在设想,如果他正常跑完余下的二十米,那将会是怎样的一种不可思议。大耳朵、脖子几乎和脑袋一样粗,看上去甚至还有些木讷的美国游泳运动员菲尔普斯,赛前就放言要拿八块金牌,而他真的就如愿以偿了。刘建宏的设想很独到:如果菲尔普斯是个国家,他在金牌榜上可以排到第四。在美国队获得第十九块金牌那天,也就是说差不多接近半数是菲尔普斯个人贡献的。它是不是从另一个侧面隐示出美国体育的逐渐衰退呢?"水立方"因此成了"水魔方",而菲尔普斯也变成了一只充满神秘色彩的池中怪物。还有就是刘翔了。相信他因伤退赛所激起的震惊和反响,超过了绝大多数人的想象能力。刘翔是无辜的,退出也属正常。如果非要追究一些什么的话,那就是他的团队是不是不够职业。从雅典奥运会上就遥望北京了,偏偏到了跟前出现了伤病。善良并且颇具幽默感的刘翔说,我退赛,观众不会退票吧?无论如何,他个人生命中最重要的,甚至是唯一的时刻,就这样错过了。还有那位打枪的美国人埃蒙斯,四年前,他将自己的最后一颗子弹打到别人的靶上,四年后,他又鬼使神差地在最后一枪打出了即便闭着眼睛也不会出现的4.4环。令人费解得是,两次他都成就了同一个国家——中国运动员的冠军梦想。这是不是也算是一个不大不小的传奇呢?

所有这一切,我以为既浪漫又温馨,既出乎意料又在情理之中,既让人感慨唏嘘又不禁为之动容,既是现实的力量又有如神助的,就是张宁了。

一个在国家队一待就是十七年的运动员,一个在接近三十岁年纪时才获得个人的首个世界冠军的守望者,一个在奥运会历史上首次蝉联个人单打冠军的应该也是年龄最大的梦想家,同时她也是一个端庄、内敛,集优雅、贤淑和谦恭于一体的美丽的女人。有时候,常常就她的运动员身份产生错位:她是一个打羽毛球的人,还是一位贤妻良母;她是一个悄无声息的赶路者,还是一位叱咤风云的羽坛名将。她很多元,因此变得丰富;她很简单,因而更加迷人;她很执着,坚忍成就传奇。

崔永元说他和张宁都有一个共同的特点,就是爱哭;李永波说不忍心让她再打了,尽管她还可以再打到下届奥运会。是一种精神的力量和追求圆满的信念,支撑着张宁战胜了谢杏芳。这恰恰是后者与前者的差距。张宁在获胜的那一刻,长跪掩面,情不自禁。她从不同的方向向她的观众和球迷道别,她用自己的心向她自己道别。哪有一个胜利者能把自己的眼睛哭肿了的?

# 马路天使

我不知道将出租车司机称作马路天使是否贴切。在人们的印象中,他们是一群忙忙碌碌四处奔波拼命挣钱养家过日子的人。

早春二月,一个阳光明媚的早晨,我打的去上班。车上的对讲机里正在叙述和交流这样一件事情:电台在搞一个活动,号召市民向一位身患白血病的小姑娘捐款。那位臣姓司机的态度是,他会把当天跑车的全部所得都捐了;另一位当即表示赞同,同时询问捐款的地点。接着还有更多的司机加入进来,他们或问或答或多或少不一而足,直到我下车。那一刻,我突然心生感动。司机朋友们心平气和地自觉自愿地怀着一颗善良的心做他们觉得该做的事情,当成他们自己的事情去做。我给主办这次活动的黄河电视台的张敬民台长打了个电话,敬民先生亦大为感佩,当即指示他的记者们跟踪采访。

平心而论,出租车司机付出很多,超乎常人;而他们应当得到的尊重,却又少于常人。作为现代城市生活的不可或缺的一个部分,作为当今城市构成的一道流动的风景,出租车和出租车司机已经融入了我们的社会生活。

我记起了很多我自己打车的趣事。

那一年的冬天,春节前,傍晚。在一家我经常会进去买点东西的小超市门口,在问过了人家能否信得过我之后,我进了超市。因为内装两件西装的手提袋还搁在车上,我有些不踏实地隔着超市的玻璃窗张望。坐在车里的年轻司机看到了我的举动。他从车里钻出来,点着一支烟。

那一年的夏天,大清早。我打车到了单位门口,及至伸手付钱时,才恍然没带着钱包。宽厚的司机第一时间就对我说,没事没事,谁都有这样的时候。我谢过他,打电话请办公室的同事把钱给送来。

那一年的春天,北京。那位健谈的的哥一上车先给我一张名片。其上除了他的电话号码,赫然印着一句话,坐咱自己家的车踏实。他如此亲切和人性化的收获,是我在返回去机场时,专门给他打电话请他送我去机场。

最难忘是那年深秋时节,我把随身背的包落在出租车上。眼看着那车消失在夜晚的车流中,我跟我的朋友犯了傻。钥匙工作证身份证等一应物品均在包里,而我俩既没要票也没看车号,给交通台打电话对方也表示爱莫能助。情急之中,想起了早已不用的传呼还在包里,于是乎发了短信。很漫长其实很短暂的几分钟时间,我接到了电话,那位戴着眼镜的司机回到了我们下车的地方。他十分职业地拿着我的身份证进行了核对,然后把包交给我。我给他钱谢他,他客气了一番收下了。我对他说,耳听为虚,眼见为实。

人们常常会通过一个人的行为,进而对一座城市产生好恶。对个人而言,也许无伤大雅:就像乘出租车,很难再遇到同一个司机;而对于城市,她就会在无形中遭到损害:同样像是乘出租车,很难再拉上同一个乘客。

如果把开出租当成一种生活,如果它已不再仅仅是为了谋生的话,司机朋友,请您悠着点儿。

# 昌旺不老

　　太原市万柏林区委、区政府为傅昌旺立了一块碑。除了珍藏在他家里差不多半个世纪累积起来的那一摞奖章和证书,这也许是这位老工人一生所获得的最有价值的荣誉。碑不大,大理石质地,静静地矗立在南山头上一丈见方的平地里,俯瞰着它的主人所熟悉的白家庄矿的那一条深沟,以及他已经走了八年并且还将继续走上来的那条山路。碑的正面镌刻着领导的题词:学习昌旺精神,共建绿色家园。另一面的碑文是这样写的:

　　　　傅昌旺,中共党员,全国六届人大代表,全国著名劳动模范,全国五一劳动奖章获得者。自九〇年退休始,遂立志绿化荒山。八年来,日与青山为伍,夜以丛林做

356

伴,义务植树近6万株,无偿造林25万余亩,育苗10亩有余,荫及子孙,造福后代。堪为绿化造林与当代文明之楷模,特立此碑,以资光大。

　　以最低的标准,干尽量多的工作;以最简单的要求,创造尽量丰富的生活,这是中国工人阶级最为朴实无华因而也最难能可贵的优秀品质。单就影响和业绩而论,傅昌旺既没有轰轰烈烈大红大紫过,也不曾有过惊天动地的壮举。坐在一起听他的领导同事邻居和家人说起这位老人的过去和现在,听到的似乎也只是一些分内和分外的小事情。他干的小事情太多,太不起眼,太不足道,一件一件做过去也就算了,不会给人留下什么印象。但如果把它们累积起来,联系在一起,那就不能不发人深省,不能不让人肃然起敬了。

　　严格地说,傅昌旺还不是一个矿工。他退休之前大部分时间工作的地方是白家庄矿所属的木料场,他的工种是扛料工,一个不折不扣的体力劳动者。这种日复一日肩扛手抬、风吹日晒、大汗淋漓、腰酸背疼的营生,没有人会觉得是一份美差。干上了并且能够把它做到极限,这就不仅非常人所能为,而应当称之为奇迹了。在傅昌旺的考勤表上有这样的记载:从1974年至1986年的十二年间,他每年的出勤率都超过了七百二十天，也就是说一天干两天的活，把十二年变成了二十四年，这其中他为国家创造的财富自不用说，仅就生命的价值而言，他至少是别人的两倍。当年所谓"地球转一圈，他上两个班"的赞誉，就是这样形象地概括了这位走在时间前面的人。

傅昌旺对工作的投入程度，多半是在拿自己的体力透支作为代价。白家庄矿老一代的矿工至今也忘不了这样的情景：老傅从木料场下了早班，晚上再到井下采煤。身背一袋干粮，手执四盏矿灯，从夜班干到早班，从一个工作面干到另一个工作面。如果说傅昌旺一个人一晚上卸掉一车皮六十吨石料不失英雄风采；那么，他在井下连轴干上七个班就是堂堂男儿本色了。

对特定历史条件下产生的傅昌旺的行为与做法，其是非对错姑且略去不论。重要的是他在不断的劳动中实践着一种理想弘扬了一种精神。这种东西每个人都在追求都渴望拥有，但却并不是每个人都愿意而且能够去做到的。

白家庄矿和街道上的人们都知道他们身边有一个著名劳模傅昌旺，傅昌旺也熟悉这里地上地下的一切，并且满怀着深情。他从1953年参加工作开始就是当勤杂工，等到1987年退了休他又跑到街道办去给人家打水扫地抹桌子，这是一个轮回,是一个力所能及的人所做的力所能及的事情。因此,路边的树需要剪了他去剪;街上的雪需要扫了他去扫;见人买粮他帮着送回家里;路遇老人用平车推着走十里上坡路。和平街原本难以行走的一道坡,是傅昌旺用去二十七袋沙石和水泥以及百余块石料,花去六个早晨八个夜晚铺就的。现如今,这条二十五级的台阶每天忠实地抬举着每一个拾级而上的行人,让他们感觉到脚下的踏实。对自己的家庭和子女,傅昌旺没有更多的歉意,尽管多少年来他基本上什么也不做。他那通情达理的老伴如是说:老傅在外面做得都是好事情。回来能让他吃上一口热饭,睡上一个好觉,对女人来说这是天经地义的。就像傅昌旺到今天也说不清楚弄不明白他对白家庄矿、对太原市、对这个社会的影响和价值一样,他老伴的这种关心与体贴,在经意与不经意之间成全了一个人,同时也造就了一种高尚的人格。

傅昌旺对物质生活无所求,他自然一点也不富有。家里的陈设除了吃饭用的桌子睡觉的床,只有新买的一台彩电算是奢侈。按傅昌旺的劳动所得他应该是有钱的,拿他现在的名气他也能换来钱。虽然这都是后话,但我们不妨还是回过头去看一看:在木料场二十三年,傅昌旺做义务工5400个,其中2500个班是井下作业,这些补贴加在一起折合人民币

30000余元,他从未领过;从1991年到1996年,为引黄工程、希望工程、扶贫工程、南方灾区乃至一名出了车祸的工人,他捐献的钱有3200元之多,这是支出;过"五一"的时候,一个著名的啤酒厂家给他送去几箱啤酒。报纸登了,电视播了,他没有想到或者根本不懂其中的商业奥妙;1977年、1978年两年,矿上给他提了两次工资。也就是从这个时候开始,他把除工资以外的所有补助和奖金全部交了党费,这又是支出。平心而论,他该得而不取的钱对他个人来说数目很大,他捐出去的钱对他个人来说数目也不小,这一进一出一里一外,其中的反差有多大不难计算,但它给人们留下的思考空间有多么广阔,恐怕就不太容易丈量了。他干活不冲钱去,捐款也不为名来,也许只是想对得起他自己,而在他对得起自己的同时,他真的是不愧于一个共产党员的光荣与责任。

终其一生,傅昌旺都将是一个平凡的人,一个少说多做、尽量不给别人添麻烦的人,一个只求耕耘、不图收获的人,一个也许并不符合时代潮流的人。他所有的,别人不会多么看重;他所没有的,别人说不定孜孜以求。在行为上,这是大多数人和个别人之间的一种反差;在境界上,这又是个别人对大多数人的一种折射。

傅昌旺1930年出生在忻州顿村乡令规村,一个当时就有一千五百户人家的大村子里,十一岁上成了孤儿。从1951年当上工人开始,他就认准两条:一是共产党把他从过去那种少吃没喝少穿没戴少铺没盖的苦日子当中解救出来;二是他从此成了国家的主人。作为主人,他开足马力干了大半辈子。及至退休之后,他的这种主人翁意识愈加强烈,受党教育多年的思想觉悟进一步提高,享有众多荣誉的使命感更加执着,这就是不能闲着,待在家里领国家的薪水,必须找到能够发挥余热的场所和事情做。如果说这种不甘心不踏实闲不住是他上山种树的初衷,那么他从广播里听到忻州老乡李双良治理渣山改造环境的报道之后,就更进一步坚定了他绿化荒山造福后代的信念。

同样是不要国家一分钱,同样是早出晚归一个人干。从1990年植树节这天开始,傅昌旺踏上了像愚公那样挖山不止、种树不息的新一轮征程。人们都懂得前人栽树、后人乘凉的道理,人们都乐于享受"停车坐爱枫林晚,霜叶红于二月花"的意境。只是这种艰苦乏味反反复复的劳作却没有多少情理和诗意可言。年已六旬的傅昌旺一镐一镐刨下去,一锹一锹铲出来,一棵一棵种上树。他的一双大手原本老茧就厚得出奇,可还是被磨出了血;他的一双大脚曾承载过超人的重量,可还是被打起了泡。冬去春来,光阴荏苒,转眼之间八年过去了,六万株臭椿亭亭玉立地散布在南山绵延的怀抱里,绿化和美化的面积接近了六十亩。举目四望,原本人工雕刻过的痕迹复又回归了自然,过去匍匐在地面的植被又多了一个层次;精诚所至之处,举重若轻之间,让这块古老的土地重新焕发了生机。每一个来到这里的人,无论感慨也罢,无论赞美有加,恐怕不亲身体验,是无法感受到其中的无穷乐趣的。

说起他的树林子,傅昌旺乐陶陶的表情俨然是一个孩子。经年的劳作没有把他压垮,反倒使他的身板更加硬朗;遇到的挫折没能让他退缩,更加激发出他无尽的能量。如果说过去他还只是一名哪里需要就在哪里挺身而出的斗士,那么他现在成了一位驰骋疆场,指挥千军万马的将军。面对群山,抒发着自己不老的情怀。老傅原本就不喜欢热闹,现在更加离群索居;即便连报纸也看不完整,但他开始钻研和学习,他把上山植树当成了晚年安身立命的系统工程。从选择树种开始,他培育了十亩树苗;为了能使树木苗壮成长,他学会了修剪和防治的技术。眼下上山种树的虽然还只是傅昌旺一个人,但他背后站着支持他帮助他为他提供方便击节讴歌的各级组织和集体。白家庄矿不仅授予其荣誉劳模的永久称号,同时适时组织学校里的孩子上山浇树,接受传统教育;万柏林区委、区政府把傅昌旺绿化的荒山确定为全区绿化基地和爱国主义教育基地;省、市领导也再一次发出了向傅昌旺学习的号召。这一切,也许不止让这位老人极目远望时不再感到孤单,同时更会令他对自己的事业充满了憧憬和希望;这一切,也许不止让这位老人在回首往事时不再留下遗憾,同时更会令他对人生的价值心存着敬意和感激。毕竟,一个人的力量有限;毕竟,植树造林这是我们的基本国策;毕竟,改善环境这是人类共同的愿望。

踏遍青山人未老,风景这边独好。傅昌旺也许从未想到过要给自己创造一个丰富的物质世界,但他却给我们留下了一个博大的精神世界。

精神不灭,昌旺不老。

# 生命事业两亲和

## 成为院士

张高勇成为中国工程院院士,山西省第一位工程院院士,已经是一年前的往事。现如今,他平静地坐在太原闹市区中国日用化学工业研究所内新近落成的表面活性剂国家工程研究中心自己的办公桌前,继续从事着他作为一所之长,作为一个科学家和一个管理者的日常工作。既看不出他有任何异于常人之处,也没有觉得他跟从前有什么不同。

在张高勇精致的院士证书里有这样两行字:中国工程院院士是国家设立的工程技术方面的最高学术称号,为终身荣誉。能够成为院士,或许是每一位科技工作者的最高梦想,但对张高勇来说,却不是终极目标。他从投身日用化学工业研究的那一天起,已经走过了整整三十年的漫长历程。他从一位风华正茂的年轻人变成了从容睿智的长者;从一名学子变成了教授级高工。生命中最精华的部分就这样有机无价地与他的事业融为一体。尽管他十分谦逊地说只是做了自己该做的事情,成果属于大家,但院士及院士的荣誉却是真实的,因为科学容不得虚伪。就像每一位成功人士对待成就的态度一样,张高勇不把它作为一种资本或荣誉来炫耀,而是升华为一种精神和信念来理解。虽然他不愿意多谈,但我们却必须面对。

作为一项超越了普通职称所能界定的标准,并在一定程度上具有国际意义的制度,院士的评选是十分权威甚至有些苛刻的。作为我国1994年设立工程院后的第三批院士,张高勇成为全国范围内举荐的八百八十三名院士候选人之一的有效资格共有九项研究成果。在此择其要罗列如下:首先是不同分子量的直链烷基苯异构体蒸汽压数据。这个数据的完成作为分离表面活性剂原料的设计参数,为其生产装置的设计提供了依据。张高勇为此成果获全国科技大会奖贡献了一分力量。其次是长链烷烃脱氢催化剂的研制。这项耗时十年,涉及全国多家科研院所有近两百人参与的科研成果,不仅结束了我国一直以每吨十一点二万美元高价从美国进口的历史,而且每年为国家节约三千万元人民币,同时使中国成为此类催化剂的出口创汇国。张高勇作为工程项目主持人之一,获得了国家发明三等奖。张高勇针对在甲酯和烷醇酰胺的生产方面所存在的弊端及缺陷提出了新的方法,两次获得国家科技进步三等奖。80年代末,张高勇因主持国家重点科技攻关项目"利用山苍籽核油制脂肪醇及其衍生物的研究开发"而获得国家"七五"攻关重大成果奖。90年代初,张高勇因为成功指导了"瑞得士——203消毒杀菌剂的研究开发"而成为中国轻工业科技进步一等奖得主。这些研究成果的取得,伴随着张高勇从70年代走到了20世纪末。其中的艰辛与喜悦、智慧与心血、创造与价值,无法用一两篇文章来言表,对于那段时光,张先生说他终生难忘同时也将受益终生。从这个意义上说,能够成为院士有效资格候选人就不再是一件令人意想不到的事情,而是一种水到渠成。

在经过了由国内有关专家和权威组成的评审委员会第二次评审之后,仅有二百一十六名有效资格候选人成为正式候选人。对此,张先生的看法是:到了这个时候,大家的差距只在毫厘之间。即便不能最后入围,同样值得尊重。终归能够成为院士的,只有一百一十六人。比较而言,有资格的人太多,而名额又太少。在谈到这一点时,张院士所坦露的宽阔胸襟和博大情怀令人肃然起敬。他说,虽然我是山西的第一位工程院院士,但绝不会是最后一位。严格说起来,我只是在中国煤炭化学研究所的中科院资深院士彭少逸先生和中国核辐射防护研究院的中科院院士李德平先生后的第三位院士。如果说我们的科技事业是一个循序渐进的过程,那么我们的院士也终将是一个承前启后的群体。

## 智者自知

张高勇个子不高,眼睛也说不上有神。虽然他在1997年当选为院士时只有五十五岁,在他那批平均六十五岁的院士当中算是比较年轻的一位,但也毕竟是年近六旬的人了。作为一名长者,作为在我国表面活性剂研究领域颇有建树的专家,他的修身治学之道,于执着中凸显智慧,在平淡中蕴含哲理。这使他不仅没有成为一个不谙世事的书虫,而且帮助他成为一个现代意义上的智者。说起他的成长历程,既没有走入迷津时的大彻大悟,也没有惊世骇俗的英雄壮举。在湖北武昌县一中念书时,一本《科学家奋斗史话》,最后消化成了他自己写在日记本里的四句“格言”,这就是他至今记忆犹新的“事事注意,处处留心,从头学起,知识渐增。”1960年到1965年,他在武汉大学化学系苦读五载,1969年随中国日化研究所迁来他的第二故乡山西。也就是在黄土高原这块浸透着华夏民族血与泪、辉煌与屈辱的热土上,在他为每一次成功不屈不挠无怨无悔的奋斗中,他的人生步入了一个新境界,他的精神跃上了一个新台阶。张高勇从来不认为自己的智商比别人高,而只相信勤奋,勤能补拙。他对自己的基本要求就是自我激励和自我约束。他在经年累月的研究事业当中,从来没有忘记有了成绩切忌沾沾自喜,遇到挫折绝不垂头丧气。他非常赏识老子的两句话,所谓"知人者智,自知者明。"这种朴素的辩证思想,让他在学习中得到学习,在管理中得到管理,在创新中得到创新。

张高勇是一位平易近人的长者,哪怕是初次见面,与他的交谈也称得上是一件令人愉快的事情。他读的书很多,他关注的领域很宽泛,他对很多社会现象有自己独到的见解,他对自己家庭的那种幸福感觉常常溢于言表。同时,他很冷静地将自己置于一个群体或是他的表面活性剂分子式当中,因为现代科学技术及其研究流程是现代意义上的系统工程。

## 两亲分子

张高勇的研究方向是表面活性剂及其工业应用和洗涤用品。他非常形象地把表面活性剂的分子形态描述出来:就像一根火柴棒,大而属于头部的一端与水的亲和力强,小而属于尾部的一端与油的亲和力强。这种独特的分子在专业上叫作"两亲分子"。由于它能有效地改变物体表面的物理化学性质,因此应用领域十分广阔。张高勇和他的同行所进行的各种研究的基础,就是按照某些特定的目的对两亲分子的分子式结构做出种种不同的设计。在常人看来,这种分子式简单到失去了美感,但在张院士眼里,它是如此神奇,充满了深不可测的诱惑。

在同张院士的接触中,我时常从他身上感受到这种两亲分子所特有的那种属性。说不准是他的身体融入了两亲分子,还是两亲分子成了他生命的一部分,总之这种美妙的组合,使他看起来复杂而又简单,平易而又遥远,充满了迷人的魅力。他是湖北人,喝长江水长大,却吸吮着黄河的乳汁茁壮成一棵枝繁叶茂的大树。自"八五"计划以来,我国开始组建旨在解决产业发展中关键技术及其成果转化的国家工程研究中心。在全国范围内,这样的"中心"共有七十七个,表面活性剂是山西唯一的国家工程研究中心。国家投入巨资,当然首要的是为国家经济建设服务。但是张高勇站在山西的角度,从一个山西人的情感出发,向有关方面提出了建立山西省表面活性剂工程研究中心的建议。此举一方面可以利用现有的设备和技术力量；另一方面，也是基于他对表面活性剂在山西省工业领域，尤其是煤炭化工、冶金机械以及土木建筑等主导产业应用潜在市场的远见卓识。这份坦诚之情，这片赤子之心，弥足珍贵。从1991年当上副所长到1995年成为所长，张高勇集管理、经营、研究于一身。他马不停蹄地在海内外奔波，为日化所的技术转化寻找和开拓市场；为了把日化所建成科技企业型的现代科研院所，他提出了突出创新、注重转化、强调服务的发展策略；他还是博士生导师，眼下正有两名弟子就教于门下。的确，他很忙，属于自己的时间不多；但他同时也很充实，拥有了一片属于自己的天空。这就像他的两亲分子：张高勇院士对事业和生命同时拥有极强的亲和力。

# 我的高考

　　我的高考在20世纪80年代。屈指数来,已经整整二十八年过去了。我在我所生活的城市的时间已经远远超过了我的出生地。遥想当年,一个少不更事的孩子,怀揣梦想远赴他乡,一切都恍如隔世了。

　　我所就读的中学,在山西南部城市运城,叫作康杰中学。半个多世纪以来,她以其笃厚绵长的学养和居高不下的升学率,名播省内外。两方立柱和铁栅栏构成的大校门,花砖墙后一字排列的椭圆松,踏踩无棱的规规矩矩的砖甬道,一排一排书声琅琅的老教室;难忘木杆上悬挂的那口铜钟,最是苹果园里自由自在的徜徉,聆听老师孜孜不倦的教诲,感知青春无忧无虑的年华。

　　那个时候,精力太盛玩得太多兴趣太过广泛;那个时候,粗枝大叶兴之所至情绪无所排遣。该上学就来了,下了晚自习骑自行车回家。老师也好,父母也罢,留给他们的只是一个背影。

我是一个用功的学生吗？说算也不能算:好在我在当时康中水平不算太高的文科班里成绩还说得过去;我是一个优秀的学生吗？说是也不是:庆幸我跟学校里的尖子和对学习不感兴趣的同学都能玩到一起;我是一个快乐的学生吗？肯定是,在康中的学习和学校生活快乐地留在了我的记忆当中。

当然刻苦是必需的,一分耕耘一分收获;当然方法也是必需的,其实每个人的智商差距不大;当然投入更是必需的,只是投入和产出成比例吗？现如今的教育成本高得有些离谱了。

世纪之交,康杰中学脱胎换骨,建成了堪称一流的新康中。过年的时候回去,我带着孩子像旅游一样去了那里,但感觉上就是一个游客了。

二十八年后,作为家长,我迎来了孩子的高考季节。

天下所有高考的孩子的家长:你们快乐吗？

1980年,高考的录取率是百分之八点四九。

# 今天的小学和中学

进入21世纪,投资办教育和投资建学校成了一个热点。无论从那一个角度去检点去衡量,这都是一件值得称道和肯定的好事情。再穷不能穷教育的感情用事的阶段,已然成为历史。中国的教育尤其是基础教育进入了一个全新的发展历程。

差不多每一座大一点的城市,都有所"一中"。它们是当地最好的学校,同时也是这座城市的骄傲和象征。尽管数量太少,尽管进入这样的学校很难,但日复一日,还是以此为核心展开了人们的生活。现如今,一些百年或者是半个世纪的老校、名校,纷纷弃旧图新,在城市新区建起了跨世纪的、具有新地标意义的新校址,各方面的条件与过去已不可同日而语。我跟一位校长戏言,你这儿的学生非得考上更好的大学才行，否则，他会觉得还不如他的中学母校。

坐落在高高的山头上的、柳树掩映中的西村小学，是一所标准的乡村小学。村主任王志忠在西村刚刚起步的时候，就倾其力建起了学校。他自己的文化程度虽然不高，但他懂得教育为本，百年大计的道理。看着孩子们像鸟一样快乐地飞来跳去，体重足有一百公斤的胖村主任觉得甚是欣慰。

新兴的农村寄宿制小学，是中国农村教育特别是偏僻农村教育的希望。原先那种零零碎碎、破败不堪，一名老师十来个学生的所谓学校及其复式教育，已被逐渐取缔。山里的孩子们，根据路程远近集中到了完全由国家买单，条件和设施更加完备的寄宿制学校当中。这种改变也许还不只是形式上的，理念、内容乃至生活习惯上的潜移默化，才是一件功在千秋的事情啊。

在临汾翼城一所由当地实业家资助的、才刚竣工的小学的校园里，赫然一座孔夫子的塑像，先哲睿智的目光里不仅容纳了历史，同时也在眺望未来。

今天的小学和中学，它们是明天的摇篮。

# 怡园酒庄之老友记

8月份的最后一个周末,我们几位同学再加上媒体的几位朋友,受怡园酒庄少庄主陈芳女士之邀,在老朋友郝丽卿的悉心安排下,一同前往怡园酒庄。

怡园酒庄位于太谷,距离县城一箭之遥的乡间。据说,当年怡园酒庄的创始人,也就是陈芳的父亲陈进强先生,按照种植和酿造葡萄酒的种种标准,选定了这方最接近法国波尔多状态的土地。从1997年种下葡萄苗,到三年后酿出葡萄酒,怡园不只开启了山西素以白酒名扬天下,而今也开始出产红酒的另一条通道;同时,它所拥有的生产、管理和经营方式,以及旗下各类红酒的国际品味和品质,也让怡园弥漫着散发出浓郁的舶来品味道和异国情调。我个人对于当下的、明显区别于国产的葡萄酒味道的接受和认可,大概就是从品怡园开始的。

酒庄不是第一次来。早几年因为关联和缘分,我们几位同学与此结下了不解之缘。陈少庄主祖籍福建,定居香港,加之多年的留洋背景,让其成为充满活力、富有包容性格的人。所以每次聚会和见面,都是在明快、轻松和快乐的气氛中进行。其中的中国或山西元素,就是常常拿红酒当白酒喝:不多不快,不醉不归。

在山西,晋中算是比较开阔的平原地带。天高云淡,大道通衢,一眼望不到边。从葡萄园中间的乡间公路穿过去,就是怡园酒庄了。一幢独栋的、样式、风格乃至路灯都带有欧陆色彩的建筑赫然在目。作为一处庄园,被葡萄园包围的还有草地、亭台以及酿酒车间和曲径通幽的酒窖。区别于我国传统的酿酒作坊,西方称之为酒庄。一个时期以来,红酒风行于中国,推杯换盏之间,人们在模仿和推崇饮红酒之种种洋范儿时,销售红酒之酒庄酒似乎也成为一个标准。如此说来,怡园作为家族企业,具备了酒庄酒应当具备的条件,加之管理层严谨、诚实、人性化的经营理念,堪称典型意义上的酒庄酒。

怡园酒庄为此次"老友记"做了细致的准备。原本摆在室外的条桌,因为不期而遇的一场大雨转移到了室内。白色的台布、素雅的花、摇曳的蜡烛,营造出温馨浪漫的氛围。从通透的落地窗望出去,雨帘之外,葡萄成熟的季节,满目是无尽的苍翠。那个时刻,久违的惬意、舒心与向往油然而生。

主人用心。每一道菜都同时提供一面菜旗,告诉客人菜名。酒自然是怡园的佳酿。陈芳在开场白说,感谢各位老朋友长期以来的支持,酒庄相聚,是彼此的缘分。

不一样的背景和眼界,同时不着痕迹地将之融入当地的文化和习俗之中,这是一种经营策略,更是桃李不言、可持续发展的内在动能。山西有多少人喝怡园不得而知,还有多少人因此而喜欢上红酒值得期待。在时下红酒营销全面沉寂的状态中,怡园逆势上扬一枝独秀耐人寻味。

# 情牵长治汶川

汶川大地震,所有中国人体现出的行为、流露出的精神,都可以归结为当时环境下情不自禁的四个字,叫作大爱无垠。这种爱,像无数条只可意会不可言传的丝线,将汶川和中国,将汶川人和中国人紧紧地联系在一起。

如果说抗震救灾的关键时刻,汶川大地震的废墟是一个壮烈的舞台,在这个舞台上的每一个为拯救生灵而在所不息的人都是英雄、都是天使、都是恩人都是主角的话;那么,为消化和吸收、重建和恢复大地震灾害所带来的种种灾难和后遗症,就成了一件必不可少势在必行长此以往默默无闻的事情了。

著名的革命老区,在今天的山西发展最快、最均衡、最适合人类生存,同时也是最洁净的城市长治,义无反顾地承担

378

起了这项使命。其中的代表人物是山西潞宝集团的董事长韩长安。作为山西乃至国内知名的企业家、全国人大代表，韩长安在汶川大地震之后即亲赴灾区。用他自己的话说，他从一座废墟奔向另一座废墟，问过了这个再问那个。满目疮痍中，他由来已久的责任和善心在心中激荡，不能自已。他向四川有关方面表示，他要接灾区的孩子去山西去长治去他的潞宝公司，让他们在新的环境中平抚创伤，重现童年和往日的笑容。

韩长安要收留的孩子，不是十个也不是一百个，而是整整一千一百五十名；韩长安要做的不是捐些钱举行个仪式或者是定期探望，而是要建设一所学校。于是，老区和灾区、长治和汶川、长安慈善学校和映秀漩口中学，就这样成了一体。

灾后疏散，一所学校成建制由四川迁出，再到另外一个地方过度复读，长治长安慈善学校是唯一的一家。漩口中学的张舜华校长和他的一千余名师生，要在这里度过三年，肯定是终生难忘的时光。

长安慈善学校坐落在长治以北不足五公里的富村，由潞宝集团员工在原五七干校的基础上用最短的时间改造完成。校门口挂着两副牌子，醒目地告诉人们这所学校的独特之处：两块牌子、两套人马，漩口中学管教学，潞宝集团负责后勤。内里排列的教室全部以墨白两色粉刷,电教室、大礼堂、青草地、黑板报一应俱全,已然是一个标准完善、安静独立的学校的样子了。

2008年7月19日,由中央文明办等国家部委联合发起的"学英雄少年,为奥运添彩,做有道德的人"专题讲座暨网上大型签名活动在这里举行。当人们走进校园的时候,同学们正往举办活动的礼堂集中,完全不一样的四川方言像唱歌一样四处弥漫,晴朗的天空下,是孩子们快乐纯净的笑脸。我搂着一个念初一的羌族孩子与他同行,那一刻,内心里涌动着无尽的感动。

仪式开始,长治的学生代表向漩口中学的"抗震救灾英雄少年"杨松尚和佘友富送上了鲜花,两位腼腆的少年在致辞时说他们其实也没做什么。按照羌族和藏族的习俗,身着民族服装的同学向与会的代表献上了羌红和哈达。同样是在那一刻,绵绵不断的人间厚爱和民族情感,就那样水乳交融般汇成了河流,激起了共鸣,成为穿越时空的主旋律。

身材稍胖、长相忠厚的韩长安以浓郁的乡音、漫谈的方式说出了他承办长安慈善学校的初衷。那是爱心和慈善贯穿始终的义举。被誉为"知心姐姐"、中国少年儿童新闻出版总社总编卢勤女士,用汗水和泪水为同学们做了一个小时的精彩演讲。她告诉同学们她亲赴灾区及在北京见到灾区的孩子们时的情景和感受。她说只要坚强勇敢,就能够获得生命的尊严。长治市的领导以党和政府的名义承诺,要让漩口中学的全体师生切实享受到同在一片蓝天下的义务和权利。长治人民像当年抗战支前一样,把被子书包等生活和学习用具送到学校,这是何等朴实而又宽阔的胸怀,流露的是这个地方的市民精神。中央文明办有关部门的领导语重心长,他要求同学们要懂得感恩,要从中汲取生活和向上的力量。

活动持续了一百八十分钟。那是一个快乐、振奋、青春飞扬并且令人为之动容的时刻:不是孩子们遗忘得太快,而是他们恢复到了他们本来的样子。

中国是一个大家庭,这个家很大。具体到每一个人来说,这个家又很小,能有一处落脚的地方就足够了。从这个意义上说,漩口中学的孩子们应该感到踏实和安心。

而踏实和安心就意味着幸福吧。

# 小人书情结

　　我的大学同学冯凯送我一套小人书,准确地说是新出版的老电影连环画。一套计十册,有《智取威虎山》(1970年)、《海港》(1973)、《杜鹃山》(1974)、《平原作战》(1974)、《沙家浜》(1971)、《奇袭白虎团》(1972)、《红色娘子军》(1972)、《红灯记》(1970)、《龙江颂》(1972)、《白毛女》(1972)。

　　括号里数字为电影出品年代。倏忽之间,已是三十年前的老皇历了。

　　整套小人书皆为32开本,彩色精装。每册的编辑体例按照统一样式:扉页出版项、在编目录及封面题字、书号、定价一应俱全,夺目之处还数著名的"连友"崔永元看似信手拈来的"命题作文":区区数百字,鞭辟入里,深入浅出,耐人寻味。后记补编"电影传奇":介绍导演、主演、编剧,以及某部样板戏及其搬上银幕的台前幕后。比如《沙家浜》,崔永元写道,现在说沙家浜一带的事不难,提大闸蟹就行。看看《沙家浜》,想想人走茶凉,我们交易并思考着。同样是《沙家浜》,定价三十八元;当年三毛八分钱也用不了,今非昔比了。

我等20世纪60年代出生者,不好大而无当地说是看着小人书长大的,但每一个人都或多或少或深或浅地有类似的经历:小学入门是《看图识字》,看小人书尚嫌早或者有些深奥;及至小学五六年级乃至初中高中,字认得差不多了,小人书才成为正儿八经的课外读物,看小人书也才成为习惯。今天看来,那个年代的"小人书运动",不仅是我们屈指可数的乐趣和专注所在,同时在有关励志、文学修养、科普常识,甚至知识结构诸方面都具有不可忽视的影响和作用。

那个时候看小人书的地方,除了单位里的少先队辅导站,就是马路边上的书摊。看一本贰分钱,和对面给自行车轮胎打气一个价格。在街上看小人书,我记得不多。影响深刻的是坐在院子里梧桐树下,父亲帮我念小人书的情景至今也忘不了:子弹呼啸着从保尔耳边掠过,谢里达中弹牺牲了(《钢铁是怎样炼成的》);毛主席拉着我们的手,问我们多大年纪,炼了多少年钢(《火红的年代》)。开始是家里买,后来就自己买,到了大学里仍旧延续着买小人书的爱好。如今想想讶然:挺大的人躺在床上看小人书。张乐平的《三毛流浪记》买过未知几次,每遇比我年少的孩童就忍痛送给人家。现如今,张乐平先生已作古多年,三毛却还是那么大。

冯凯君喜欢藏书,尤其对小人书情有独钟。他说闲来把玩品味一番,悠悠然别有"妙处难与君说"之滋味。传统的出版小人书、阅读小人书的年代已经过去了,它的作用似乎只在收藏;而现代意义上的连环画,已被电脑和漫画所取代。我女儿从小学看到大学的是《名侦探柯南》。

领略样板戏里英雄人物高大全的形象和炯炯目光,玩味革命年代革命者的革命言辞;顺口"穿林海跨雪原"等等不朽的唱段和经典,"提篮小卖拾煤渣""我家的表叔数不清"了。

# 难忘"盒"时代

　　今天的中年人，一定忘不了伴随他们走过青春和后青春时代的盒式录音机和录音带。作为一个年代的声音，它们留下了挥之不去的记忆。

　　这个夏天的一个周末，我差不多花了一天时间，把那台已经许久不用的音响收拾出来了。这套东西包括盒式双卡录音机、唱机、收音机、调协及功放等，林林总总计有八九件，两个音响高度超过一米，正面覆着黑色的网质布纹，两侧贴着古铜色的壁纸；此外，还有两个可以拉开一定距离的小音箱。音响的牌子是"华强"。相比单个的录放机，它算是先进的了。买它的时候，我女儿刚刚出生，而今她已经过了二十岁了。

　　还有就是与音响放在一起的盒式录音带了。我坐在阳台上,把它们一盒一盒擦干净,再把其中的歌页取出来,然后靠墙码在地上。约略数了数大概两百盒还要多。拿出一盒放进录音机里,多彩的旋律弥漫空间,把我的身心也包围起来。"春天的花开秋天的风以及冬天的落阳,忧郁的青春年少的我曾经无知的这么想;风车在四季轮回的歌里它天天地流转,风花雪月的诗句里我在年年的成长"——罗大佑的《光阴的故事》,经典地凝在了光阴里。

20世纪80年代,那个时候的盒带,几乎包罗了音乐和歌曲的所有形式:流行歌、戏曲、舞曲、外国经典名曲,以及鞠萍姐姐讲给孩子们听的故事;那个时候我们还年轻,那些唱歌的人也年轻着。韩红的盒带叫《雪域光芒》。照片上的韩红戴着眼镜,和今天比起来,算是很瘦了。她唱的歌都是她自己作词谱曲的:"是雄鹰你就该展翅高原,让歌声穿过云层之间";毛宁的盒带叫《请让我的情感留在你身边》,醒目的注解是"92乐坛最令人心动的发现"。相信《蓝蓝的夜,蓝蓝的梦》和《涛声依旧》,每个人都耳熟能详;"你永远不懂我伤悲,像白天不懂夜的黑",这是目光有些迷离的那英。那首著名的《雾里看花》,成了她经久不衰的代表作。这么多年过去,《山不转水转》啊;《为你》是陈明的盒带:"穿过城市的声浪,推开冷漠的心墙,期待着能像风一样";陈明含《珍珠泪》穿过《时光小镇》像一只《梦游在城市的鸟》到了也没弄清《她是谁》；清瘦的孙楠穿着圆领毛衣，留着分头，光光的脸如白面书生。他的歌高亢激越、极具穿透力：《你快回来》《不见不散》《天长地久》《美梦成真》，终归"难得糊涂"了；英俊和奶油的井冈山《美丽出击》：我的眼里只有你；还有雪村，他从一开始就是另类：在天安门前戴鸭舌帽、着中山、拎公文包留影。音乐评书之《东北人都是活雷锋》昙花一现，没有了下文。今天的名人都不胜其扰，他的盒带专门注明：雪村同志BP机号：8366622呼13001。

还有港台和东南亚地区的。SHE"青春株式会社"定义青春，号称"2001最美的女声"；学生样的孟庭苇《雨之眼泪》，在"没有情人的情人节"疑惑"你究竟有几个好妹妹"；看上去粗犷、声音却嘶哑抑制的阿杜，以盒带《天黑》让人新鲜了一阵，终归实力不济；已经逝去的张雨生，单纯似乎可以无限high的歌声："天天想你天天守住一颗心"，令人无限感怀；任贤齐的《温故知》，收录了他的成名作：每个人都熟悉的《心太软》和《对面的女孩看过来》，作为一个阳光的形象，他始终健康而且快乐地呈现在世人面前；在"盒"时代，周杰伦算是后起之秀了，他的《范特西》"爱在西元前"，《双节棍》横空出世。一直很喜欢徐小凤和周华健。一个总是在乐一个或不会去乐，歌绵长情绵长人也绵长。周的盒带是《爱相随》，徐是《金碧辉煌》精选第三集国语版。

还有那种集歌成盒的。如陈琳、老狼、谢东、尹相杰、于文华等人的"流行至尊"《中国经典》；如郭峰、陈洁仪、毛宁、杨钰莹、江珊、王志文等人的"极品对唱"《浪漫大派对》；如王菲、刘欢、李玟、李娜、孙悦等十五位天王天后的《相约98》；如黎明、吕方、谭咏麟以及赵传、李宗盛、潘美辰等人的"巨星成名作集萃"《新感觉》。其广告词是"曲目最强组合最靓好歌最多"。

还有电视剧里的插曲，《爱你没商量》云集了一批人也成就了一批人，从编剧演员到唱插曲者，作为当时的青年才俊，他们大都成为至今仍然活跃的风云人物。《我爱我家》一家人的喜怒哀乐和他们家的平凡生活，不仅是那个时期中国社会生活的缩影，同时留下了一批十分打动人心的歌曲。一直想不明白并且遗憾，这样的歌为什么没能如潮水般流行开来？你听，"不知道什么时候学会了走路，什么时候学会了哭"；"看看留在背影里的路，才明白模糊的也会清楚"；"把世界暂时关在窗外让这里的天空不要太大，消化了希望和失望以后天气不错心情也不错"；"你是我迷路时远处的那盏灯，你是我孤单时枕边的一个吻；你是我爱你时改变不了的天真，你是我怨你时刻在心头上的皱纹"。

还有舞曲,以黑管演奏的《金曲》"我正留在旧金山"和"岸边的陌生人",为那个年代打开了另一扇窗口;《中华舞曲系列》在"星星索"和"雪绒花"的舒缓中,祝福人们"一路平安";电影《泰坦尼克号》的音乐,令人于"去留之间"呼唤"遥远的记忆"。还有一大盒其中六盘盒带的《世界名曲精选》,我始终珍存着,那"如歌的行板"令人难忘。

　　还有京剧现代戏曲赏析。《红灯记》《沙家浜》《智取威虎山》,传统戏曲以流行音乐的样式,被青年一代重新接纳。还有为孩子买的童话故事。鞠萍姐姐在央视《七巧板》娓娓道来的故事,搭起了我们的孩子的《童话彩虹》和《365夜带问题的故事》。

　　还有一部分是当时"倒录"的歌曲,使用日本产的"SONY"和"TDK"。较早的是刘文正的台湾校园歌曲和邓丽君的所谓"靡靡之音"。两种风格不同,但同样是抒发情感的、动听的歌声,在当时社会的各个层面广为流传。还有一盘具有象征意义的综合品质都在常规的流行歌之上的,是朱哲琴的《黄孩子》和《阿姐鼓》。它如一缕卓然迥异的清泉,从青藏高原荡涤进了已经有些"腻"的流行歌坛。

　　不知道录音带能够保存多少年。

　　歌声永恒。

# 八十年代新一辈

每天早晨上上班的时候,经过大学的校门口一下子热闹起来,门里的条幅上写着:热烈欢迎2010级新同学。呵呵,又是新生入学的季节了。

时光如流啊。这种长期以来并无意识的感慨,似乎瞬间变得清晰而强烈。就在上个月,我们为我们自己的大学生涯,刚刚举行了堪称盛大的庆典。

2010年8月21日、22日,周末。山西大学中文系80级同学在太原晋祠宾馆团聚,主旨是"相识三十年"。

和今天即将上大学的孩子相比,三十年是个什么概念?新学年开学时,我的或我们的孩子,已经是大三大四的学生了。三十年寒来暑往,三十年春华秋实;当年上大学的时候,我们是父母的孩子,现如今,我们已是孩子的父母。

一个系三个班共一百七十人，这次来了一百二十人还多。远的近的，南北东西，是谓该来的都来了；奔五十的奔六十的彼此不再分长幼，胖的瘦的，亲近生疏，这样该见的都见了。人到中年，洗尽铅华，我们怀着一颗不老的心；欢声笑语，情浓意重，年轻的朋友来相会。

　　当年初进大学的时候，十分怀念我的中学生活；而今天，大学时代已经成了一个遥远的梦。在同窗中间，回忆起那个时候的往事，才当真觉得"沿着校园熟悉的小路，清晨来到树下读书"，是一件多么美好的事情。

　　本次活动的组织者殚精竭虑。既举行了盛大的招待午宴和晚餐，又操持了正儿八经的联欢晚会；既编辑印制了形式和内容皆为经典的纪念册，又在母校的校园里植下一株遒劲的龙桑树。一本书，一棵树，搜集从前和现在，昭示今后和未来。用心良苦，功德无量啊。

　　树为龙桑，天成三十载年轮，与我辈相识之年份同寿。植于当年的宿舍和操场之间，令人遐想；书为合集，集三十年同窗人生之大成，图文并茂，厚可盈寸。难能可贵的，书名"八十年代新一辈"由已近百岁的大家姚奠中先生亲书。日后捧在手里，听我们讲那过去的事情。

　　80年代的风格，三十年来的精神，在我们心中留下了永远的烙印。说与不说,人和事在那里;见与不见,情和意藏于心底。从上大学开始的三十年,是人生最为精粹的一段时期,不可复制;是生活步入轨道的一个过程,无法返回。

所以我们不停地寒暄问长短,所以我们彻夜地促膝说从前,所以我们高亢地纵情唱老歌,所以我们依次在旧校门留下今天的容颜。念书时候确立的同学关系,其实是日后种种人际关系的基础。无论走得多远,无论多么复杂,最终想在一起的仍然是同学。"去年衣冠有今日,春风桃李是谁家"了。

走进山大,相逢相识并且相知,是我们的缘分;

久别重逢,同学同窗还将同行,是我们的期许。

从年代上讲,1980年的头一年,可称新一辈;以这次相聚为平台,同学们又加入了彼此联络的QQ群。

新的时代开始了。

# 兔50和朋友们的快乐世代

这个看上去有些生涩和怪怪的标题,是我的同学冯凯的儿子起的,还有每个人佩戴的胸牌,也是他儿子设计并绘画的。

"兔"为属兔,"50"为1963年出生,朋友们指的是我们1980级大学的同窗,快乐"世"代乃当下时尚和达人的用法,大约比"时代"更宽泛,包含世交和年代的意思吧。

时间是2013年8月17日,地点在太原北郊更北的宇文山庄。冯凯等同学用心,年至半百的时候,为属兔的同学过集体生日。

四十岁的时候,写过一篇文章叫作《四十不惑》。倏忽之间,来到了知天命的年纪,一肚子的话,放到迟迟未落笔的《50不知天命》里说吧。

作为同届同系的外班人，我很看重并且感动着。

17日是个周六。我上午到孝义出席公务，午后赶回参加我们的活动。虽说耽误了上午的采摘，午餐也过了高潮迭起的时候，但我仍然满怀着期待和向往。很安静很原生的一处世外桃源，到餐厅门口时，"是朋是友、相伴昔日，有缘有分、欢聚今朝"的条幅映入眼帘。大家已经过了"酒酣"进入"耳热"的时间。除了过生日的"兔子"，还有乘兴而来的其他"属相"，还有从北京、成都、深圳、厦门及省内其他地方远道而来的同学。我来者不拒地喝酒，之后才补吃了一碗面条。

围坐在池塘边上的树荫里聊天，下午的时光就这样过去了。

晚饭后的篝火晚会之前，我们属兔的坐在一起合影。夜幕降临，篝火点起的时候，我们手牵着手转圈跳跃欢呼拥抱，每一个人都感觉到了久违的时光倒流，每一颗心都满溢着曾经的青春往事，每一双眼都荡漾着如梦的浪漫情怀。

过生日真好。

和一帮同龄人过集体生日更好。

祝福大家。

# 好好说话

语言污染俗称说脏话,历来是少数一些人的习惯。从20世纪20年代鲁迅先生所深恶痛绝的"国骂",到今天蔚然成风气的属于地域性的诸如"京骂""津骂"以及一些行业一些部门的不恭不敬不雅之辞,可谓蔚然大观,声声入耳,俯拾皆是。它令有识之士无可奈何,它使文孺之人退避三舍,它让雅俗共赏者以牙还牙,它将乳臭未干族耳濡目染。

这种现象大行其道固有其渊深的历史根源。然而,人们对这种习惯淡化了是非观念的宽容甚至欣赏,却是大部分说中国话的中国人的悲哀。纵向看:以诗书易礼为行事做人说话之规矩的前贤古人,斯斯文文、咬文嚼字,为华夏民族赢得了礼仪之邦的美名。即便骂人,也顶多是斥一声"竖子"了事。远不及今天的人们那样直截了当一针见血。横向比:大多数历史长历史短文明厚文明浅的国度,都像戒烟清理环境污染和保护生态平衡一样,把说话的标准提高到了一个人是否有涵养一个部门是否值得信赖一个国家是否具有吸引力的高度。不像我们一点也不在乎。

前一阵子,济南工商银行再一次(媒体称"率先"似欠妥当,这种事早就不是第一次了)提出了行业忌语。一时间,各行业各部门群起而仿效。而差不多与此同时,在正如火如荼轰轰烈烈地进行的全国足球甲A联赛的球场内,一些球迷扯开嗓子吼出的垃圾语言,却几乎淹没了那块圣洁的绿色草皮。据报道,京津两地的球迷还因此发生了冲突。由此看来,说脏话和语言文明仅靠规章和条文是不能立刻就杜绝和生效并持之以恒的。它的前提人们都清楚,那就是一个人一个民族多方面素养的养成与培植。试想:一位谦谦君子遇上一个骂骂咧咧捧捧打打横行霸道的"粗人",你叫他如何客气得起来。上海有位女作家就说过:五十年代的知识分子,即便他穿上袖口磨得起毛领子发白的布衣,他也不失为一名绅士。

你可以把说脏话这种语言方式归结为生活节奏的加快,人们没有工夫去听你或对你说"废话"。那么,一些文学作品一些电影电视一些大腕明星出手成癖出口成"脏"的污言秽语,又做何解释呢？要知道,它对公众的吸引力和影响力非同一般。

　　每个人对说话方式的讲究,换来的是人际交流的礼貌热情和心情舒畅;一个国家对语言文明的提倡,得到的则是整个民族生存环境的和平安宁与安居乐业。

　　我们只有一个地球,请爱护我们的家园。

　　我们只有一种声音,请尊重我们的语言。

# 胜利日

七十年前的今天，是日本侵略者的投降日，是中国人民抗日战争的胜利日；七十年前的今天，是第二次世界大战的胜利日，是世界法西斯的投降日。

七十年后的今天，我们第一次以胜利者的姿态享受胜利日假期；七十年后的今天，中国在北京举行盛大的纪念中国人民抗日战争胜利暨世界反法西斯战争胜利七十周年阅兵式。

话分两头。

一为铭记历史。中国人民为抵御外侮而进行的抗日战争，是鸦片战争之后，第一次以我们的胜利而告终的民族独立战争。为自己为尊严为生存为民族为子孙，以伤亡三千五百万以上军民为代价赢得胜利；以牵制和消灭日军三分之二兵力,一百五十万侵华日军而成为东方主战场。中国共产党领导的八路军和人民武装,及其在抗日战争的成长历程中所发挥的中流砥柱作用,居功至伟,堪称奇迹。

一为珍爱和平。为纪念抗战胜利七十年而举行的阅兵式,是在当今世界纷繁复杂的环境中进行的。今日中国之开阔的国际视野、雍容的大国心态、坦荡的和平理念、坚定的担当意识,令全球感受到中国的分量。那些为纪念当年著名的战役战斗组成的老战士方队,那些为保卫和平、捍卫国家安全展示的新型先进装备,令人感奋;尤其是那些来自十几个国家的"国际方队"为阅兵史上首次;习近平总书记宣布中国再一次裁军三十万,出人预料,未知世人做何感想;而无论中国发展到何种程度,都不会把自己所承受过的苦难强加于其他国家和民族身上的宣言,理应被尊重并且信任。一个正在并且已经崛起的大国,按照正义、和平、人民的信条屹立于东方,这是中国之幸,亚洲之幸,当是世界和历史之幸。

9月,初秋的天空湛蓝如洗,和平宁静的生活按部就班。

# 五十不知天命

　　早晨上了班去水房打水,遇到比我年轻十岁以上的同事。他说挺紧张的,送了孩子上学赶着来上班。我对他说,慢慢熬着吧,等你孩子上了大学,你就成了我啦。

　　我正好五十岁,实际上已经过了知天命的年纪。虽说基本上不过生日,但是进入到2013年,还是想着写一篇《五十不知天命》的文字。一方面算是自己送给自己的生日礼物,一方面也是因为十年前写过《四十不惑》。

　　谓之"不知天命",是因不能说"知天命"。

　　五十岁是一个显著的标志。年及半百,当历经了人生当中大部分的历程。我的一些老领导、老同事有的业已退休,甚至作古;我的很多同龄人不好说业有所成踌躇满志,但孩子大学毕业、结婚成家,不少都升格当了爷爷奶奶。这个夏天,当年大学的同窗集体过五十岁生日,一群兔子除了"老夫聊发少年狂",共同的感觉是老了不再年轻了。如同攀登一座山,不管能否抵达山顶,也得寻找下山的路了。

五十岁是一个明显的差别。对大多数年轻人感兴趣的人和事,都显得无动于衷;即便out,也并不在意被笑话;三十岁时,感慨青春不再;四十岁时,想要抓住青春的尾巴;五十岁时,青春不再有梦,剩下的只是褪了色的回忆。另一方面,在这个年龄,能就一些事情做出自己的前瞻和正确的判断,其中的魅力和财富,当感恩人生和岁月。

五十岁是值得珍惜的年代。这个年代相比于五十岁之前,已经积淀并且形成了差不多的资本和模样,一个人该做什么如何生活已经定型,再要有质的变化,都会被另眼相看了;这个年代距退休尚有十年时间,快与慢、得与失、大与小、好与坏之间,以另一种境界在另一个层面步另一个节奏去履行过,于己于人大约是一件有益有趣有奔头的事情。

五十岁是尊重健康的时期。时代进步的好处之一,就是让人类的生理年龄被推后,让大多数人看起来更年轻。但在另一方面,经年的累积也让疾病不期缠身。善待自己,保重身体,多数人有意识的这样做,恐怕是从五十岁前后才开始的吧。相较于其他民族,国人更期盼和追求生命的漫长,只是有意无意间忽略了生活的质量,常常为"活着"所累。

谓之"不知天命",是因不敢说"知天命"。

古人注解:命者,立之于己,而受之于天。说的是命运、道路、人生等等皆由自己把握,而这一切都是上天赋予的,所以不要去违拗天意。既有谋事在人成事在天的含义,也有路都是人自己走出来的、不强求也罢之隐喻。

做好该做的事情。一直以为,每个人无论大小都应该有一份属于自己的事业,谓之安身立命。或志向高远胸怀天下,取得辉煌成就;或独善其身脚踏实地,欢度快乐人生。当今社会人们对前者持一种不仰视、感兴趣但也不认可,更谈不上尊重的共识:比如网上回顾上一年度的商界巨子如王健林、许家印、马云等,皆以被重新"启用"似乎只有调侃和嘲讽成分的"土豪"概而论之,让人哭笑不得;而后者共同的烦恼和纠结是,总把心思放在非自己所思、所为和力所能及的事情上面:所谓人生不满百,常怀千岁忧了。也曾很努力地想与时代同步,向各种人看齐,但回过头来掂量,能做好自己、做好凡人、做好该做的事情已属不易。

善待平凡的生活。曾有朋友恭维我说,总能在那些看似无趣的地方自得其乐,很是受用。这大约不仅仅是"二"或低层面,抑非不得已或听之任之。生活是现实的却也是诗意的,少不了喜怒哀乐却也伴随着风花雪月;生活是严肃的却也是浪漫的,换不回生老病故却也积淀着春华秋实。现实中的芸芸众生沉迷于现实,原本无可厚非,若能暂时放下琐事俗世,哪怕在自家的阳台上极目远眺、舒缓身心,也不失为一件惬意的事情吧。

不忘经年的友人。人在成长的过程中,总会有各色人等不断出现和消失。如同大浪淘沙扬帆远去分道扬镳,能够留下来的也就成了朋友。常见面的是朋友,不常见面常惦念的是朋友,不常见面挥之不去的也是朋友。年过半百,堪称朋友的也就那么些人,圈子其实并不大。小的时候,总向往成熟的样子,现在的考虑是,退休了年老了会是什么状态。

谓之"不知天命",是因不想说"知天命"。

直面人生并不完美。每一位按照自己的人生轨迹行走的人,都想让一切做到最好,所谓尽善尽美。作为一种追求和梦想,这是对的:生活的态度理应如此。但如果因此而损害了眼前的日子,那就变成愤世嫉俗不食人间烟火了。如同我所在的城市,它的哪一方面也说不出有多好有多不好,但在全国各地"霾"的时候,这里尚能拨云见日,这是不是就叫宜居呢?

睡不着觉不妨做梦。年龄越大梦越少。五十岁以后,应该进入无梦的年纪了，因为大部分梦想都已不属于这把年纪。梦以及做梦的主要功能成了助眠。睡不着觉的时候，自己给自己编一个自圆其说的故事，沉湎其中，然后酣然入梦。大而论之，今日中国历史和现实地提出了"中国梦"的概念，这是一种水到渠成。我不知道"中国梦"和大约两个世纪前的"美国梦"可不可以比照，但"让所有阶层的公民过上更好、更富裕和更幸福的生活"是不约而同的。"中国梦"归根到底是人民的梦，因为"国家好，民族好，大家才会好"。

断断续续的，不长的文字从2013年写到了2014年；"知天命"或"不知天命"的感觉也从五十延续到了五十一。这个冬天无雪，灰尘覆盖着城市，农历马年的春节就要到了。

知，或者不知，生活不会停下自己的脚步。

知，或者不知，命在那里。

# 后　记

　　《水流云在》能够结集出版，首先要感激北岳文艺出版社年轻有为的社长续小强先生。是他不厌其烦的开导、鼓励和晓之以理，我才进一步开阔了视野，端正了态度，坚定了信心，这本书也才得以付诸实施。

　　作为山西出版传媒集团旗下唯一的"文艺"类出版社，成立于19世纪80年代的北岳文艺出版社，走过了三十多年的发展历程，曾经有过生逢其时如鱼得水的"高光"时期。而在当下，时代更替对社会生活带来的冲击及其改变姑且不论，新技术平台对以纸质载体为代表的传统的写作和阅读的颠覆，将图书出版置于尴尬和不安的境地：看书还是上网，这是个问题。笔者经历的最现实的例子：差不多十年前"被"开博客，到如今有了近一百五十万的点击率或曰"粉丝"。进入2016年以来，前来"光顾"者锐减，究其缘由，很重要的一点，人们都晒着微信去"朋友圈"了。呵呵，面对技术更新的速度，你想"从一而终"都难。

续小强及其北岳文艺出版社身处这样的生存状态之下，从他们对我等一批人的态度和做法看，体现出了卓越的与时俱进意识，绵长的人文关怀情结，以及知识与经济、文化与市场的独到胆识与慧眼。社会生活中有这样一批人，他们既不是文艺青年、文学爱好者，也不以此为职业；但大都拥有丰富的阅历、敏锐的社会洞察力、相应的受教育背景、不变的读书习惯以及文字驾驭能力，更重要的是这些人始终保持了对阅读和写作的思辨、鉴别能力和不懈的热情。他们不是"文艺"的中坚力量，但是有机的组成部分；他们不是作家，但由于"能写"而具备一技之长。这批人因为参与而与日俱增的责任感，波及左右的"书卷气"，令时代所倡导、需要的"书香社会"也才更有了普遍性和精神气象。与此同时，他们的生活因此而绚丽多姿平添诸多情趣，平凡的人生因此而"明月一壶酒、清风万卷书"了。

关注并且"看重"这拨人，让他们的作品跃然纸上，得以与社会、时代及同好者互动、共鸣，这是出版之职责，更是对文化的担当和使命。北岳社不止这样策划了，而且这样实施了。如此对出书的人带来的益处，不是令一个人得到尊重有成就感，而是一批人一个层面。以此而论，个人综合素质的全面提高就不再"高不可攀"，社会生活的某些角落乃至风尚会不会因此而有所触动呢？

收录在《水流云在》里的文章，若以写作年代看跨度很大：但不意味笔者勤奋。文章早的写于20世纪90年代。近三十年的时光，伴随着我自己由青年来到中年，文字文风也由青涩进而成型；虽说距离成熟且个性，天然去雕饰的追求总是相距甚远，但个中的情趣、味道，经历的难忘、自在，得失寸心知了。若以涉及方面看内容庞杂：但不代表笔者广博。本书的责任编辑马峻女士曾经很是困扰这些文章如何分类和归档。在一番周折之后，她睿智地将它们分为三个部分，然后挑"合适"的往里放。即便如此，这些文章基本上也没有多少逻辑关联,只是有些方面多一点,有些事情少一些而已。非得找到一个共同的"出处",那就是大部分文章都是公开在我的博客里的。若以关注角度看随性而作:但不仅仅是"为赋新词"。就"闲来动动笔"这件事,曾有同事说我在内心深处为自己保留了一小块地方,甚觉欣慰。世界之大,无数人都想去看看;人生漫漫,多少人来去匆匆。把我到过的地方把我感兴趣的事情把我关注的当下把我的亲情友情闲情记下来,这就够了,同时它也是一个"悠然心会,妙处难与君说"的美好旅程。

马峻女士以一位责任编辑的姿态,同时更以一位淡化了"甲方乙方"的文友的身份,为《水流云在》的出版倾注了心智和精力。我的新老同事也在整理、打印等诸多具体事务方面提供了有益的帮助和支持。在此一并致以由衷的谢忱。

又是一年的岁末了。用我写的一首诗作为结束吧。

这一年挺忙的

做了不少事

想要做的

还有很多

这一年挺累的
年龄不饶人
惑与不惑
天命自酌

这一年挺快的
水流云还在
光阴如梭
生命如歌

这一年挺好的
变与不变中
离散聚合
依然故我

和　悦

2016年12月